KB056823

영화 <마틴 에덴>의 장면들. (Martin Eden. 피에트로 마르첼로 감독. 2019)

주먹 하나만큼은 최고인 노동자 마틴 에덴은 우연히 아서라는 남자를 곤경에서 구해 주고,
아서의 집에서 아름다운 루스를 만난다.

당신처럼 생각하고, 당신처럼 말하고 싶어요.”

루스를 만난 날부터, 그는 미친 듯 지식을 탐독하기 시작한다. 그녀가 속한 세상으로 입장하기 위해.

루스 부모의 반대에도 불구하고, 그들은 서로의 사랑을 확인하고 연인이 된다.
"가다가 나약해져서 맥없이 머뭇대지 않는 한, 사랑은 잘못 갈 수가 없어."

침내, 작가가 되기로 결심한 마틴 에덴.

-는 나 자신과, 세상과, 세상에서 내가 있을 자리와, 내가 당신에게 걸맞은 지위를 얻을 기회에 대해
합적으로 생각했어."

그러나, 그녀가 속한 세계는 그가 상상했던 아름답고 고상한 세계가 아니라는 것을 마린은 작가 수
을 통해 깨닫게 된다. "이 방에서 나만이 개인주의자입니다. 나는 국가에 아무것도 기대하지 않습
다. 강자를, 국가를 그 헛된 도로에서 구해 낼 말을 탄 강자를 기다릴 뿐입니다. 니체가 옳았습니
니체가 누구인지 당신에게 설명하느라고 시간을 끌지는 않겠지만, 그가 옳았습니다."

마틴 에덴

Martin Eden

마틴 에덴

1

목차

책 머리에　　　7

마틴 에덴

1장　　　15

⋮

25장　　　277

2권 목차

26장　　　9

⋮

46장　　　237

옮긴이의 말　　　255

잭 런던이 노동자 시절에 찍은 사진

책 머리에

나는 먼지보다는 재가 되리라

내 삶의 불꽃이 마르고 부패되어
숨 막혀 죽기 보다는
차라리 찬란한 불길 속에서 타오르리라

졸린 듯 영원한 행성보다는
차라리 떨어지는 최고의 별똥별이 되어
내 모든 원자 하나하나가 장엄한 빛을 발하리라

존재가 아니라 사는 것이 곧 인간의 본분일지니
나는 생의 연장을 위해 주어진 날들을 허비하지 않으리
내게 허락된 시간들을 모두 쓰리라

잭 런던, 「먼지가 되기보다는 재가 되리라」

의미 없는 먼지가 되기보다는 찬란한 재가 되기를 원했던 사람.
작가 잭 런던은 1876년 샌프란시스코에서 태어났다. 잭의 생부는 자
신의 아이를 낳은 여자를 외면했고, 잭의 어머니는 곧 '존 런던'이라

는 남자와 재혼한다. 집안 사정이 좋지 않았기에, 잭 런던은 소년 시절부터 통조림 공장에서 하루 18시간 노역을 하곤 했다. 가끔 도피처가 되어준 건 도서관이었고, 사서와도 친해져서 독서 지도를 받곤 했다. 그러나 열심히 일하는 것만으로는 결코 가난을 벗어날 수 없다는 것을 알게 된 런던은 학업을 중단하고 노동자, 도둑, 선원, 부랑자 생활을 하며 밑바닥 세계를 떠돈다. 그 시기에 그가 경험으로 체득한 사실은, 세상은 약육강식의 원칙으로 돌아가며 그 바닥에서 생존하려면 모든 면에서 강해져야 한다는 것이었다. 심지어 그는 15세 되던 해, 양식장의 굴을 약탈해서 팔면 돈이 된다는 것을 알고 배를 한 척 사서 어린 해적이 되기도 한다. 2년 후엔 직업 선원이 되어 생애 처음 일본과 시베리아까지 항해를 하고 돌아온다.

작가가 된 이후의 잭 런던

잭 런던이 글을 쓰기 시작한 건 이 항해에서 돌아오고 난 다음이다. 그는 엄청난 에너지로 작품을 써 나갔고, 여러 잡지사에 응모했으나 모두 반송되는 수모를 겪는다. 10대 후반부터 시작된 소설 습작 시절에도 그는 여전히 가난했고, 고된 노역의 삶을 살 수밖에 없었다. 정해진 수순처럼 사회주의자가 된 것도 이 시기의 일이다.

19세가 되어 뒤늦게 오클랜드 중학교에 입학을 했고 여세를 몰아 버클리 대학에 입학했지만, 집안 사정으로 학교를 그만두고 다시금 노동자가 된다. 그러고는 곧 금광을 찾아 떠났고 공무원 시험에도 합격했지만, 끝내 작가가 되는 것을 포기할 수 없어 공무원의 길을 포기한다.

잭 런던과 그의 아내 차미언 키트리지. 그녀는 전형적인 부르주아 여성이었다

1903년, 마침내 소설 『야성의 부름』(The call of the wild)이 베스트셀러가 되며 잭 런던은 스물여섯이라는 젊은 나이에 미국 최고의 인기작가 반열에 오른다. 그 이후 발표한 『바다 늑대』, 『하얀 송곳니』도 모두 베스트셀러가 되었고 잭 런던은 저택과 목장, 최고급 요트를 소유한 부유한 작가가 된다. 노동자로 태어나 부르주아의 세계에 진입한 것이다. 하지만 1908년에는 선명한 사회주의 소설 『강철 군화』를 발표하며 또 한 번 센세이션을 일으킨다.

소설 『마틴 에덴』은 『강철 군화』를 발표한 이듬해에 출간되었고, 잭 런던의 자전적 이야기를 고스란히 담은 소설이다. 마틴과 루스의 사랑이라는 주요 내용에 작가가 되기 전 고난의 경험을 함께 담고 있다. 이 소설은 2019년 피에트로 마르첼로 감독에 의해 영화화 되어 2020년 국내에서도 개봉되었다.

『마틴 에덴』이 다른 사랑의 이야기와 가장 차별화 되는 부분은 로맨스에 계급의 문제를 접목시켰다는 점이다. 사랑은 모든 역경을

영화 <마틴 에덴>의 장면들. (Martin Eden. 피에트로 마르첼로 감독. 2019)
마틴 역을 맡은 루카 마리넬리와 루스(엘레나)역을 맡은 제시카 크레시

뛰어넘을 수 있는 사건 같지만, 실은 계급적 차이를 포함한 여러 가치관이 가장 직접적으로 충돌하는 현장이기도 하다는 것을 보여주는 작품이다.

이 소설을 짧은 단어로 압축해 본다면, '추앙'과 '붕괴'의 이야기라고 할 수 있을 것이다. 노동자의 노래인 랙타임을 들으며 성장한 남자가 클래식이 흐르는 배경에서 자라 수준급의 피아노 연주 실력을 지닌 여자를 사랑하게 되고, 남자는 추앙하는 여자가 사는 세상으로 넘어가기 위해 부르주아 문화를 습득하고 최고의 작가가 되는 꿈을 품기 시작한다. 자신이 두르고 있는 계급의 껍질을 찢고 나와 다른 계급의 껍질을 입는다는 것은 '붕괴'를 필연적으로 동반하는 일이 아닐까? 마틴이 가고자 하는 '그 곳'이 '에덴(Eden, 천국)'인지 아닌지를 알게 되는 과정이 이 소설의 긴장을 추동하는 힘이다.

아름다움을 동반하는 붕괴들은 도처에 존재한다. 독자분들께서 마틴의 붕괴에서 어떤 종류의 아름다움이라도 발견하기를 바라는 마음으로 이 책을 세상에 내놓게 되었다. 모순과 붕괴가 매력적으로 다가오는 것은 문학 안에서 충분히 가능한 일이므로.

2022년 9월
녹색광선 편집부

마틴 에덴

1

마틴 에덴

1장

남자가 현관 열쇠로 문을 열고 들어갔다. 뒤따라 들어선 청년은 황급히 모자를 벗었다. 뱃사람 티가 나는 투박한 옷차림의 그 청년은 어쩌다 오게 된 널찍한 홀에서 단연 튀는 존재였다. 어디에 둘지 몰라 외투 주머니에 쑤셔 넣으려던 그의 모자를 앞선 남자가 받아 들었다. 남자의 동작이 차분하고 자연스러워서 청년은 고마움을 느꼈다. '내 처지를 아는군.' 그는 생각했다. '앞으로 나를 잘 배려해 주겠지.'

남자의 발뒤꿈치만 보고 따라가는 청년의 어깨가 흔들리고 다리는 제멋대로 벌어졌다. 평평한 바닥이 마치 출렁대는 바다처럼 오르락내리락하기라도 하는 것 같았다. 그 넓은 집도 그의 건들대는 걸음걸이에는 좁은 듯 느껴져서, 제 우악스러운 어깨로 문간을 들이받거나 낮은 선반 위의 골동품들을 쓸어버릴까 봐 그는 진땀을 뺐다. 청년은 다양한 물건들 사이에서 이리저리 움찔댔고 그의 생각일 뿐이지만 위험이 곱절로 커졌다. 책이 높다랗게 쌓여 있는 중앙 탁자와 그랜드 피아노 사이에는 대여섯 명이 나란히 지나갈 수도 있을 만큼의 간격이 있었으나, 그는 위태로움을 느끼며 가까스로 그곳을 지났다. 우람한 두 팔은 옆구리에 축 늘어져 있었다. 그 팔과 손들을 어찌해야 할지 알 수 없었다. 또 언제 한쪽 팔이 탁자 위 책들을 건드릴지 몰라서 신경을 곤두세운 채 겁에 질린 말처럼 비틀대다, 하마터면 피아노 의자에 부딪힐 뻔하기도 했다. 그는 앞서가는 남자의 편안한 걸음걸이를 바라보았고, 자기가 남들과 다르게 걷는다는 사실을 처음 깨달았다. 어색한 자신의 걸음걸이에 순간 수치심이 일었다. 이마에 땀방울이 돋았고, 그는 멈춰 서서 구릿빛 얼굴을 손수건으로 훔쳤다.

"잠깐만, 아서, 이 친구야." 불안을 감추려고 그는 일부러 익살스럽게 말했다. "이건 정말 네 가족에겐 너무 급작스러운 일이야. 내게 정신 차릴 여유를 좀 줘. 내가 오고 싶어 하지 않았다는 걸 너도 알잖아. 네 가족들도 내가 보고 싶어 애가 타지는 않을 거라고."

"괜찮아." 다독이는 답변이었다. "두려워할 필요 없어. 우리는 소박한 사람들이니까. 아, 나한테 온 편지가 있네."

앞서가던 남자는 탁자로 되돌아와 봉투를 찢어 열고, 편지를 읽기 시작했다. 이방인에게 자신감 회복의 기회를 주기 위해서였다. 청년은 그런 뜻을 이해했으며 고마움을 느꼈다. 그에게는 공감의 자질이 있었고, 이해가 빨랐다. 긴장으로 외면은 굳었을지라도 그 아래에서는 공감이 착착 진행되고 있었다. 그는 이마를 말끔히 닦았고, 비록 눈에는 야생동물이 덫을 겁낼 때 드러낼 법한 기색이 있기는 했지만, 절제된 표정으로 주위를 살폈다. 그는 미지의 것들에 둘러싸여 있었다. 무슨 일이 일어날지 걱정됐고, 자기가 어떻게 해야 할지 알지 못했다. 자신이 걸음걸이 때문에 어색하게 보인다는 걸 의식했으며, 제 모든 행동거지와 자질이 마찬가지로 나쁘게 보일까 봐 두려웠다. 그는 극도로 예민했고, 주체하지 못할 정도로 자의식이 강했다. 그래서 아서가 편지 너머로 자신을 훔쳐보는 눈길이 몸을 쑤시고 드는 칼처럼 느껴졌다. 그는 아서의 재미있어하는 눈길을 보고도 내색하지 않았는데, 그건 절도가 몸에 배어 있기 때문이었다. 또한 그 칼로 찌르는 듯한 시선에 자존심이 상한 탓이었다. 그는 이곳에 온 자신을 저주했으며, 동시에 이왕 왔으니 어떤 일이 벌어지든 버텨 내겠다고 결심했다. 표정은 단호해지고 눈에는 전의가 깃들었다. 그는 더욱 태연하게 주위를 둘러보면서 예리하게 관찰했다. 아기자기한 실내 장식이 그의 뇌리에 세밀하게 새겨졌다. 크게 벌어진 그의 두 눈은 시야에 들어온 어떤 것도 놓치지 않았다. 앞에 있는 아름다움을 빨아들이자, 두 눈에서 전의가 사그라들고 따스한 빛이 생겨났다. 그는 아름다움에 호응하는 사람이었으며, 이곳에는 호응할 만한 것이 있었다.

유화 한 점이 그를 사로잡았다. 거대한 파도가 밀려와 돌출된 바위를 뒤덮으며 부서지고 있는 그림이었다. 낮게 깔린 먹구름이 하늘을 가리고, 파도 너머로는 범선 한 척이 비바람 치는 황혼의 하늘을 배경으로 솟구쳐 오르고 있었다. 세로돛을 활짝 펼친 배는 갑판이 샅샅이 다 보일 정도로 기울어져 있었다.

거기 아름다움이 있었다. 그리고 그 아름다움이 그를 불가항력으로 끌어당겼다.

그는 자신의 어색한 걸음걸이도 잊고 그림에 가까이, 아주 가까이 다가갔다. 화폭에서 아름다움이 서서히 사라져 버렸다. 그는 어리둥절한 표정을 지었고, 마구 떡칠 된 듯한 물감 반죽을 들여다본 다음 물러섰다. 순식간에 모든 아름다움이 화폭에 되살아났다. '눈속임이군.' 그는 생각했다. 그 그림에 정이 뚝 떨어졌다. 갖가지 인상을 받아들이는 와중에도 분노가 치솟았다. 한갓 속임수를 위해 그토록 많은 아름다움이 희생되어야 한다는 것이 화가 났다. 그는 그림을 몰랐다. 그가 자라며 본 것은 멀리서나 가까이서나 항상 분명하고 정확한 판화들이었다. 상점의 진열장에 전시된 유화들을 보기도 했지만, 유리 때문에 그림을 가까이서 진지하게 살펴볼 수가 없었다.

편지를 읽고 있는 친구를 돌아보고 나서 그는 탁자 위 책들을 쳐다보았다. 굶주린 이가 음식을 볼 때 그렇듯 그의 눈에 애절한 동경과 갈망이 곧바로 떠올랐다. 그는 어깨를 좌우로 기우뚱대면서 충동적으로 성큼성큼 탁자로 걸어가 애정 어린 손길로 책들을 쓰다듬기 시작했다. 제목과 저자의 이름들을 훑어보았고, 눈과 손으로 책들을 어루만지면서 본문을 군데군데 읽어보았으며, 그중 한 권은 자기가 예전에 읽은 책임을 알아보았다. 나머지는 다 낯선 책이고 낯선 저자들이었다. 그는 스윈번의 시집을 들고 계속 읽어 나갔다. 자신이 어디에 있는지조차 잊은 그의 얼굴이 상기됐다. 저자 이름을 보려고 두 번씩이나 집게손가락으로 책을 덮었다. 스윈번! 그 이름을 기억할 것이다. 이 작자는 안목이 있다. 색채와 명멸하는 빛을 제대로 보았다. 그런데 스윈번이 누굴까? 대개의 시인들처럼 백 년 전쯤에 죽었을까? 아니면 아직도 살아서 쓰고 있나? 그는 속표지를 펼쳤다. 그래, 저자는 다른 책들도 썼다. 좋아, 내일 아침에 일어나자마자 도서관으로 가서 스윈번이 쓴 것들을 빌려 보아야겠어. 그는 다시 본문을 읽기 시작했고 자신마저 잊었다. 한 젊은 여성이 방으로 들어오는 것도 알아채지 못했다. 그를 일깨운 것은 아서의 목소리였다. 아서는 말했다.

"루스, 이 분이 에덴 씨야."

집게손가락으로 책이 접혔다. 그들을 돌아보기도 전에 그는 처음 겪는 새로운 느낌에 전율했다. 젊은 여자 때문이 아니라, 그녀의 남동생이 한 말 때문이었다. 에덴의 근육질 몸 안은 지독히 섬세한 감수성의 덩어리로 채워져 있었다. 아무리 사소한 외부 영향일지라도 그의 의식에 미치면, 그의 생각과 공감과 감정은 불꽃처럼 치솟아 하늘거렸다. 그는 유별나게 잘 받아들이고 잘 반응하는 성격이라서, 그의 뛰어난 상상력은 늘 유사성과 차이의 관계를 구축하는 데 예민하게 작동해 왔다. '에덴 씨'라는 말은 그를 전율하게 했다. '에덴'이라거나, '마틴 에덴'이라거나, 그냥 '마틴'이라고 평생 불리던 그가, '씨'라니! 그는 속으로 이건 보통 일이 아니라고 논평했다. 그의 마음은 대번에 거대한 카메라 렌즈로 변했고, 의식 주변으로 끝없이 늘어서는 제 삶의 장면들을 보았다. 기관실과 선원실, 병영과 해변, 감옥과 선술집, 열병 치료소와 슬럼가가, 저마다의 상황에 따라 그가 다 달리 불리던 호칭과 연계되어 떠올랐다.

마침내 그는 돌아서서 그 여자를 보았다. 그녀의 모습에 머릿속 환영은 사라져 버렸다. 그녀는 투명한 느낌이 들도록 희고 창백했으며,

영적인 푸른빛의 커다란 눈에 금발이 풍성했다. 그는 그녀가 무엇을 입었는지도 몰랐다. 다만 그 옷이 그녀만큼 멋지다는 것만 알 수 있을 뿐이었다. 그녀가 가느다란 가지에 핀 옅은 황금색 꽃과 같다고 생각했다. 아니, 그녀는 정령이고, 거룩한 존재이며… 여신이었다! 이런 숭고한 아름다움은 지상의 것이 아니었다. 또는 책에 적혀 있듯, 상류층에는 그녀와 같은 여자들이 많을 수도 있었다. 그녀는 저 스윈번이라는 친구가 칭송할 만했다. 탁자 위에 있는 책에 여주인공 이졸데를 묘사할 때, 스윈번은 그녀와 같은 누군가를 떠올리고 있었을 것이다. 이 모든 과다한 시각적 경험과 느낌과 생각이 순식간에 일어났다. 그 상태에 현실이 끼어들 틈은 없었다. 그는 그녀의 손이 제 쪽으로 뻗어 오는 것을 보았다. 그녀는 솔직히 말하자면 마치 남자처럼, 그의 손을 잡아 흔들면서 눈을 똑바로 쳐다보았다. 그가 아는 여자들은 그런 식으로 악수하지 않았다. 악수라면, 그녀들 거의 모두가 아예 그런 짓을 하지 않았다. 이런저런 방식으로 여자들을 알게 되었던 다양한 장면들의 연상이 홍수처럼 밀려와 그를 덮쳤다. 그러나 그 기억을 떨쳐버리고 그는 그녀를 바라보았다. 이런 여자는 본적이 없었다. 여태껏 알던 여자들이란! 즉각 그녀의 양옆으로 그가 알고 지낸 여자들이 정렬했다. 영원과도 같은 한순간 그는 초상화들이 전시된 화랑의 한가운데 서 있었고, 전시 벽면의 정중앙을 그녀가 차지하고 있었으며, 다른 많은 여자들이 그녀의 주변에 그려져 있었다. 모두가 한눈에 계량되고 측정되었으며 기준은 그녀였다. 얼굴에 병색이 깃든 여공들과, 떠들썩하고 웃음 헤픈 마킷 가(街) 남쪽 출신여자들이 보였다. 목장에서 일하는 여자들, 담배를 꼬나문 까무잡잡한 멕시코 여자들도 있었다. 나막신을 신고 종종거리는 인형 같은 일본 여자들과 타락의 낙인이 찍힌 쇠약한 몽골의 유라시아 여자들, 갈색 피부에 몸매가 풍만하고 머리에는 화관을 쓴 남태평양 군도의 여자들이 차례로 더해졌다. 그리고 이들 모두가 악몽에나 나올 법한 기괴하고 끔찍한 무리에 의해 가려졌다. 화이트채플 가에서 발을 질질 끄는 퀴퀴한 여자들, 술에 절어 퉁퉁 부은 노파들. 또 괴물 같은 여자 형상으로 선원들의 피를 빠는, 입도 몸도 더러운 지옥의 온갖 것들, 항구의 쓰레기들, 인간 세상의 밑바닥 찌꺼기들.

"앉으세요, 에덴 씨." 그녀가 말했다. "아서에게 들은 후로 당신을 만나 뵙기를 고대하고 있었어요. 당신은 참 용감하셨더군요."

그는 손을 내저으며 자기가 한 일은 아무것도 아니었다고, 누구라도 그렇게 했을 거라고 중얼거렸다. 그녀는 그가 내젓는 손이 아물고 있긴 하지만 찰과상으로 덮여 있다는 것과, 늘어져 있는 다른 손도 마찬가지라는 것을 알아챘다. 또한 재빠르고도 날카로운 눈길로 그의 뺨에 나 있는 상처와 머리카락 사이로 빼꼼하게 보이는 다른 상처, 그리고 길게 이어져 풀 먹인 칼라 밑으로 숨어드는 세 번째 상처를 알아보았다. 그녀는 칼라가 구릿빛 목에 쓸려 생겨난 빨간 선을 보고는 웃음이 나오려 하는 것을 간신히 참았다. 그는 빳빳한 칼라에 익숙지 않은 게 분명했다. 이렇게 여자의 안목으로 그녀는 그가 걸친 옷가지들을 훑었고, 싸구려 옷의 조악한 마름질과 외투 어깨에 비스듬히 난 주름과 소매에서 굵은 이두박근을 드러내는 몇 겹의 주름을 잡아냈다.

손을 내젓고 자기는 아무것도 한 게 없다고 중얼거리면서, 그는 그녀의 명령에 순종하여 의자에 앉으려 했다. 하지만 그녀가 편히 앉는 자세에 경탄하고는, 자신의 어색한 동작을 지나치게 의식한 나머지 비틀거리며 그녀 반대편 의자로 갔다. 이는 그에게 새로운 경험이었다. 그때까지 평생 그는 우아함도 어색함도 모르고 살아왔다. 자신에 대해 그런 생각을 한 번도 해 보지 않았다. 제 손을 몹시 난감해하면서 그는 의자 끝에 조심스럽게 앉았다. 손은 어디에 두건 걸리적거렸다. 마틴은 방을 나가는 아서를 애원하는 눈빛으로 뒤쫓았다. 창백한 여인과 단둘이 방에 남아, 뭘 어찌해야 할지 알 수가 없었다. 음료를 주문할 바텐더도, 길모퉁이에서 맥주 한 캔과 친목을 트게 해 주는 사교적 윤활유를 사 오라고 심부름 보낼 소년도 없었다.

"에덴 씨, 목에 깊은 상처가 있으시네요." 그녀가 얘기를 시작했다. "어쩌다 생겼죠? 틀림없이 굉장한 모험이었을 거예요."

"어떤 멕시코 녀석이 칼로 그래 놨죠. 미스(Miss)." 그는 메마른 입술을 축이고 목소리를 가다듬어 답했다. "그냥 한판 한 겁니다. 내가 칼을 빼앗아 던져 버리자 녀석은 내 코를 물어뜯으려 했어요."

그가 거리낌 없이 말하는 동안, '살리나 크루즈'에서의 그 무덥고 별이 총총하던 밤이 그의 눈앞에 생생히 펼쳐졌다. 좁고 기다란 백사장, 항구에 정박한 설탕 증기선들의 불빛, 멀리서 들려오는 취한 선원들의 목소리, 서로 밀쳐 대는 짐꾼들, 그 멕시코인의 얼굴에서 이글대던 열정, 별빛 아래 번뜩이는 짐승 같은 눈, 그의 목을 찔러 들어오는 칼날, 솟아나는 피, 군중과 고함 소리, 단단히 얽혀 모래밭을 구르고 또 구르는 두 몸뚱이, 그와 멕시코인, 그리고 저 먼 어딘가에서 울리는 감미로운 기타 소리. 기억 속의 그런 장면에 전율하면서,

그는 벽에 걸린 범선 그림을 그린 화가가 그것도 그릴 수 있을지 궁금해졌다. 백사장, 별들, 설탕 증기선의 불빛이 근사해 보이리라는 생각이 들었다. 또 모래밭 한가운데 검은 형상의 무리가 두 싸움꾼을 에워싸고 있으리라. 칼도 그림 속에 한자리 차지해야겠지. 별빛을 받아 반짝 빛나서 잘 보일 거야. 이토록 생각이 많았지만 그의 말에는 일말의 암시조차 담기지 못했다. "녀석이 내 코를 물어뜯으려 했다고요." 그는 말을 맺었다.

"오." 그녀가 소심하게 가는 목소리로 답했고, 그는 그녀의 예민한 얼굴에서 그녀가 충격을 받았음을 읽어냈다.

그 자신도 충격을 받았다. 당혹감으로 인한 홍조가 볕에 그을린 뺨에 얼핏 어렸는데, 그로서는 기관실의 아궁이 문이 열렸을 때만큼이나 뺨이 확 달아오른 느낌이었다. 칼부림 같은 저속한 짓거리는 숙녀와의 대화에 어울리는 소재가 분명 아니었다. 책에 나오는 그녀 계층의 사람들은 그런 짓에 대해 얘기하지 않았다. 아마 그런 일을 알지도 못할 것이었다.

그들이 막 시작하려던 대화는 끊겼다. 잠시 후 그녀가 일단 그의 뺨에 있는 상처에 대해 물었다. 그 순간 그는 그녀가 그의 이야기로 화제를 모으려고 애쓴다는 것을 깨달았고, 그걸 피해 그녀의 이야기로 화제를 돌리기로 마음먹었다.

"사고였죠." 뺨에 손을 대며 그는 말했다. "어느 고요한 밤, 난데없이 엄청난 파도가 밀려와 주활대(돛의 맨 밑에 댄 활죽 – 옮긴이) 줄이 날아가고 다음에는 도르래도 날아가 버렸어요. 철사로 된 활대 줄이 뱀처럼 요동치더라고요. 근무 중인 선원들이 다 그걸 잡으려는데 내가 달려들었다가 얻어터졌죠."

"오." 그녀가 이번에는 알아들었다는 투로 답했다. 그러나 실은 그가 하는 이야기를 도무지 알아들을 수 없었고, '활대 줄'이 뭐고 '얻어터지는' 게 뭔지도 알지 못했다.

"이 사람 스위인번 말입니다." 사람 이름에서 아이(i)자를 길게 발음하며, 그는 화제 전환 계획을 실행에 옮겼다.

"누구요?"

"스위인번." 그는 틀린 발음을 똑같이 반복했다. "시인 말이에요."

"스윈번." 그녀가 발음을 고쳐 주었다.

"그래요, 바로 그 친구." 그는 뺨을 다시 붉히면서 더듬거렸다. "그가 죽은 지 얼마나 됐죠?"

"글쎄요, 그가 죽었다는 말은 못 들었는데요." 그녀는 의아하다는 듯 그를 쳐다보았다. "어디서 그를 알게 됐나요?"

"그 사람을 직접 본 적은 없어요." 그는 답했다. "그래도 당신이 여기 들어오기 직전에 탁자 위에 있는 저 책에서 그의 시를 몇 편 읽어 봤죠. 당신은 그의 시를 어떻게 생각하세요?"

그러자 그녀는 그가 거론한 주제에 대해 막힘없이 술술 말하기 시작했다. 그는 기분이 나아져 몸을 의자 끄트머리에서 안쪽으로 조금 고쳐 앉았지만, 의자가 날뛰어 그를 바닥에 내동댕이치기라도 할 것처럼 팔걸이를 여전히 꽉 잡고 있었다. 그녀가 자기 이야기를 하도록 하는 데 성공했고, 그는 그녀가 재잘거리는 동안 그 어여쁜 머리 안에 그토록 많은 지식이 들어 있다는 데 놀라면서, 또 그 얼굴의 창백한 아름다움을 음미하기도 하면서, 그녀가 하는 말을 이해하려고 애썼다. 그녀의 입술에서 매끄럽게 흘러나오는 생소한 단어들과, 그에게는 너무나 이질적이지만 정신을 자극하고 들척이게 만드는 비평구절과 사고의 전개가 힘들기는 했어도, 그는 이해했다. 여기 지적인 삶이 있다고 생각했다. 그가 꿈도 꾸지 못했던 온화하고 경이로운 아름다움이 여기에 있었다. 그는 자신을 잊고 굶주린 눈으로 그녀를 바라보았다. 여기에 그것을 위해 살 만한, 자신을 내던질 만한, 싸울 만한, 아, 죽음도 무릅쓸 만한 어떤 것이 있었다. 책에 적힌 말들은 사실이었다. 세상에는 그런 여자들이 있었다. 그녀도 그중 하나였다. 그녀가 그의 상상력에 날개를 빌려주어, 그의 앞에 크고 빛나는 화폭이 펼쳐졌으며, 그 위에 여인 — 한 창백한 여인 — 을 위해, 한 송이 황금 꽃을 위해 영웅적인 행위를 하는 사랑과 로맨스의 몽롱하고 거대한 형상들이 떠올랐다. 그리고 그는 그 신기루와도 같은 흔들리고 떨리는 환영을 꿰뚫고, 거기 앉아 문학과 예술에 대해 얘기하는 현실의 여인을 바라보았다. 그는 경청하기도 했지만, 자신의 시선이 그녀에게 박혀 있다는 것도, 자신의 눈에서 지극히 남성적인 본능이 뚜렷하게 내비친다는 것도 모른 채, 그녀를 바라보았다. 그녀는 남자들의 세계에 대해 아는 바가 거의 없었으나, 여자이기 때문에 그의 불타는 눈을 예민하게 의식했다. 이제까지 그렇게 쳐다보는 남자는 없었으므로 당혹스러웠다. 그녀는 말을 더듬다 멈추거나 주장의 맥락을 놓치기도 했다. 그가 부담스러우면서도 그의 그런 시선을 받는다는 것에 야릇한 쾌감이 느껴졌다. 위험하다고, 나쁘다고, 미묘하고 기이한 유혹이라고 그녀가 받은 교육이 경고했다. 그러나 그녀의 본능은 그녀의 존재 전체에 걸쳐 높고 맑게 울렸다. 본능이 다른 세상에서 온 이 여행자에게 가라고, 계급과 지위를 뛰어넘어 가라고 낭랑하게 말했다. 손은 상처투성이에다 칼라에 익숙지 못해 목에는 빨간 자국이 난, 그리고 거친 생활로 얼룩지고 더럽혀졌음이 확연한 이 투박한 젊은이에게 가라고 다그쳤다. 그녀는 정결했고, 그 정결함이 그에게 거부감을 느끼게 만들었다. 그러나 그녀는 여자였다. 여자의 역설을 이제부터 배우게 될 참이었다.

"내가 말했듯이, 근데 내가 무슨 말을 하고 있었죠?" 그녀는 갑자기 말을 멈추고 그런 자신이 어이없다는 듯 웃었다.

"이 스윈번이라는 사람이 위대한 시인이 되는 데 실패했는데 왜냐하면, 여기까지 말씀하셨죠, 미스." 그는 바로 답했다. 그녀의 웃음소리에 급작스런 허기와 등줄기를 오르내리는 달콤한 전율을 느끼고 있었다. 은방울 소리 같은 웃음이라고, 은방울이 짤랑짤랑하는 것 같다고 그는 생각했다. 그 순간, 그는 먼 나라로 날아가 분홍 꽃이 활짝 핀 벚나무 아래에서 담배를 피우며, 예불에 참석하라고 짚신을 신은 신자들을 부르는 뾰족탑의 종소리를 듣고 있었다.

"그랬죠, 고마워요." 그녀는 말했다. "스윈번은 실패했는데, 모든 면을 고려할 때, 왜냐하면 그가, 말하자면, 섬세하지 못했기 때문이죠. 그의 시 중에서는 절대 읽어서는 안 될 것들도 많아요. 정말 위대한 시인은 시 한 줄을 써도 아름다운 진실로 가득 차 있어서, 인간 내면의 고귀함과 고상함을 일깨우죠. 위대한 시인의 시란 한 줄이 빠지면 세상이 그만큼 가난해지는, 그런 시예요."

"저는 그의 시가 좋다고 생각했는데요." 그는 머뭇대며 말했다. "얼마 안 읽었지만 말이에요. 그가 그런… 허접한 인간인 줄은 몰랐습니다. 당신이 말한 그런 시들은 그의 다른 시집에서 나왔나 봅니다."

"당신이 읽은 책에도 없어도 될 시행이 많아요." 이렇게 말하는 그녀의 목소리는 독선적일 만큼 확신에 차 있었다.

"내가 그런 것들을 못 보고 지나친 겁니다." 그는 인정했다. "내가 읽은 건 정말로 좋았어요. 환하게 빛났습니다. 내게 빛을 비춰서, 태양이나 탐조등처럼 내 안을 밝혀 줬어요. 내게는 그렇게 받아들여졌어요. 하지만 나는 시에 대해서는 문외한이겠죠, 미스."

그는 미진하게 말을 끝냈다. 혼란스럽고, 제 말의 두루뭉술함을 아프게 의식했다. 그는 자신이 읽은 것에서 삶의 위대함과 광채를 느꼈으나, 하는 말은 적절치 못했다. 그는 느낀 것을 표현할 수 없었고, 자기가 캄캄한 밤에 낯선 배를 타고 손에 익지 않은 삭구(배에서 쓰는 로프나 쇠사슬 따위 - 옮긴이)로 항해해야 하는 선원과 같다고 여겼다. '좋아. 이 새로운 세계에 적응하는 건 내게 달려 있지.' 그는 다짐했다. 그는 어떤 일이건 잘 해내겠노라고 마음먹었을 때 해내지 못한 적이 없었다. 지금은 자기 안에 있는 것들을 그녀가 이해할 수 있도록 말하는 방법을 배우겠다고 마음먹을 때였다. 이제 그의 지평에 그녀가 커다랗게 떠오르고 있었다.

"이제 롱펠로에 대해서." 그녀가 말하려 했다.

"네, 저도 읽어 봤어요." 얼마 되지 않는 책에 대한 지식을 과시하고 최대한 활용하고 싶다는 충동으로 그는 끼어들었다. 자기가 완전히 무지한 촌놈은 아니라는 걸 그녀에게 보여 주고 싶었다. "인생 송가, 더 높이, 또… 이게 다인가 봐요."

그녀가 고개를 끄덕이며 미소 지었는데 그는 어쩐지 그 미소가 관용에서, 동정 어린 관용에서 나왔다는 느낌이 들었다. 그런 식으로 젠체하려 하다니, 바보 같은 놈. 저 롱펠로라는 친구는 시집을 수도 없이 냈을 텐데.

"참견해서 미안합니다, 미스. 내가 그런 것에 대해 쥐뿔도 모른다는 게 맞을 거예요. 내가 속한 계급에는 그런 게 없으니까… 하지만 나는 내 계급에서 알아낼 겁니다."

그 말은 협박처럼 들렸다. 그의 목소리는 결의에 찼고, 눈은 번쩍였으며, 표정도 강경했다. 그녀에게는 그의 턱선이 달라진 것처럼 보였다. 보기 거북하도록 사납게. 동시에 그에게서 남자의 박력이 밀려와 그녀에게 부딪치는 것 같았다.

"해내실 수 있을 거예요. 그… 당신 계급에서." 그녀는 웃으며 말을 끝냈다. "당신은 참 강해요."

그녀의 시선은 그의 목에 잠시 머물렀다. 흡사 황소처럼 힘줄이 불거진, 햇볕에 그을린 억센 목에서는 건강과 힘이 넘쳐흘렀다. 그가 얼굴을 붉히며 얌전히 거기 앉아 있을지라도, 그녀는 다시금 그에게 마음이 끌렸다. 머릿속에 엉뚱한 생각이 들어 스스로 놀랐다. 만약에 두 손을 저 목에 갖다 댄다면 그 모든 힘과 활기가 자기에게로 흘러오리라는, 그런 생각 같았다. 이 생각에 그녀는 흠칫했다. 꿈에도 생각지 못한 타락의 본성이 자신에게 내재해 있다가 드러나는 듯싶었다. 게다가 그녀에게 힘이란 조야하고 짐승 같은 어떤 것이었다. 날씬함과 우아함이 이상적인 남성미였다. 그래도 그 엉뚱한 생각은 떠나지 않았다. 볕에 그을린 저 목에 두 손을 갖다 대고 싶은 욕망이라니, 그녀는 기가 찼다. 사실 그녀는 강한 것과는 거리가 멀어서, 몸과 마음이 힘을 원하고 있었다. 그러나 그녀는 그걸 알지 못했다. 단지 이전의 어떤 남자도 이 사람만큼, 끔찍한 문법 실력으로 수시로 충격을 주는 이 사람만큼 자기를 감동시키지는 못했다는 것만 알았다.

"네, 약하지는 않죠." 그는 말했다. "몸의 기본 바탕으로 말하자면, 고철도 소화시킬 수 있어요. 그런데 지금은 소화불량이에요. 당신이 한 말을 대부분 나는 소화할 수 없어요. 아시다시피, 그런 식으로 훈련받은 적이 없거든요. 나는 책과 시를 좋아해서 시간 날 때마다 읽었지만, 당신과 같은 방식으로 생각해 보지는 않았어요. 그래서 그런 것들에 대해 말을 못 하는 거죠. 나는 낯선 바다를 지도도 나침반도 없이 표류하는 항해사가 된 것 같아요. 이제 방향을 잡고 싶어요. 당신이 나를 바른 방향으로 이끌어 줄 수 있을 것 같은데, 당신이 얘기한 이 모든 걸 어떻게 배웠죠?"

"학교를 다니고, 아마도, 공부해서겠죠." 그녀가 답했다.

"나도 어릴 적에 학교 다녔어요." 그는 납득하지 않았다.

"물론이겠죠. 그런데 내 말은 고등학교와 여러 강좌, 대학교에서 배웠다는 뜻이에요."

"대학을 다녔어요?" 그는 놀라움을 노골적으로 드러내며 물었다. 그녀가 적어도 백만 마일은 멀어진 느낌이었다.

"지금도 다니고 있어요. 영문학 특강을 듣고 있죠."

그는 '영문학'이 무얼 뜻하는지 몰랐으나, 알아보아야 할 항목으로 머릿속에 기록해 두고 넘어갔다.

"내가 대학에 가려면 얼마나 공부해야 하죠?" 그는 물었다.

그녀는 그의 지식욕을 격려하고 싶다는 뜻을 내비치며 말했다.

"그건 당신이 이미 해 놓은 공부가 얼마만큼인지에 달렸죠. 고등학교는 안 다녔나요? 아, 물론 안 다녔겠죠. 그럼 초등학교는 마쳤어요?"

"졸업을 2년 남기고 그만뒀어요." 그는 답했다. "그래도 늘 우등생으로 학년을 올라갔죠."

다음 순간, 그런 걸 뽐낸 자신에게 화가 나서 그는 손끝이 아플 만큼 의자 팔걸이를 거머쥐었다. 그러면서 마침 한 여인이 방으로 들어서고 있다는 것을 알아챘다. 그녀가 의자에서 일어나 새로 온 여인을 맞으러 마루를 빠르게 질러가는 것을 그는 보았다. 둘은 입맞춤을 한 후 서로 허리에 팔을 둘러서 그에게로 왔다. 저 사람이 틀림없이 그녀의 어머니이리라고 그는 생각했다. 새로 온 장신의 금발 여인은 날씬하고, 위엄 있고, 아름다웠다. 그녀의 가운은 이런 근사한 집에 어울리는 것이었다. 그 우아한 선들을 보는 그의 눈은 즐거웠다. 그녀와 그녀가 입은 옷은 무대 위 여배우들을 상기시켰다. 언젠가 비슷한 가운의 귀부인들이 런던 극장으로 들어가는 것을 선 채로 쳐다보고 있는데, 경찰이 그를 차양 밖으로 끌어내어 보슬비 속으로 쫓아냈던 것도 기억났다. 그다음 그의 기억은 요코하마의 그랜드 호텔로 건너뛰었다. 거기서도 그는 역시 길가에서 귀부인들을 쳐다보고 있었다. 요코하마 시가지와 항구가 숱한 장면으로 그의 눈앞에서 번쩍거리기 시작했다. 그러나 그는 현재의 긴박한 요구에 짓눌려 기억의 만화경을 얼른 내려놓았다. 소개받으려면 서 있어야 한다는 걸 알고 있었기에 가까스로 일어섰다. 바지 무릎은 튀어나와 있고 두 팔은 우스꽝스럽도록 축 늘어져 있었으며, 임박한 시련으로 인해 얼굴은 굳어 있었다.

2장

식당으로 가는 과정은 그에게 악몽과도 같았다. 멈칫하다 비틀대고, 발을 덥석 내디디다 갈지자걸음을 하는 바람에 때로는 걷는 게 아예 불가능할 지경이었다. 그러나 마침내 그는 해냈고 그녀 옆자리에 앉았다. 나이프와 포크의 배열에 그는 겁이 났다. 알 수 없는 위험을 간직한 듯 반짝거리는 그것들을 홀린 듯 쳐다보다 보니, 그 반짝거림을 배경으로 일련의 갑판 장면들이 스쳐 지나갔다. 그 장면속에서 그와 그의 동료들은 갑판에 앉아 칼집 달린 선원용 나이프와 손가락으로 염장 소고기를 먹고 있거나, 우그러진 쇠숟가락으로 작은 냄비에서 걸쭉한 콩 수프를 퍼먹고 있었다. 질 나쁜 소고기의 악취가 그의 코를 파고들고, 그들이 먹으면서 떠들어대는 소리가 판자의 삐걱댐과 칸막이의 신음에 맞춰 웅웅거렸다. 그는 그들이 먹는 모습을 보았고, 돼지 같다고 결론 내렸다. 그러니 그는 여기서 주의할 것이다. 소리를 내지 않을 것이고, 그래야 한다는 것을 줄곧 명심할 것이다.

그는 식탁을 둘러보았다. 맞은편에 아서와 그의 형 노먼이 앉아 있었다. 그들이 그녀의 남동생들이라고 되새기자 정이 갔다. 이 가족은 서로 얼마나 사랑하는지! 그녀 어머니의 모습과 모녀가 입 맞추며 반기던 모습, 둘이 팔짱을 끼고 그에게 걸어오던 모습이 떠올랐다. 그의 세계에는 부모 자식 간에 그런 방식의 애정 표현은 없었다. 그것은 천국에서나 있을 법한, 최고로 고양된 삶의 구현이었다. 그건 그가 언뜻 본 그 세계에서 가장 멋진 광경이었다. 그래서 그는 깊이 감동했고, 마음은 공감 어린 애정으로 녹아내렸다. 그는 평생 사랑에 굶주렸고, 그의 본성은 사랑을 갈구했다. 사랑은 그라는 존재의 본원적 요구였다. 그러나 그는 사랑 없이 살아가야 했기 때문에 자신을 무감각하게 만들어 왔다. 자신이 사랑이 필요한 사람이라는 것조차 알 수 없게 되었고, 지금도 여전히 알지 못했다. 단지 사랑이 작동하는 장면을 보고, 그 광경에 짜릿함을 느끼고, 사랑이란 멋지고 고귀하고 찬란하다고 생각할 따름이었다.

모스 씨가 그 자리에 없어서 다행이었다. 그녀, 그녀의 어머니, 그리고 또 다른 남자 형제인 노먼과 처음으로 안면을 트는 것만으로도 그는 충분히 힘겨웠다. 아서와는 이미 얼마간 아는 사이지만, 아버지 모스 씨까지 감당하기는 분명히 무리였다. 살면서 이렇게 애써 본 적은 없는 것 같았다. 이것에 비하면 아무리 혹독한 노동도 어린애 장난이었다. 안 해 본 일들을 한꺼번에 너무 많이, 전력을 다해 해내느라 이마엔 땀방울이 맺히고 셔츠는 땀에 젖었다. 전에 해 본 적 없는 방식으로 먹어야 했고, 낯선 식사 도구를 다루어야 했을 뿐 아니라, 모르는 일이 생길 때마다 주위를 살피며 어떻게 하는지 알아내야 했고, 그에게 홍수처럼 밀어닥치는 인상들을 해석하고 분류해야 했다. 또 얼떨떨하면서도 고통스런 불안의 형태로 그를 괴롭히는 그녀를 향한 갈망을 의식해야 했다. 그녀가 걷는 인생의 길에 다다르고자 하는 욕망을 느껴야 했으며, 어떻게 그녀에게 도달할지 이리저리 궁리하고 막연한 계획을 세워 보기도 해야 했다. 또한 어떤 경우에 어느 나이프나 포크를 사용해야 하는지 확인하기 위해 맞은편의 노먼이나 다른 사람을 훔쳐볼 때도, 그 사람의 표정을 포착하며 자동으로 그녀와 연관 지어 평가하고 의미를 알아내려 애쓰게 되었다.

그러면서 그는 말해야 했고, 남들이 그에게 하는 말과 자기들끼리 주고받는 말을 들어야 했다. 필요하면 대답도 해야 했는데, 지속적으로 단속하지 않으면 말투가 흐트러지기 십상이었다. 설상가상으로, 계속 그의 어깨 뒤에 소리 없이 나타나는 위협, 어려운 수수께끼를 내고 즉각적인 해답을 요구하는 무시무시한 스핑크스인 하인이 있었다.

식사하는 동안 마틴은 '핑거 볼'에 대한 궁금증에 내내 사로잡혀 있었다. 그 상황에 적절치는 않지만 그는 끈질기게, 수십 번씩이나 그것이 언제 들어올지 어떻게 생겼을지 궁금해했다. 이제 조만간, 몇 분 후면 말로만 들어 왔던 그 핑거 볼이란 물건을 보게 될 것이다. 그 그릇에 손을 씻는 높으신 분들과 함께, 아, 자신도 거기에 손을 씻을 것이다. 그러나 가장 중요하지는 않더라도 그의 의식 표면에 늘 도사리고 있는 문제는 이 사람들 앞에서 어떻게 처신해야 하는가 하는 것이었다. 어떻게 행동해야 할까? 그는 끊임없이 그 문제와 씨름했다. 자기도 그들 가운데 하나인 척하자는 비겁한 생각이 들었다. 또한, 원래 기질에 맞지 않으니 그런 척해 봤자 될 리가 없으며 결국 조롱감이 되고 말 것이라는 더욱 비겁한 생각도 들었다.

자신이 취해야 할 태도를 고심하느라 마틴은 저녁 정찬 초반에 매우 조용했다. 그는 그 조용함이 아서를 거짓말쟁이로 만들고 있음을 알지 못했다. 전날 그녀의 남동생은 어느 거친 사나이를 정찬에 데려올 것이고, 비록 그가 거칠기는 해도 흥미로운 인물이니 걱정하지 말라고 가족에게 알렸던 것이다. 마틴 에덴은 그녀의 남동생이 그런 배신을 저지를 수도 있다는 걸 생각도 하지 못했다. 더욱이 그를 불쾌한 분쟁에서 꺼내 준 사람이 자신이었으니 말이다. 그래서 그는 그 자리에 어울리지 못하는 제 자신을 언짢아하면서도 주위에서 벌어지는 모든 일에 감탄하며 식탁에 앉아 있었다. 그는 먹는 것이 실용적 기능 이상의 행위임을 처음으로 깨달았다. 자신이 뭘 먹고 있는지도 몰랐다. 그냥 음식일 뿐이었다. 식사가 미학적 행위인 이 식탁에서 그는 아름다움에 대한 자신의 사랑을 만끽하고 있었다. 그것은 지적인 행위이기도 했다. 그의 지성이 깨어났다. 자기에게는 무의미한 단어들, 책에서만 본 단어들, 자신이 아는 어느 누구도 정신적 역량 부족으로 인해 구사할 수 없는 단어들이 들려왔다. 이 경이로운 가족, 그녀 가족들의 입술에서 이런 단어들이 아무렇지도 않게 흘러나올 때, 그는 짜릿한 기쁨을 느꼈다. 책에 쓰여 있는 로맨스와 아름다움, 드높은 정기가 현실이 되었다. 꿈이 환상의 틈바구니에서 걸어 나와 실제가 되는 것이 보이는, 드물고도 더없이 행복한 상태였다.

그렇게 수준 높은 삶을 경험해 보지 못했으므로 그는 나서지 않고 귀를 기울였다. 관찰하고 즐기면서 그녀에게 "예스, 미스" "노, 미스", 그녀의 어머니에게는 "예스, 맘" "노, 맘"이라고 짧게 단음절로 답했다. 선원 생활의 버릇대로 그녀의 동생들에게도 "예스, 써(sir)", "노, 써" 같은 존칭이 나오려 해서 간신히 참았다. 그런 말은 부적절할뿐더러 자기가 열등하다는 고백이나 마찬가지였다. 만약 그가 그녀에게 다다르려 한다면 있어서는 안 될 일이었다. 그건 자존심의 문제이기도 했다.

'제기랄!' 한 번은 속으로 외쳤다. '나도 그들보다 못할 게 없어. 그들이 내가 모르는 것을 많이 알긴 하지만, 나도 그들에게 몇 가지는 가르쳐 줄 수 있다고!' 그런데 다음 순간 그녀나 그녀의 어머니가 "에덴 씨"라고 호칭하면, 그는 사나운 자존심을 잊고 기쁨으로 얼굴이 달아올랐다. 그는 책에서만 읽은 사람들과 어깨를 나란히 하는 교양인이 된 것이었다. 그 자신이 책에 나오는 인물이 되어, 고급스럽게 제본된 책들의 인쇄된 지면을 종횡무진 탐험하고 있었다.

아서의 묘사가 무색하게, 거친 사람이라기보다 순한 양으로 보이긴 했지만, 그는 무슨 행동이든 해 보려고 머리를 쥐어짜고 있었다. 그는 순한 양이 아니었고, 들러리 역할은 그의 우두머리 기질에 맞지 않았다. 그는 필요할 때만 말했는데 그 말은 식탁으로 오던 그의 걸음처럼 비틀거리고 머뭇거렸다. 머릿속에 들어 있는 여러 나라의 어휘들을 더듬어야 했고, 적당한 단어를 찾을지라도 발음을 제대로 못 할까 봐 두려웠으며, 다른 이들이 모를 것 같은 거칠고 생경한 단어들은 걸러내야 했다. 그러면서 말조심하느라 속내를 표현하지 못해 바보가 된 것 같다는 생각에 짓눌렸다. 그의 자유분방한 성격은 그의 목이 풀 먹인 칼라라는 족쇄를 거부하듯 그런 제재를 거부했다. 더욱이 그는 자신이 계속 바보처럼 가만히 있지는 못하리라는 것을 뻔히 알았다. 그는 천성적으로 사고력과 감수성이 뛰어나서, 창조적인 정신이 들썩거렸다. 밖으로 나와 표현과 형태를 얻으려고 몸부림치는 내면의 개념 혹은 감각에 순식간에 휘둘리면, 그는 자신이 어디에 있는지도 잊었고 예전의 말들이 — 그의 입에 익은 언어의 도구가 — 흘러나왔다.

한번은, 그의 어깨 뒤에서 자꾸 성가시게 구는 하인에게 뭔가를 거절하면서, 그는 짧고 격하게 "파우!"라고 말했다.

즉시 식탁에 앉아 있는 사람들이 긴장하여 쳐다보았고, 하인은 짐짓 점잔을 빼며 고소해했다. 그는 수치심에 빠졌다. 그러나 빠르게 냉정을 되찾았다.

"그건 '끝마치다'라는 뜻의 캐너커(하와이 원주민 - 옮긴이) 말입니다. 저절로 튀어나왔네요. 철자는 p-a-u입니다."

그녀의 호기심 어린 눈이 자신의 손에 머물러 있음을 알아채고 그는 변명조로 말했다.

"나는 최근에 태평양 우편 증기선을 타고 동해안을 따라 내려왔습니다. 그 배가 시간에 쫓겨서 저는 퓨짓 사운드 항구 근처에서… 여러분이 이 말을 아실지는 몰라도… 뱃짐 혼합 화물을 싣느라고 열불나게 일했습니다. 그러느라 피부가 까졌지요."

"오, 그래서 쳐다본 게 아니었어요." 이번에는 그녀가 서둘러 해명했다. "당신 손이 체구에 비해서는 작은 것 같았어요."

그녀의 말을 제 결함에 대한 또 다른 폭로로 받아들인 그는 뺨이 화끈거렸다.

"그래요." 그는 제 손을 경멸하는 투로 말했다. "제대로 힘쓸 만큼 크지 못하죠. 나는 팔과 어깨로는 노새처럼 너끈히 치받을 수 있지만, 손으로 사람 턱이라도 갈겼다간 내 손도 결딴나겠죠."

방금 한 말이 마음에 들지 않아 그는 자기혐오에 사로잡혔다. 입놀림에 대한 경비를 허술하게 했더니 점잖지 못한 말이 나오고 말았다.

"아서를 그런 식으로 도와주시다니, 당신은 참 용감하셨어요. 더구나 아는 사이도 아닌데." 이유는 몰랐지만 그의 좌절을 눈치챈 그녀가 재치 있게 말했다.

그는 그제야 그녀의 의도를 깨달았다. 그 결과 따스한 감사의 파도에 압도된 나머지 헤프게 말하는 제 혀를 잊었다.

"정말 별것도 아니었죠." 그는 말했다. "어떤 사내라도 그 정도는 했을 겁니다. 그 불량배들은 말썽을 일으키려고 작정하고 있었어요. 아서가 전혀 건드리지 않았는데도 놈들이 들이받았고, 그래서 내가 그놈들을 들이받았고, 몇 놈 손봐 주었죠. 그러다 내 손은 까지고 그놈들은 이빨 몇 개가 나갔죠. 절대 놓치지 말아야 할 장면이었죠. 내 생각엔…"

그는 입을 벌린 채로 말을 끊었다. 자신의 타락과, 그녀와 같은 공기를 마실 수조차 없는 완전한 무가치함의 나락이 코앞에 있었다. 아서가 나룻배에서 자기가 불량배와 벌인 모험과 어떻게 마틴 에덴이 뛰어들어 그를 구했는지에 대한 이야기를 스무 번째 하는 동안, 당사자는 눈썹을 찡그리고 이미 저질러진 바보짓에 대해 숙고했다. 그리고 이 사람들 앞에서 어떻게 처신해야 하는가 하는 문제와 더욱 결연하게 씨름했다. 여태까지는 확실히 성공적이지 못했다. 그는 그들과 같은 족속이 아니며 그들이 하는 어려운 말을 할 수도 없음을 자인했다. 그들과 동류인 척하는 것은 불가능했다. 가식은 실패할 것이며, 그 가식이 천성에 맞지도 않았다. 그에게는 속임과 농간이 들어

찰 여지가 없었다. 무슨 일이 벌어지건 그는 있는 그대로여야 했다. 그들의 언어로 지금 당장은 말할 수 없지만 머지않아 그럴 수 있을 것이다. 그는 그렇게 되고야 말겠다고 단단히 마음먹었다. 그러는 동안에도 말은 해야 했으며 그 말은 반드시 자신의 말이어야 했다. 그들에게 이해될 만하면서도 지나친 충격을 주지는 않으려면, 어조를 누그러뜨려야 했다. 나아가, 알지 못하는 것을 안다고 암묵적 시인으로조차도 주장하지 않기로 했다. 이런 결심에 따라, 두 형제가 대학 전문 분야 이야기를 하면서 '삼각법(trig)'이라는 단어를 몇 차례 썼을 때 마틴 에덴은 물었다.

"삼각법(trig)이 무슨 뜻이죠?"

"삼각법(Trigonometry)은," 노먼이 말했다. "일종의 고등 수학(math)이죠."

"그럼 수학(math)은 무슨 뜻인데요?" 그의 다음 질문은 노먼을 약간 웃게 만들었다.

"수학(Mathematics), 즉 산수죠."

마틴 에덴은 끄덕였다. 그는 지식의 광대한 전경을 얼핏 보았다. 만질 수 있을 만큼 뚜렷했다. 마틴의 비상한 눈에는 추상적 관념도 구체적인 형태를 띠었다. 그의 뇌가 부리는 연금술로 삼각법과 수학, 그리고 그것들이 가리키는 지식의 전 영역이 그것에 상응하는 풍경으로 바뀌었다. 그가 본 풍경에는 푸르른 숲과 그 속의 빈터, 그리고 은은히 빛나거나 다채롭게 번쩍이는 모든 것이 있었다. 멀리 있는 세세한 부분들은 자줏빛 아지랑이에 흐릿하게 가려져 있었으나, 이 아지랑이 너머에 미지의 것, 로맨스의 매혹이 있음을 그는 알았다. 그것은 그에게 포도주와 같았다. 여기 모험이, 머리와 손으로 해내야 할 어떤 일과 정복할 세계가 있었다. 그리고 그의 의식의 이면에서 바로 그녀, 자기 옆에 앉아 있는 백합처럼 창백한 이에게 도달하기 위해 그 세계를 정복해야 한다는 생각이 튀어나왔다.

　가물대는 전망은 산산이 깨졌다. 저녁 내내 그에게서 거친 면을 끌어내려고 시도하는 아서 때문이었다. 마틴 에덴은 자신의 결심을 더욱 다졌다. 처음으로 그는 본래의 자신이 되었는데, 시작은 의식적이고 의도적이었지만, 인생을 자기가 아는 모습으로 청중의 눈앞에 재연하는 창조의 기쁨에 취해서 그는 본래의 자신을 드러내고 있었다. 한때 그는 밀수선 '물총새 호'의 선원이었고 그 배가 밀수 감시선에 잡힌 적이 있었다. 그는 커다랗게 뜬 눈으로 그때의 광경을 보았고, 자기가 보는 것을 이야기할 수 있었다. 그는 청중 앞에 고동치는 바다를, 그리고 바다 위의 남자들과 배들을 가져다 놓았다. 청중이 그가 본 것을 그의 눈으로 보게 되기까지, 그는 과거를 눈에 선하게 떠올리는 자신의 능력을 그들에게 전했다. 엄청난 양의 세부 사항을 예술가의 안목으로 선별하여 빛과 색으로 작열하는 삶의 장면을 그려 냈으며, 동작을 곁들임으로써 청중이 그와 함께 거친 웅변과 열정과 힘의 밀물을 타게끔 했다. 때로 그가 하는 이야기의 생생함과 특유의 용어가 청중을 움찔하게 했으나 폭력의 뒤꿈치에는 언제나 아름다움이 따라붙었고, 비극은 유머로, 즉 이상하게 비틀어 둘러대는 선원식 해석으로 완화되었다.

　그가 말하는 동안 그녀는 놀란 눈으로 그를 바라보았다. 그의 불이 그녀를 달아오르게 했다. 그녀는 자신이 여지껏 차가운 삶을 살아온 것은 아닌지 의문이 들었다. 이 타오르는 남자, 분출하는 화산처럼 힘과 견고함과 건강을 내뿜는 남자에게 경도되려 했다. 그녀는 그래야 한다고 느꼈고, 그 느낌에 애서 저항했다. 움츠러들어 그로부터 떨어지려는 정반대의 충동 역시 있었다. 그녀는 그의 찢기고 긁힌, 고된 일에 시달려 삶의 때가 살 속까지 찌든 손이 역겨웠다. 칼라에 쓸린 빨간 자국과 우람한 근육들도 역겨웠다. 그의 거친 면이 그녀를 두렵게 했다. 거친 단어 하나하나는 그녀의 귀에 대한 모독이었고, 그의 거친 인생의 국면 하나하나가 그녀의 영혼에 대한 모독으로 여겨졌다.

그런데도 그녀는 계속 그에게 끌렸고, 자신에게 그런 힘을 발휘하는 그가 사악한 사람임이 틀림없다고 생각하기에 이르렀다. 그녀의 내면에 확고히 정립돼 있던 모든 것이 흔들렸다. 그의 로맨스와 모험은 관습과 충돌했다. 그가 대수롭지 않게 말하는 위험과 즉각 터지는 그의 웃음 앞에서 삶이란 더 이상 심각하게 애쓰고 참아 낼 일이 아니라, 장난감을 갖고 놀면서 거꾸로 뒤집기도 하듯 아무 생각 없이 즐기면서 살다가 아무 생각 없이 집어치울 일이었다. '그러므로, 즐겨라!'라는 외침이 그녀 안에 울려 퍼졌다. '그에게 몸을 기울여서, 원한다면 그의 목을 두 손으로 감싸!' 이처럼 무모한 생각에 그녀는 비명을 지르고 싶었다. 자신의 정결과 교양에 가치를 매기고, 자신에게는 있고 그에게는 없는 모든 점을 대조해 보았으나 소용없었다. 주위를 둘러보니 다른 사람들도 홀린 듯 그를 쳐다보고 있었다. 어머니의 눈에서 공포를 보지 못했다면 그녀는 실망했을 터였다. 매혹당한 공포이긴 해도 공포는 공포였다. 바깥의 암흑으로부터 온 이 남자는 사악했다. 어머니는 바로 알아보았다. 모든 일에서 어머니를 믿어 온 그녀는 이 일에서도 어머니를 믿을 것이다. 그의 불은 더 이상 뜨겁지 않았으며, 그에 대한 두려움은 더는 절실하지 않았다.

식사 후에 그녀는 그를 위해 피아노를 연주했다. 그를 겨냥하여, 둘 사이의 뛰어넘을 수 없는 간극을 강조하려는 의도를 어렴풋이 담아 공격적으로 피아노를 쳤다. 그녀의 음악은 그의 머리를 잔인하게 갈기는 곤봉이었다. 그런데 그 음악은 그를 때려눕히기도 했지만 부추기기도 했다. 그는 그녀를 경외심으로 바라보았다. 그녀의 마음속에서 그랬듯 그의 마음속에서도 둘 사이의 간극이 벌어졌다. 그러나 간극이 벌어지는 것보다 빠르게 그것을 건너뛰려는 그의 야망은 커졌다. 게다가 그는 저녁 내내 그 간극을 들여다보면서 앉아 있기에는 — 더군다나 음악이 있을 때는 — 감각이 너무 복잡하게 짜인 인간이었다. 그는 특히 음악에 민감했다. 음악은 그의 감정을 더 대담해지도록 부추기는 독주와 같았다. 그의 상상력을 붙들어 하늘로 치솟아 오르게 만드는 마약이었다. 음악은 더러움을 밀어내고, 그의 마음을 아름다움으로 넘치게 하며, 로맨스를 풀어놓고 그 발뒤꿈치에 날개를 달아 주었다. 그는 그녀가 연주하는 음악을 이해하지 못했다. 그건 그가 들어 온 무도장의 쿵쾅거리는 피아노 소리, 취주 악대의 시끄러운 소리와는 달랐다. 그러나 책에서 그런 음악에 대한 힌트를 얻은 적이 있어 처음에는 그녀의 연주를 순순히 받아들였고, 간단명료한 리듬의 경쾌한 선율을 끈기 있게 기다렸다. 그런데 그런 선율은 오래 지속되지 않았고 그래서 그는 당혹스러웠다. 막 흐르는 선율을 타고 상상의 나래를 펼 참이면, 어김없이 그에게는 아무 의미 없는 혼돈스런 소리의 뒤범벅에 눌려 그 선율은 잦아들었고, 그의 상상은 묵직한 추처럼 땅으로 떨어져 버렸다.

문득, 이 모두가 의도적인 퇴짜의 표시라는 생각이 들었다. 그는 그녀의 적대감을 알아챘고, 그녀가 건반을 두드려서 발하는 메시지를 해독하려고 애썼다. 그러다 다음 순간, 그 부질없는 생각을 떨쳐 버리고 음악에 자신을 맡겼다. 이전의 즐거운 상태가 되살아나기 시작했다. 그의 발은 더 이상 진흙을 디디고 있지 않았으며, 육체는 정신이 되었다. 그의 눈앞에도 뒤에도 찬란한 빛이 어렸다. 그러자 앞에 있는 광경은 사라지고 그는 저 멀리서, 그에게는 몹시 소중한 세상에서 배회하고 있었다. 환영 속에서 이어지는 꿈의 행렬에는 아는 것과 모르는 것이 뒤섞여 있었다. 그는 햇볕에 바랜 땅의 낯선 항구로 들어갔고, 아무도 본 적 없는 야만족의 시장을 거닐었다. 따뜻한 밤, 바람 한 점 없는 바다에서 맡은 것과 같이 향신료 섬의 향기를 짙게 맡는가 하면, 길고 긴 적도의 낮 동안 남동 무역풍을 거슬러 갔다. 뒤로는 야자수로 뒤덮인 산호섬이 청록색 바다로 가라앉고 있었으며, 앞으로는 야자수로 뒤덮인 산호섬이 청록색 바다에서 떠오르고 있었다. 장면들이 전광석화처럼 오갔다. 한순간 그는 야생마를 타고 오색 빛깔의 황무지 '오색 사막'을 질풍처럼 가로질렀다. 다음 순간 그는 어른거리는 열기를 뚫고 '데스 밸리'의 허연 등성이들을 내려다보고 있거나, 높이 솟은 빙산이 햇살에 반짝이는 언 바다에서 노를 젓고 있었다. 그는 감미롭게 찰싹대는 파도를 향해 코코넛 나무들이 휘어진 산호 해변에 누워 있었다. 오래된 난파선의 잔해가 푸른 불길로 타올랐고, 뚱땅거리는 우쿨렐레와 둥둥 울리는 큰 북을 반주로, 가수들의 원시적인 사랑 노래에 맞춰 무희들이 불빛 속에서 춤을 추고 있었다. 감각적인 적도의 밤이었다. 별들 속에 서 있는 화산 분화구의 윤곽이 뚜렷했다. 머리 위에는 창백한 초승달이 떠 있고, 낮게 걸린 남십자성은 밝게 빛났다.

그는 하프였다. 그가 알고 의식했던 모든 삶은 현이었다. 그리고 밀려오는 음악은 그 현들에 부딪혀 기억과 꿈을 울려 나오게 하는 바람이었다. 단순히 느끼기만 하는 것이 아니었다. 감각은 형태와 색깔과 광휘를 입어, 그가 무엇을 상상하든 마술적인 방식으로 그 상상을 구체화시켰다. 과거와 현재와 미래가 뒤섞였다. 그는 그 넓고 따뜻한 세계를 누비고 있었다. 험난한 모험과 고귀한 행위들을 하면서 그녀를 향해. 아, 그리고 그녀의 마음을 얻어 그녀와 함께, 그녀를 품에 안고 마음의 왕국을 가로질러 날았다.

그녀는 어깨 너머로 그를 힐끔 돌아보았고, 그의 얼굴에서 이 모든 것의 기미를 발견했다. 완전히 달라진 얼굴이었다. 강렬하게 빛나는 두 눈이 소리의 장막 너머 생명의 약동과 정신의 장엄한 환영을 응시하고 있었다. 그녀는 소스라쳤다. 미숙하고 쩔쩔매는 촌뜨기는 사라졌다. 맞지 않는 옷, 상처투성이 손, 햇볕에 그을린 얼굴색은 그대로였다. 그러나 이것들은 감옥의 쇠창살인 듯싶었다. 쇠창살 안에서 밖을 내다보는, 제대로 말할 능력이 없는 어눌한 입 때문에 말을 하지 못하는 한 위대한 영혼을 그녀는 보았다. 이걸 본 건 오직 찰나의 순간이었다. 그녀는 촌뜨기가 다시 돌아와 있는 것을 보았고, 자신의 일시적 공상에 실소했다. 그래도 순간적인 일별의 여운은 남았다. 그가 머뭇대며 물러가려 할 때 그녀는 그에게 스윈번 시집과 함께 브라우닝 시집을 빌려주었다. 그녀는 영문학 강좌에서 브라우닝을 배우고 있었다. 얼굴을 붉히며 감사의 말을 더듬거리는 모습은 영락없는 소년이라, 모성에서 비롯된 연민이 그녀 안에서 샘솟았다. 그녀는 촌뜨기도, 감옥 안의 영혼도, 자신을 극히 남성다운 분위기로 뚫어지게 쳐다보아 기쁘게도 놀라게도 했던 남자도 기억하지 못했다. 온통 못이 박혀 강판처럼 거친 손으로 그녀의 손을 잡고 흔드는 소년을 볼 따름이었다. 소년이 어색하게 말했다.

"내 생애 가장 멋진 시간이었습니다. 아시다시피, 나는 이런 일에 익숙지 않아서…" 그는 주위를 무력하게 둘러보았다. "이런 집과 사람들에게요. 내게는 아주 새로운 일이고, 그래서 나는… 좋아요."

"다시 방문해 주시면 좋겠어요." 그가 그녀의 동생들에게 인사하는 동안 그녀는 말했다.

그는 모자를 눌러쓰고 비틀대며 문간을 필사적으로 빠져나가, 사라졌다.

"음, 저 사람 어때?" 아서가 물었다.

"굉장히 흥미롭네. 신선해." 그녀는 답했다. "저 사람 몇 살이지?"

"스무 살, 곧 스물한 살이 된다지. 내가 아까 오후에 물어봤거든. 그가 그렇게 젊을 줄은 몰랐어."

그럼 내가 세 살 많구나 하는 생각이 동생들에게 밤 인사로 입을 맞추는 그녀에게 스쳐 갔다.

44

3장

  마틴 에덴은 계단을 내려오면서 외투 호주머니에 손을 집어넣었
다. 그리고 얇은 갈색 종이 한 장과 멕시코산 담뱃가루 소량을 꺼내
능숙하게 궐련을 말았다. 그는 첫 한 모금의 담배 연기를 폐로 깊숙
이 끌어당겼다가 천천히 길게 뿜어냈다. "맙소사!" 그는 경이와 경탄
이 담긴 목소리로 소리쳤다. "맙소사!" 그는 반복했고, 다시 웅얼거
렸다. "맙소사!" 그리고 셔츠에서 칼라를 떼어 호주머니에 쑤셔 넣
었다. 차가운 이슬비에도 아랑곳없이 모자를 벗고 상의의 단추도 풀
어 젖힌 채 그는 흔들대며 걸었다. 내리는 비를 어렴풋하게만 느꼈
다. 꿈을 꾸듯 방금 전의 장면들을 재구성해 보면서, 그는 황홀경에
빠져 있었다.

  마침내 그 여자, 생각지도 못했던, — 여자들 생각을 별로 하지
도 않았지만 — 그래도 언젠가 만나리라고 막연히 기대했던 여자를
만났다. 초저녁의 정찬에서 그는 그녀 옆에 앉아 있었다. 제 손으로
그녀의 손을 잡았고, 그녀의 눈을 들여다보았으며, 내비치는 아름다
운 정신을 보았다. 그러나 정신을 내비치는 눈은 정신보다 더 아름
다웠고, 정신에 표현과 형태를 주는 육체는 더욱 아름다웠다. 그는
그녀의 육체를 단순한 육체로 생각하지 않았다. 여지껏 아는 여자들
에 대해서 단순하게만 생각했던 그에게는 새로운 경험이었다. 그녀
의 육체는 어쨌든 달랐다. 그는 그녀의 몸을 병들고 무너져야 하는
몸으로 이해하지 않았다.

  그녀의 몸은 정신을 감싼 의상 이상이었다. 그녀의 육체는 정신의

발현이자 성스러운 정수의 순수하고 우아한 결정체였다. 성스럽다는 느낌이 그를 놀라게 했다. 그는 꿈에서 깨어 멀쩡한 정신으로 돌아왔다. 예전에는 성스러움에 관한 어떤 말도, 어떤 단서도, 어떤 암시도 와닿지 않았다. 그는 성스러움을 결코 믿지 않았다. 늘 반종교적이었으며, 악의는 없었지만 목사들과 그들이 얘기하는 영혼의 불멸성을 비웃었다. 그는 저 너머의 삶은 없다고 주장해 왔다. 삶은 지금 여기에 있을 뿐이며 그다음은 영원히 이어지는 암흑이라고.

그러나 그가 그녀의 눈에서 본 것은 영혼, 절대 죽지 않는 불멸의 영혼이었다. 그가 아는 어떤 남자도 여자도 그에게 불멸이라는 메시지를 준 적이 없었다. 그런데 그녀가 그것을 주었다. 처음 그를 본 순간, 그녀는 불멸을 속삭였다. 걸어가는 동안 그녀의 얼굴이 눈앞에 어른거렸다. 오직 영혼만이 지을 수 있을 듯한 연민과 상냥함이 담긴 미소를 짓는, 창백하고 진지하며 다정하고 예민한, 그가 결코 꿈도 꾸어 보지 못했을 정도로 순수한 얼굴이었다. 그녀의 순수함이 한 방 먹이듯 그를 강타하며 뒤흔들어 놓았다. 그는 선과 악을 알았으나 순수함은 존재의 한 속성으로 생각해 본 적이 없었다. 그런데 이제 그녀로 인해 그는 순수함이 최상의 선함과 정결함이며, 둘의 합이 영원한 생명을 이룬다고 생각하게 되었다.

영원한 생명을 잡고 싶다는 야망이 즉시 밀려왔다. 그는 그녀에게 물을 떠다 주기에도 모자란 인간이었다. 그는 알았다. 그날 밤 그녀를 보고, 그녀와 함께 이야기를 나눌 수 있었던 건 기적적인 행운과 환상적인 우연 덕분이었다. 우연히 일어난 일이었다. 그런 행운을 얻을 자격이 마틴에겐 없었다. 그는 매우 종교적인 기분이 들었다. 자

책과 자기 비하로 가득 차 겸손하고 유순해졌다. 그런 마음으로 죄인들은 고해소로 가는 것이다.

마틴은 죄를 깨달았다. 그러나 고해소의 온순하고 초라한 자들이 눈부시게 당당해진 미래의 제 모습을 예견하듯 그도 그녀를 소유함으로써 당도하게 될 비슷한 미래를 예견했다. 그러나 그녀를 소유한다는 것은 흐릿하고 막연하며, 이제껏 그가 생각했던 소유와 완전히 달랐다. 야망이 미친 듯한 날갯짓을 했고, 그는 그녀와 함께 고지를 오르고, 그녀와 함께 생각을 나누고, 그녀와 함께 아름답고 고상한 것들을 즐기는 자신을 보았다. 그것이 그가 꿈꾸는 영혼의 소유로, 상스러움이 철저히 걸러진 소유이자 아직 명확하게 정의할 수 없는, 일종의 자유로운 정신적 동지애였다. 하지만 그가 그런 소유를 생각해 낸 것은 아니었다. 실은 전혀 생각하지 않았다. 감각이 이성을 장악하여, 그는 전혀 알지 못했던 감정으로 떨리고 두근거렸다. 그는 감성의 바다를 감미롭게 떠다니고 있었다. 그 바다에서는 느낌이 고양되고 고상해져서 인생살이의 높은 꼭대기도 타넘었다.

마틴은 술 취한 사람처럼 비틀대면서 흥분한 목소리로 중얼거렸다. "맙소사! 맙소사!"

길모퉁이의 경찰이 그를 수상쩍게 쳐다보다가 선원들이 피우는 담배를 그가 피우고 있음에 주목했다.

"그거 어디서 났소?" 경찰이 물었다.

마틴 에덴은 지상으로 돌아왔다. 그라는 유기체는 액체처럼 유동적이라 조건에 신속히 맞춰져서 어떤 구석과 간극도 흘러들어 메울 수 있었다. 경찰의 부름에 마틴은 즉각 보통의 상태로 돌아와 상황을 명확하게 파악했다.

"멋지죠. 그렇지 않아요?" 그는 웃으며 대꾸했다. "내가 큰 소리로 떠드는 줄 몰랐네요."

"당신 이제 곧 노래할 판이요." 경찰이 진단을 내렸다.

"그럴 리가요. 성냥 좀 빌려주세요. 다음 차를 타고 집에 갈 겁니다."

마틴은 담배에 불을 붙인 다음 경찰에게 인사하고 걸어갔다. "별일 없겠지?" 그는 소리 죽여 내뱉었다. "그는 내가 취한 줄 알았어." 마틴은 혼자 웃으며 생각했다. "사실은 취했던 것 같아." 그러고는 덧붙였다. "여자의 얼굴에 취할 수 있다는 걸 몰랐지."

그는 텔레그래프 애비뉴에서 버클리로 가는 차를 탔다. 그 차는 노래하며 대학 응원 구호를 계속 외쳐 대는 젊은이들로 가득 차 있었다. 마틴은 그들을 흥미롭게 관찰했다. 그들은 대학생이었다. 그녀와 같은 대학에 다니고 사회적으로 같은 계급이니 그녀를 알 수 있었고, 원한다면 날마다 그녀를 만날 수도 있었다. 그들이 왜 그러지 않는지, 즉 그들이 그날 저녁 그녀와 함께 있고, 그녀와 이야기하고, 영예롭고 매력적인 사람들 속에서 그녀 가까이 앉아 있는 대신 왜 밖에 나와 놀았는지 그는 의아했다. 생각은 흘러갔다. 한창 떠들고 있는 눈이 좁고 길게 찢어진 학생을 그는 눈여겨보았다. 저 녀석은 나쁜 놈이라고 단정했다. 만약에 배를 탄다면 저놈은 고자질쟁이, 불평쟁이, 수다쟁이가 될 것이다. 마틴 에덴은 녀석보다 나은 사람이었다. 그 생각이 그를 고무시켰다. 그녀에게 그를 가깝게 끌어다 놓는 듯했다. 그는 자신과 대학생들을 비교하기 시작했다. 근육이 체계적으로 발달한 자신의 몸을 의식하고 육체적으로는 대학생들보다 몇 수 위라고 그는 자신했다. 그러나 그들의 머리는 그녀처럼 말할 수 있게 해 주는 지식으로 가득했다. 그 생각은 마틴을 우울하게 만들었다. 그런데 뇌는 어디에 쓰는 것인가? 그는 열렬히 자문했다. 그들이 이미 한 일을, 그는 앞으로 할 수 있었다. 그들이 책에서 인생을 배우는 동안, 그는 바삐 인생을 살았다. 그의 뇌는 그들만큼이나 지식이 가득했지만, 그 지식은 다른 종류였다. 대학생들 중에 몇이나 밧줄을 매고, 조타륜을 잡고, 망을 볼 수 있을까? 그가 살아온 삶이 일련의 위험과 도전, 곤경과 노고의 장면들로 눈앞에 펼쳐졌다. 그는 배움의 과정에서 겪은 실패와 상처들을 떠올렸다. 어쨌거나, 그가 그만큼 유리했다. 대학생들은 나중에 현실을 겪기 시작해야 할 것이고, 그가 이미 통과한 시련을 거쳐야 할 터였다. 잘됐다. 그들이 그러느라 바쁜 동안 그는 인생의 다른 면을 책으로부터 배울 수 있을 것이다.

차가 오클랜드와 버클리 사이 주거 지역을 지날 때, 그는 창밖으로 '히긴보삼의 현금 상회'라는 간판이 정면에 자랑스럽게 붙어 있는 낯익은 이층 건물을 찾았다. 마틴 에덴은 근방의 모퉁이에서 내렸다. 잠시 간판을 올려다보았다. 그것은 단순한 표현 이상의 메시지를 그에게 전했다. 옹졸하고 이기적이고 몹시 의뭉한 인성이 글자로부터 풍겨 나오는 듯했다.

버나드 히긴보삼은 그의 매형이며, 마틴은 그를 잘 알았다. 그는 열쇠로 현관문을 열고 계단을 걸어 이층으로 올라갔다. 이층엔 그의 매형이 살았다. 식료품 가게는 아래층이었다. 공기 속에 상한 채소 냄새가 떠돌았다. 그는 더듬거리며 홀을 지나다가 수많은 조카와 조카딸 중 하나가 버려둔 장난감 차에 발이 걸려 문에 커다랗게 쿵 소리를 내며 부딪혔다. '구두쇠,' 그는 생각했다. '2센트어치 가스 불을 아끼려다 하숙인들 목을 부러뜨리겠군.'

그는 문고리를 더듬어 찾아서 불 켜진 방으로 들어갔다. 누나는 남편의 바지를 깁고 있었으며, 의자 두 개에 자신의 야윈 몸을 누인 히긴보삼은 낡은 실내화를 신은 두 발을 두 번째 의자 아래로 늘어뜨리고 있었다. 그가 읽고 있던 신문 너머로 어둡고 위선적이며 쏘아보는 듯한 눈을 힐끗거렸다. 마틴 에덴은 그를 볼 때마다 혐오감을 참을 수 없었다. 그의 누나가 뭘 보고 그와 결혼했는지 모를 일이었다. 매형은 해충처럼 느껴져서, 볼 때마다 발로 밟아 뭉개고 싶은 충동이 일었다. '언젠가 본때를 보여 주겠어.' 마틴은 이런 식으로 자위하며 그의 존재를 견뎠다. 족제비처럼 작고 잔인한 두 눈이 불만스럽게 그를 쳐다보고 있었다.

"자," 마틴은 물었다. "뭐가 문제인지 말씀하시죠."

"저 문을 칠한 지 한 주밖에 안 됐어." 히긴보삼은 애원 반 협박 반으로 말했다. "인건비가 얼마인지 몰라? 조심해."

마틴은 대꾸하려다가 그래 봐야 소용없으리라는 무력감에 사로잡혔다. 그는 소름이 끼치도록 탐욕스러운 위인을 피해 벽에 걸린 다색 판화를 쳐다보았다. 그것이 그를 놀라게 했다. 항상 좋아하던 그 그림을 마치 처음 보는 것 같았다. 그것은 이 집에 있는 다른 것들과 마찬가지로 어쩔 도리 없는 싸구려였다. 그의 마음은 방금 떠나온 집으로 되돌아갔다. 그 집에 걸려 있던 그림들을 먼저 보았고, 이어서 그녀를, 작별 인사로 그와 악수하며 녹아내릴 듯 다정하게 그를 바라보던 그녀를 보았다. 그는 자기가 있는 곳도, 버나드 히긴보삼의 존재도 잊었다. 그가 다음과 같이 물을 때까지는.

"유령이라도 봤나?"

마틴은 정신을 수습하고 그 구슬처럼 작고 반짝이는, 냉소적이며 잔혹하고 비열한 눈을 바라보았다. 그가 아래층 가게에서 물건을 팔 때의 눈, 독선적이고 번들대면서도 알랑거리는 눈이 영화처럼 눈앞에 떠올랐다.

"네," 마틴은 답했다. "유령을 봤어요. 안녕히 주무세요. 잘 자, 거트루드."

그는 방을 나가려다 너덜너덜한 카펫의 터진 솔기에 발이 걸려 비틀거렸다.

"문을 쾅 닫지 마." 히긴보삼이 주의를 주었다.

그는 핏줄 속에서 피가 스멀스멀 끓어오르는 것을 느꼈으나, 자제하며 문을 부드럽게 닫았다.

히긴보삼은 의기양양하게 아내를 쳐다보았다.

"술을 마셨구만." 그는 거친 속삭임으로 선언했다. "내가 말했지, 마틴이 술 마실 거라고."

그녀는 체념한 듯이 고개를 끄덕였다.

"눈이 굉장히 반짝였고." 그녀는 인정했다. "나갈 때 하고 간 칼라가 없네. 그래도 두어 잔 이상은 안 마셨을 거야."

"똑바로 서 있지도 못했어." 그녀의 남편이 단언했다. "내가 지켜봤다고. 마루를 지나면서 비틀거렸어. 홀에서 자빠질 뻔하며 내는 소리, 당신도 들었잖아."

"앨리스의 장난감 차에 걸렸을 거야." 그녀는 말했다. "어두워서 못 봤겠지."

히긴보삼의 목소리와 분노가 함께 상승했다. 종일 가게에서 자신을 감추며, 그는 자기 자신이 되는 특권을 가족과 함께하는 저녁 시간으로 미뤄 두었다.

"똑똑히 말하는데, 당신의 귀한 남동생은 취했어."

그의 목소리는 차갑고, 날카롭고, 결정적이었으며, 그의 입술은 기계의 틀로 찍어낸 듯 각 단어를 발음했다. 그의 아내는 한숨을 쉬고 아무 말 하지 않았다. 그녀는 키가 크고 뚱뚱한 여인으로, 늘 옷차림이 너저분했고, 자신의 살찐 몸과 일, 남편이라는 짐에 지쳐 있었다.

"술 마시는 버릇 말야, 내가 똑똑히 말하는데, 그걸 제 아버지로부터 물려받았다고." 히긴보삼은 힐난조로 이어 갔다. "같은 식으로 술 퍼먹다 뻗을 거야. 틀림없어."

그녀는 끄덕이고, 한숨 쉬고, 바느질을 계속했다. 그들은 마틴이 술에 취해서 집에 온 것으로 합의했다. 그들에게는 아름다움을 알아볼 소양이 없었다. 만약 안목이 있었다면, 그의 빛나는 눈과 발갛게 달아오른 얼굴이 사랑에 빠진 젊은이에게 나타나는 첫 번째 징후임을 알아보았을 터였다.

"애들에게 좋은 본보기가 되겠군." 히긴보삼은 침묵하다가, 갑자기 아내가 만들어 낸 그 침묵에 분개하여 씩씩거렸다. 때로 그는 그녀가 그에게 더 반발하기를 거의 바라기까지 했다. "그가 다시 그 짓을 하면, 쫓아낼 거야. 알겠어? 나는 그가 술 퍼먹는 꼴을 보여 순진한 애들을 망쳐 놓게 놔두지 않을 거라고." 히긴보삼은 '망쳐 놓다'

라는 단어, 최근에 신문 칼럼에서 발견해 그의 어휘에 새로 추가한 그 단어를 좋아했다. "바로 그거야. 망쳐 놓는다 이 말이야. 달리 말할 수가 없다고."

여전히 그의 아내는 한숨을 쉬고, 슬픈 듯이 머리를 흔들고, 바느질을 했다. 히긴보삼은 신문을 도로 펼쳤다.

"마틴이 지난주 하숙비를 냈어?" 그가 신문 너머로 쏘아붙였다,

그녀는 끄덕이고 나서 덧붙였다. "그 앤 아직 돈이 있어."

"언제 다시 바다로 나간대?"

"벌어 놓은 돈을 다 쓰고 나서겠지." 그녀는 답했다. "그 애는 어제 샌프란시스코로 건너가 배를 알아봤어. 하지만 아직은 돈이 있고, 탈 배를 까다롭게 고르는 편이기도 해."

"갑판이나 닦는 주제에 으스대기는." 히긴보삼은 콧방귀를 뀌었다. "까다롭다고? 마틴이?"

"숨겨진 보물을 찾아 어디 먼 데로 떠날 준비를 하는 범선이 있다고 그 애가 얘기하더라고. 있는 돈으로 그때까지 버틸 수 있으면 그 배를 타겠다고 했어."

"착실히 일할 마음만 있다면 짐마차 모는 일을 줄 텐데." 히긴보삼이 말했으나 목소리에는 자비의 기미조차 없었다. "탐이 일을 그만뒀어."

거트루드는 놀라서 캐묻고 싶은 기색이었다.

"오늘 밤에 그만뒀어. 커루더스 가게에서 일할 거야. 그들이 나보다 급여를 더 많이 주거든."

"그를 놓칠 거라고 내가 말했잖아." 그녀는 소리쳤다. "그는 당신이

주는 돈보다 더 많이 일했어.”

“이봐, 여편네.” 히긴보삼이 을러댔다. “사업에 끼어들지 말라고 당신한테 수천 번이나 말했지. 다시 말하게 하지 마.”

“당신이 뭐라 하든 상관없어.” 그녀는 코를 훌쩍였다. “탐은 좋은 애였어.” 그녀의 남편은 그녀를 노려보았다. 어처구니없는 도전이었다.

“당신의 저 남동생이 쓸 만하다면, 짐마차를 몰 수도 있어.” 그는 콧방귀를 뀌었다.

“그 애는 하숙비를 내잖아.” 그녀는 반박했다. “그리고 그 애는 내 동생이야. 당신한테 빚을 지지 않는 한 당신이 틈만 나면 그 애에게 시비 걸 권리는 없어. 당신하고 결혼한 지 7년이나 됐지만, 나도 아직 감정은 남아 있단 말이야.”

“침대에서 계속 책을 읽으면 가스비를 물리겠다고 마틴에게 얘기했어?” 그가 물었다.

히긴보삼 부인은 대답하지 않았다. 저항심은 사라지고, 패기는 피곤한 육체 속으로 잦아들었다. 그녀의 남편이 승리했다. 그가 그녀를 눌러 버렸다. 그의 눈은 앙칼지게 번쩍였지만, 그의 귀는 그녀가 훌쩍대는 소리를 즐겼다. 그는 그녀를 짓누름으로써 크나큰 행복을 뽑아냈고, 요즘 그녀는 쉽게 짓눌렸다. 신혼 초에는 그렇지 않았으나 자식 떼거리와 남편의 끊임없는 갈굼이 그녀의 에너지를 서서히 고갈시켜 버렸다.

“그럼 그에게 내일 말하라고. 그뿐이야.” 그가 말했다. “그리고 잊어 버리기 전에 일러두겠는데, 당신은 내일 매리언을 불러서 애들을 돌보게 하는 게 좋겠어. 탐이 그만뒀으니 내가 짐마차를 몰고 나가야 해. 그러니 당신은 아래층에 내려와 카운터를 지킬 각오를 하라고."

"하지만 내일은 빨래하는 날이야." 그녀는 약하게 반대했다.

"그러면 일찍 일어나서 빨래부터 해. 난 10시에나 나갈 테니까."

그는 신문을 거칠게 뒤적여 다시 읽기 시작했다.

4장

마틴 에덴은 불빛 없는 복도를 더듬거리며 지나 그의 방으로 들어갔다. 매형을 대면한 것 때문에 아직도 피가 스멀거렸다. 그의 방은 침대 하나, 세면대, 의자 하나로 꼭 찰 만큼 작았다. 히긴보삼은 워낙 인색해서 제 아내가 일을 할 수 있는데 하인을 둘 사람이 아니었다. 더욱이 하인 방을 비워 두면 하숙인을 한 명 더 들일 수 있었다.

마틴은 스윈번과 브라우닝 시집을 의자에 내려놓은 다음, 외투를 벗고 침대에 앉았다. 그의 몸무게에 눌린 낡은 스프링이 천식에 걸린 듯 쿨럭댔지만 개의치 않았다. 그는 신발을 벗다 말고 맞은편의 흰 석회벽을 망연히 바라보았다. 지붕에서 스며든 빗물로 갈색 줄이 죽죽 간 그 더러운 벽을 배경으로 환영이 환하게 떠오르기 시작했다. 그는 신을 벗는 것도 잊은 채 오랫동안 그것을 쳐다보았다. 마침내 그의 입술이 움직였다.

"루스." 그는 중얼거렸다.

"루스…" 그는 단순한 소리가 그토록 아름다울 수 있음을 이제껏 알지 못했다. 그 소리가 귀를 열광케 했다. 그는 도취되어 반복했다. "루스."

그것은 주문, 정령을 소환하는 마법의 단어였다. 그가 그 말을 중얼거릴 때마다 그녀의 얼굴이 그의 앞에 떠올라 더러운 벽을 황금빛 광채로 뒤덮었다. 그 광채는 벽에만 머물지 않았다. 무한으로 확장되었고, 그 황금빛 심연에서 그의 영혼은 그녀의 영혼을 찾아다녔다. 그의 안에 있는 최상의 것이 눈부시게 쏟아져 나왔다. 그녀를 생각하는 것만으로 그는 정화되고 고상해졌다. 더 나은 사람이 되었고, 더 나아지기를 바라게 되었다. 그에겐 새로운 일이었다. 그는 그를 더 나아지게 만드는 여자를 만난 적이 없었다. 여자들은 항상 정반대의 영향을, 즉 그를 짐승같이 만드는 영향력을 미쳐 왔다. 그는 그중 많은 여자들이 나름대로 최선을 다했다는 것을 — 그래 봤자 내내 좋지는 못했지만 — 알지 못했다. 자신을 전혀 의식하지 않고 살았기 때문에, 그는 자기 안에 여자들로부터 사랑을 끌어내는 어떤 것, 여자들로 하여금 그의 젊음을 갈구하게 만드는 어떤 것이 있음을 알지 못했다. 여자들이 항상 그를 귀찮게 했음에도 그는 그들에게 신경 써 본 적이 없었다. 더군다나 자신으로 인해 더 나아진 여자가 있으리라고는 꿈에도 생각지 않았다. 극히 무심하게 살아왔는데, 이제 보니 자기에게 접근하여 자기를 잡아당겼던 여자들의 손이 전부 사악했던 것만 같았다. 이런 생각은 그녀들에게도 그 자신에게도 온당하지 않았다. 그러나 처음으로 자의식에 눈을 떠 온당하게 판단할 수 있는 상태가 아닌 그는, 제 주한 과거의 환영을 응시하며 수치심에 불탔다.

그는 불현듯 일어나 세면대 위의 탁한 거울에 자신을 비춰보았다. 거울 위에 수건을 걸쳐 놓고 오랫동안 찬찬히 보았다. 자신을 정식으로 바라보기는 처음이었다. 그의 눈은 보기 위한 것이었으나, 여지껏 세상의 변화무쌍한 파노라마로만 가득 차 있었고, 그걸 보느라 급급한 그에게 제 자신은 응시의 대상이 되지 못했다. 비로소 그는 스무 살 청년의 머리와 얼굴을 바라보았다. 외모를 평가해 본 적이 없으므로 어떻게 평가해야 할지 알 수 없었다. 그는 네모반듯하고 봉긋한 이마 위로 늘어진 한 갈래의 갈색 머리카락을 보았다. 살짝 구부러지고 곱슬기가 있는 밤갈색 머리칼은 어떤 여자든 매혹시켜 손으로 그것을 가르며 만지작대고 싶어 안달하게 했다. 그러나 루스의 눈에는 별것 아닐 것이기 때문에 그는 그 앞머리를 무시하며 높고 반듯한 이마를 오랫동안 골똘히 쳐다보았다. 이마를 꿰뚫고 그 안에 들어 있는 내용물의 질을 알아보려고 애썼다. 저 뒤에는 어떤 두뇌가 있지? 그는 끈질기게 심문했다. 이 두뇌는 어떤 일을 할 수 있지? 어디까지 나를 데려갈 수 있지? 나를 그녀에게로 데려다줄 수 있을까?

때때로 새파란 색으로 바뀌는 쇳빛 같은 회색 눈, 태양이 작열하는 먼바다의 소금기 섞인 바람에 단련된 그 눈에 영혼이 있을지 그는 생각했다. 또한 그 눈이 그녀에게 어떻게 보였을지 생각했다. 그는 그녀가 되었다고 상상하고 자신의 눈을 바라보려 했지만, 그런 마술은 일어나지 않았다. 그는 다른 사람에게 자신을 대입하는 데 능숙했지만, 그건 그 사람의 삶의 방식을 아는 경우에만 가능했다. 그는 그녀의 삶의 방식을 몰랐다. 그녀는 경이이자 신비였으니, 어떻게 그가 그녀의 생각 하나라도 짐작할 수 있을까? 어쨌든 자신의 눈은 정직한 눈이라고 그는 결론지었다. 그 눈에는 옹졸함도 야비함도 없었다. 햇볕에 갈색으로 그을린 얼굴에 그는 놀랐다. 자신이 그렇게 검을 줄은 꿈에도 몰랐다. 그는 소매를 말아 올리고 팔 안쪽을 얼굴과 비교해 보았다. 그랬다. 그는 역시 백인이었다. 그러나 팔도 햇볕에 탔으므로, 그는 다른 손으로 팔을 비틀어 이두근을 밀어 올리면서 햇볕에 가장 적게 노출된 팔 안쪽을 응시했다. 그곳은 매우 하얬다. 거울에 비친 구릿빛 얼굴이 예전에는 팔의 가장 안쪽만큼이나 희었다고 생각하니 웃음이 나왔다. 세상에는 그보다 — 그의 신체에서 태양의 파괴력을 피한 부위에 한해 — 피부가 희고 부드럽다고 자랑할 수 있는 창백한 여자가 별로 없으리라는 생각은 여전히 하지 못했다.

압박을 받을 때마다 이를 악물고 입을 꽉 다무는 버릇만 없었다면 두툼하고 육감적인 그의 입술은 천사의 입술처럼 완벽해 보였을 것이다. 때때로 그 입술은 너무 굳게 닫혀 있어서 엄격하고 모질며 심지어 금욕적으로 보이기까지 했다. 투사의 입술이자 연인의 입술이었다. 그 입술은 삶의 달콤함을 음미할 수 있었고, 달콤함을 제쳐 놓고 삶을 호령할 수도 있었다. 강한 턱과 공격성을 암시하는 각진 하악이 입술의 호령을 보조했다. 힘이 감각과 균형을 이루고 그것을 북돋우면서 그로 하여금 건강한 아름다움만 사랑하도록, 온전한 느낌에만 공명하도록 만들었다. 그리고 두 입술 사이에는 치과 치료가 전혀 필요 없는 치아가 있었다. 그는 자신의 이를 보면서 희고 튼튼하고 가지런하다고 생각했다. 그런데 볼수록 걱정되기 시작했다. 매일 이를 닦는 사람들이 있다는 말을 들었던 희미한 기억이 그의 마음속 후미진 구석 어딘가에 존재했다. 저 위의 사람들, 즉 그녀의 계급에 있는 사람들이었다. 그러니 그녀도 틀림없이 매일 이를 닦을 것이다. 그가 평생 동안 이를 닦지 않았다는 걸 알게 된다면, 그녀는 무슨 생각을 할까? 그는 칫솔을 사서 이 닦는 습관을 들이겠다고 결심했다. 곧바로, 내일 시작할 것이다. 그녀에게 다가가기 위해서는 단순히 뭔가를 이룬다고 될 일이 아니었다. 그는 자기 자신을 모든 면에서, 심지어 양치질과 자유의 포기나 다름없는 풀 먹인 칼라에 이르기까지 개조해야 했다.

그는 손을 들어 엄지손가락으로 굳은살이 박인 손바닥을 문질렀고, 살 속까지 배어들어 어떤 솔로도 닦아 낼 수 없을 때를 쳐다보았다. 그녀의 손바닥은 얼마나 달랐는지! 그 기억에 그는 짜릿했다. 그건 장미꽃잎 같았다고, 그는 생각했다. 눈송이처럼 서늘하고 부드러웠다. 여자의 손이 그렇게 감미롭도록 부드러울 수 있을 줄은 생각도 못 했다. 그런 손으로 하는 애무가 얼마나 경이로울지 상상에 사로잡혔다가, 그는 죄책감으로 얼굴을 붉혔다. 너무나 천박한 생각이었다. 여러모로 그녀의 숭고함에 대한 불경인 듯싶었다. 그녀는 창백하고 가냘픈, 육신을 가졌다기에는 너무나 고상한 이였다. 그럼에도 그녀 손바닥의 부드러움은 그의 뇌리에서 떠나지 않았다. 그는 딱딱하게 굳은살 박인 여공들과 노동하는 여자들의 손에 익숙했다. 물론 그들의 손이 왜 그렇게 거친지 잘 알았다. 그런데 그녀의 그 손은…. 그녀가 그 손을 일하는 데 쓴 적이 없기 때문에 부드러웠다. 생계를 위해 일할 필요가 없는 사람이라는 섬뜩한 생각에 그녀와 그 사이의 격차는 크게 벌어졌다. 그는 문득 일하지 않는 사람들의 귀족적

특권을 보았다. 그것은 황동을 두른 도도하고 강력한 형상으로 자기 앞의 벽에 높이 솟아 있었다.

그는 줄곧 일해 왔다. 태어난 이후의 첫 기억조차 일과 관련된 것이었고. 가족 모두가 일했다. 이를테면 누나인 거트루드의 손은 끝없는 집안일로 굳어져 있거나 빨래 따위로 인해 삶은 쇠고기처럼 벌겋게 불어 있었다. 그의 여동생 매리언, 그 애는 지난여름 통조림 공장에서 일하느라 그 가늘고 예쁜 손이 토마토 자르는 칼에 베인 상처투성이였다. 게다가 지난겨울에는 종이 상자 공장에서 절단기에 두 손가락 끝이 잘려 나갔다. 그는 관에 누운 어머니의 굳어진 손바닥을 기억했다. 아버지 또한 마지막 숨이 잦아들 때까지 일했다. 아버지가 돌아가실 때 손바닥에 박힌 굳은살의 두께는 1센티미터가 넘었다. 그러나 그녀의 손은 부드러웠고, 그녀 어머니의 손도 그랬고, 그녀 동생들의 손도 마찬가지였다. 생각이 여기까지 미치자 그는 경악했다. 이 사실은 그들 계급의 높음과, 그녀와 그 사이에 가로놓인 막대한 거리를 섬뜩할 정도로 잘 드러냈다.

그는 쓴웃음을 지으며 침대에 다시 앉아 신발을 마저 벗었다. 그는 바보였다. 한 여자의 얼굴과 부드럽고 흰 손에 취했던 것이다. 문득 그의 눈앞에, 지저분한 석회벽 위에 하나의 환영이 나타났다. 그는 우중충한 공동 주택 앞에 서 있었다. 런던 빈민가 이스트 엔드에서의 어느 밤, 그의 앞에 열다섯 살의 자그마한 여공 마지가 서 있었다. 사장이 베푼 저녁 식사 후 그는 그녀를 집까지 바래다주었다. 그녀는 돼지우리만도 못한 우중충한 공동 주택에 살았다. 작별 인사로 그는 그녀의 손을 잡으려고 손을 뻗었다. 그녀가 입맞춤을 받으려고 입술을 내밀었으나, 그는 키스하지 않았다. 어쩐지 그녀가 두려웠다. 그러자 그녀의 떨리는 손이 뻗어와 그의 손을 꽉 움켜잡았다. 그녀의 손바닥에 박힌 굳은살이 제 손바닥에 거칫대는 것을 느낀 그는 크게 밀려오는 연민의 파도에 휩싸였다. 갈망에 찬 그녀의 눈과 영양이 결핍된 여자의 모습을, 유년으로부터 겁먹고 표독스러운 성년으로 급하게 내몰린 그 모습을 응시했다. 그는 너그러운 마음으로 그녀를 안고 몸을 구부려 입술에 입을 맞추었다. 낮고도 기쁜 탄성이 귀에 울렸고, 그녀가 고양이처럼 몸을 밀착시켜 오는 것이 느껴졌다. 굶주리는 가여운 아이! 그는 오래전 일어난 일의 환영을 계속 바라보았다. 그 밤 그녀가 달라붙을 때 그랬던 것처럼 그는 소름이 돋았고, 그의 마음은 연민으로 따뜻했다. 잿빛의 광경. 번들대는 잿빛. 이슬비에 젖은 보도가 번들대고 있었다.

그때였다. 찬란한 영광이 벽에 비치어, 이전의 환영을 뚫고 그 자리를 차지했다. 황금빛 머리카락의 왕관을 쓴 루스의 창백한 얼굴이, 저 멀리 닿을 수 없는 곳에서 별처럼 빛났다.

그는 의자에서 브라우닝과 스윈번의 시집을 집어 들고 입을 맞추었다. 그래도, 그녀는 내게 다시 방문해 달라고 말했지. 그는 생각했다. 거울에 비친 자신을 다시 한번 바라보면서 큰 소리로 엄숙하게 말했다.

"마틴 에덴, 네가 내일 첫 번째로 해야 할 일은 도서관에 가서 예절에 관한 책을 다 읽어 버리는 거야. 알겠나!"

그는 가스등 불을 껐고, 그의 몸에 눌려 침대 스프링이 쿨럭거렸다.

"욕지거리하는 짓을 집어치워야 해. 마틴, 이 자식! 앞으로 욕을 하지 말아야 해." 그는 큰 소리로 말했다.

그러고는 곯아떨어져 마약쟁이의 꿈에 필적할 대담하고 광기 어린 꿈을 꾸었다.

5장

다음 날 아침, 장밋빛 꿈에서 깨어나니 방에 증기가 자욱했다. 자욱한 증기는 비눗물과 더러운 빨래 냄새가 났고, 고통스런 삶이 삐걱대는 소음으로 진동했다. 방을 나서는 그의 귀에 물 철벅대는 소리, 날카로운 고함 소리, 철썩 갈기는 소리가 들려왔다. 그의 누나가 여러 자식 중 하나에게 분풀이를 한 것이다. 아이의 울부짖음이 비수처럼 그를 파고들었다. 그는 그 모든 것이, 자신이 숨 쉬는 공기 자체가 역겹고 비루하게 느껴졌다. 그는 생각했다. 루스가 사는 집의 품위 있고 고요한 분위기와 얼마나 다른가. 그곳의 분위기는 아주 정신적이었고, 여기는 아주 물질적, 천박하게 물질적이었다.

"이리 와, 알프레드." 그는 우는 아이를 부르면서 바지 주머니에 손을 찔러 넣었다. 그는 돈을 호주머니에 아무렇게나 쑤셔 넣고 다녔는데, 그가 생활하는 방식이 대체로 그런 식이었다. 그는 25센트를 어린애에게 쥐여 주고 잠시 품 안에서 흐느끼는 그 녀석을 달래 주었다. "이제 뛰어가서 사탕을 사 먹으렴. 다른 형제와 누이들에게도 꼭

나눠 주고. 제일 오래 먹을 수 있는 걸로 사야 해."

그의 누나가 빨래통에서 벌겋게 달아오른 얼굴을 들고 그를 쳐다보았다.

"5센트면 됐는데." 그녀는 말했다. "너답구나. 돈 쓰는 데 개념이 없어. 그 녀석은 배가 아프도록 처먹을 거야."

"괜찮아, 누나." 그는 쾌활하게 답했다. "돈이야 알아서 벌리겠지. 누나가 바쁘지 않으면 아침 인사로 입을 맞출 텐데."

그는 누나를 다정하게 대해 주고 싶었다. 누나는 착한 사람이고, 그녀의 방식으로 자기를 사랑한다는 것을 그는 알고 있었다. 그러나 해가 갈수록 그녀는 예전 모습을 잃고 점점 알 수 없게 변해 갔다. 고된 일과 많은 아이들, 남편의 닦달이 그녀를 바꿔 놓았다고 그는 믿었다. 이제는 그녀가 속속들이 상한 채소, 냄새나는 비눗물, 그리고 가게 계산대에서 주고받는 손때 묻은 5센트, 10센트, 25센트 동전들과 비슷해졌다는 생각마저 스쳤다.

"가서 아침 먹어." 그녀는 은근히 기뻐하면서도 무뚝뚝하게 말했다. 떠돌아다니는 남동생들 중에서 그녀는 언제나 그를 제일 좋아했다. "그래, 내가 너한테 입을 맞춰 줄게." 그녀는 돌연 마음이 바뀌어 말했다.

그녀는 엄지와 검지로 뚝뚝 떨어지는 비눗물을 한 팔에서 먼저 훑어 낸 다음, 다른 팔에서도 훑어 냈다. 그는 그녀의 육중한 허리에 팔을 두르고, 빨래통의 김에 축축하게 부푼 그녀의 입술에 입을 맞추었다. 그녀의 눈에 눈물이 고였다. 감정이 격해서라기보다는 만성적 과로로 심약해진 탓이었다. 그녀는 그를 밀어냈으나, 그는 그녀의 물기 어린 눈을 보고야 말았다.

"오븐에 아침이 들어 있으니 찾아 먹어." 그녀는 황급히 말했다. "짐이 지금쯤 깨어 있어야 하는데. 나는 빨래 때문에 일찍 일어나야 했어. 짐과 너를 챙기고 얼른 가게로 내려가야 해. 오늘 만만찮을 거야. 탐이 그만뒀으니 짐마차를 몰 사람이 버나드 말고는 없거든."

마틴은 무거운 마음으로 부엌에 들어갔다. 누나의 붉은 얼굴과 너저분한 몰골이 산성 물질처럼 뇌를 갉아먹어 들어왔다. 그녀가 시간만 좀 더 있다면 자기를 사랑할 거라고 그는 결론지었다. 그러나 그녀는 죽도록 일해야 했다. 버나드 히긴보삼은 잔인하게 그녀를 부려먹는 인간이었다.

하지만 다른 한편으로 그는 느끼지 않을 수 없었다. 누나의 입맞춤에는 아름다운 것은 전혀 없었다고 말이다. 그것이 특별한 입맞춤인 건 맞았다. 수년 동안 그녀는 그가 항해에서 돌아오거나 항해하러 나갈 때만 입을 맞춰 주었다. 그러나 이번 입맞춤에서는 비눗물 맛이 났다. 입술이 힘없이 축 늘어져 있었음을 그는 알아챘다. 어느 입맞춤에나 있게 마련인 빠르고 센 입술의 압박이 없었다. 그것은 지쳐 버린 여인의, 너무 오랜 세월 지쳐서 입 맞추는 법을 잊어버린 여인의 입맞춤이었다. 그는 결혼하기 전 처녀 시절의 누나를 떠올렸다. 그 시절 그녀는 가장 멋진 남자들과 밤새도록 춤을 추곤 했다. 세탁소에서 온종일 일하고 나서 밤새 춤추고, 다음 날 또 온종일 일하러 가기가 예사였다. 뒤이어 그는 루스와, 그녀의 모든 것에 존재하기에 그녀의 입술에도 반드시 존재할 차분한 감미로움을 생각했다. 그녀의 입맞춤은 그녀의 악수나 그녀가 사람을 쳐다보는 방식과 마찬가지로 분명하고 진솔할 것이다. 마틴은 제 입술에 닿는 그녀의 입술을 감히 상상했고, 너무나 생생하게 상상한 나머지 어지러워졌다. 장미 꽃잎의 구름 속으로 나가떨어져 장미 향으로 머리가 가득 차는 것만 같았다.

부엌에서는 하숙인인 짐이 옥수수죽을 맥없이 먹고 있었다. 기진하고 멍한 눈빛이었다. 견습 배관공인 짐은 약한 턱과 한량 기질에 성마른 어리석음까지 겹쳐서 생존 경쟁에서 살아남을 가망이 없는 녀석이었다.

"왜 안 먹어?" 마틴이 설익고 차가운 죽을 침울하게 끼적대자 그가 물었다. "어젯밤에 또 술 마셨어?"

마틴은 고개를 저었다. 이 모든 극도의 비루함에 짓눌렸다. 루스 모스는 그 어느 때보다 멀어진 듯했다.

"나는 좀 마셨지." 짐은 자랑스럽게, 그러고도 과민하게 낄낄대면서 말을 이었다. "목까지 차도록. 오, 그녀는 어제 온 여자들 중에 최고였어. 빌리가 나를 집에 데려다줬지."

마틴은 듣고 있다는 뜻으로 끄덕이고 ― 누가 말을 걸든 귀 기울이는 것이 그의 자연스런 습관이었다 ― 미지근한 커피를 한 잔 따랐다.

"오늘 밤 로터스 클럽 무도회에 갈 거야?" 짐이 물었다. "맥주도 있을 거고, 만약에 템스컬 패거리가 온다면 난장판이 될 거야. 그러거나 말거나, 나는 여자 친구를 데리고 갈래. 이런, 신물이 올라오네!"

짐은 얼굴을 찡그리며 커피로 입을 씻어내려 했다.

"줄리아 알아?"

마틴은 고개를 저었다.

"내 여자 친구야." 짐은 설명했다. "끝내주는 여자야. 너를 그녀한 테 소개해 주면, 네가 채어 가겠지. 난 여자들이 너의 어떤 점을 보고 반하는지 모르겠어, 정말 모르겠다고. 어쨌든 네가 아무 녀석한 테서나 여자를 채어 가는 꼴을 도저히 못 봐 주겠어."

"네 여자를 가로챈 적 없어." 마틴은 무심히 답했다. 아침을 해치워야 했다.

"있어, 나한테서 가로챈 여자 있잖아." 짐은 열을 올리며 주장했다. "매기 말이야."

"그 여자하고는 아무 관계도 아니었어. 그날 밤 말고는 같이 춤춘 적도 없고."

"그래, 그런데 바로 그날 밤이 문제였어." 짐은 소리쳤다. "너는 그 냥 그녀랑 춤추고 그녀를 쳐다봤지. 근데 그걸로 끝나 버린 거야. 물론 너야 아무 뜻 없이 한 거지만, 그걸로 나는 끝장나 버렸어. 그녀는 다시는 나를 쳐다보지도 않고 너에 관해서 묻기만 해. 네가 어떤 식 의 데이트를 원한다 해도 그녀는 그렇게 했을거야."

"하지만 나는 그런 걸 바라지 않았어."

"바랄 필요도 없었지. 나만 우습게 됐고." 짐은 그를 감탄하는 눈빛 으로 쳐다보았다. "어쨌거나, 너는 어떻게 그럴 수 있는 거야, 마트?"

"여자들에게 신경 쓰지 않으면 돼."

"여자들이 네가 신경 쓰지 않는다고 믿게끔 만든다는 뜻이야?" 짐 은 간절하게 물었다.

마틴은 잠시 생각하고 답했다. "아마 그렇게 하면 될 거야. 그런 데 내 경우는 다른 것 같아. 나는 실제로 여자들에게 별로 신경 쓰지 않거든. 만약에 네가 신경 쓰지 않는 척할 수 있다면, 괜찮을 거야. 대개는."

"어젯밤 라일리의 헛간에 네가 있어야 했는데." 짐이 엉뚱한 얘기를 꺼냈다. "여러 녀석이 글러브를 꼈어. 웨스트 오클랜드에서 온 대단한 녀석이 있었는데, 다들 '쥐'라고 불렀어. 비단처럼 매끄럽게 빠져나가더라고. 아무도 그를 건드릴 수조차 없었어. 우리 다 네가 거기 있기를 바랐는데. 너 어디에 갔던 거야?"

"오클랜드에 갔었어." 마틴이 답했다.

"쇼 보러?"

마틴은 접시를 밀어 버리고 일어섰다.

"오늘 밤 무도회에 올 거야?" 짐이 뒤에서 소리쳤다.

"아니, 못 갈 것 같아." 그는 답했다.

그는 계단을 내려가서 거리로 나갔다. 공기를 한껏 들이마셨다. 집 안의 분위기에 숨이 막혔고, 견습공의 수다에 돌아 버릴 것 같았다. 예전에도 몇 번씩이나 손을 뻗어 짐의 얼굴을 죽 그릇에 처박아 버리지 않기 위해서는 집을 나와 버리는 도리밖에 없었다. 견습공이 떠들어 대면 댈수록 루스는 그로부터 더욱더 멀어지는 듯했다. 그런 무리와 어울리면서 어느 세월에 그녀에게 걸맞은 인간이 될 수 있겠나? 그는 그에게 닥친 문제에 간담이 서늘했고, 자신이 노동 계급이라는 악몽에 짓눌렸다. 누나, 누나의 집과 가족, 견습공 짐, 그가 아는 모든 사람, 삶의 모든 인연. 모든 것이 그를 끌어내렸다. 삶의 맛은 좋지 않았다.

그때까지 자신에게 주어진 대로 살아왔기 때문에 그는 자신의 삶을 좋은 것으로 받아들여 왔다. 책을 읽을 때를 빼면, 그는 삶에 의문을 품지 않았다. 책은 책일 뿐이니까. 그건 더 아름답지만 불가능한 세계의 꾸며진 이야기일 뿐이었다. 그런데 이제 그는 그 세계가 가능할 뿐만 아니라 실재하고 있음을 목격했고, 그 세계의 한가운데에는 루스라는 꽃이 있었다. 그로 인해 그는 씁쓸함과, 고통처럼 날카로운 동경과, 희망에서 생겨나기에 애타는 절망을 알 수밖에 없게 되었다.

그는 버클리 무료 도서관과 오클랜드 무료 도서관 중 어디로 갈지 따져 보다가 후자로 정했다. 루스가 오클랜드에 살고 있기 때문이었다. 누가 알랴? 도서관은 그녀가 제일 있을 법한 곳이라 어쩌면 거기서 그녀를 만날지도 몰랐다. 도서관에서 길을 잃어 소설책의 끝없는 행렬들 사이를 헤매고 있을 때, 그 부서 담당인 듯한 프랑스인처럼 섬세한 용모의 여성이 참고도서부는 위층에 있다고 알려주었다.

그는 책상에 앉아 있는 남자에게 물어볼 생각은 못 하고 무작정 철학 서가 탐험을 시작했다. 철학책에 관해 들어 본 적은 있지만, 철학에 대해 이렇게나 많은 책이 있을 줄은 상상도 못 했다. 두툼한 책들로 가득 찬, 높고도 불룩한 선반들은 그를 기죽이는 동시에 자극했다. 두뇌의 활력을 다 써 볼 일이 여기 있었다. 수학 코너에서 삼각법에 대한 책을 찾아 책장을 주르르 넘겨 보았고 무의미한 공식과 수치들을 응시했다. 영어를 읽을 줄은 알아도, 거기에 적힌 영어는 그에게 낯선 말이었다. 노먼과 아서는 그 생소한 말을 알았다. 그는 그들이 그 말을 하는 것을 들은 적이 있었다. 그리고 그들은 그녀의 동생들이었다. 그는 좌절하며 그 서가를 떠났다. 사방에서 책들이 그를 덮쳐 눌러 으깨 버릴 것 같았다.

인간 지식의 축적이 그렇게 덩치가 클 줄 그는 꿈에도 몰랐다. 두려웠다. 그의 두뇌가 그걸 전부 터득할 수 있을까? 잠시 후, 그는 그걸 터득해 낸 사람이 여럿 있음을 기억해 냈다. 자기의 뇌는 그들의 뇌가 해낸 것을 할 수 있다고, 그는 원대한 맹세의 말을 열정적으로 그러나 소리 죽여 내뱉었다.

그는 지혜로 가득한 선반들을 보고는 의기소침과 의기양양을 오가며 배회했다. 잡다한 책들을 모아 놓은 곳에서 우연히 항해술에 관한 『노리(저자명 – 옮긴이)의 개요』를 발견하여, 책장을 경건하게 넘겼다. 그 책에 쓰여 있는 언어는 어느 정도는 동류의 말이었다. 책도 그 자신도 바다와 관련이 있었다. 그리고 그는 항해 안내서인 '바우디치'와, 레키와 마셜의 저서 몇 권을 찾았다. 바로 이거야. 그는 항해술을 배울 것이다. 술을 끊고, 열심히 일해서, 선장이 될 것이다. 그 순간 루스가 아주 가까워진 듯했다. 선장이 되면 그녀와 결혼할 수 있을 것이다(그녀가 그를 가져 준다면). 만약에 그녀가 그렇게 해 주지 않는다면, 뭐, 그녀 덕에 그는 사나이들의 세계에서 멋진 인생을 살 것이고, 어쨌거나 술은 끊을 것이다. 그런데 그때 그는 해상보험업자와 선주를 떠올렸다. 그들은 선장이 반드시 모셔야 하는 두 상전이고, 둘 중 어느 쪽이든 선장을 눌러 버릴 수 있는 데다 실제 그렇게 하기도 할 터였다. 그 두 상전의 이해관계는 정반대였다. 그는 주위를 둘러보았고, 눈에 보이는 수만 권의 책들 위로 눈꺼풀을 닫았다. '아니야.' 바다는 더 이상 그에게 의미가 없었다. 그 모든 책들의 풍요 안에 권력이 있었고, 큰일을 하려면 땅 위에서 해야만 했다. 더구나 선장은 바다에 아내를 데리고 나갈 수 없다.

정오가 지나고 오후가 되었다. 그는 끼니도 잊은 채 예절에 관한 책을 찾아다녔다. 진로의 문제 이외에도 단순하고 매우 구체적인 한 가지 문제에 봉착해 있기 때문이었다. 젊은 숙녀를 만나고 그 숙녀가 다시 방문해 달라고 한다면 적절한 시기는 언제일까? 그것이 그가 궁금해하는 문제였다. 예절 코너의 책들을 발견했으나 답을 찾아봤자 소용없었다. 그는 예절의 방대한 체계에 기가 질렸고, 예의 바른 인사들이 행하는 '명함 주고받기'라는 미궁에서 헤어 나오지 못했다. 그는 해답을 찾기를 포기했다. 비록 원하던 것을 알아내지는 못했지만, 예절을 갖춘 사람이 되려면 거기에만 시간을 모조리 쏟아야 한다는 것을 그는 알게 되었다. 또 예의를 익히기 위해서는 자신이 또 한 번의 생을 살아야만 하리라는 것도.

"원하는 것을 찾으셨나요?" 그가 나가려 하자 책상에 앉아 있는 남자가 물었다.

"네, 그래요." 그는 답했다. "참 좋은 도서관이군요."

그 남자는 끄덕였다. "여기 자주 오시니 기쁩니다. 선원이세요?"

"네, 그렇습니다." 그는 답했다. "또 들를게요."

조금 전의 그 남자는 내 직업을 어떻게 알았을까? 계단을 내려오면서 그는 자문했다.

첫 번째 블록을 지나는 동안 그는 매우 딱딱하고 거북하게 똑바로 걸었으나, 생각에 빠져 자신을 의식하지 않게 되자 특유의 건들대는 걸음걸이가 경쾌하게 되살아났다.

6장

굶주린 것처럼 마틴 에덴은 안절부절못했다. 가녀린 손으로 그의 인생을 거인만큼이나 억세게 틀어쥔 그 여자, 루스와의 만남에 그는 굶주렸다. 그녀를 찾아갈 엄두가 나지 않았다. 너무 일찍 찾아가서 예절이라 불리는 끔찍한 것을 끔찍하게 위반하는 죄를 지을까 봐 두려웠다. 오클랜드와 버클리의 도서관에서 시간을 오래 보냈고, 자신과 누이들인 거트루드와 매리언, 그리고 짐의 이름으로 신청 서류를 작성해 회원증을 만들었다. 짐에게는 승낙을 받기 위해 맥주 몇 잔을 사야 했다. 그는 네 장의 회원증으로 잔뜩 빌린 책을 하인 방에서 가스등을 켜 놓고 밤늦게까지 읽다가 히긴보삼에게 가스비로 주당 50센트를 내야 했다.

그가 읽은 많은 책들은 도리어 그의 조바심을 자극했다. 모든 책의 모든 페이지가 일일이 지식의 왕국을 훔쳐보는 구멍이었다. 어떤 것을 읽으면 궁금증이 생겼고, 그 궁금증은 늘어났다. 그는 어디서부터 시작해야 할지도 몰랐고, 기본 지식이 부족해서 줄곧 고생했다. 그가 생각해도 모든 독자가 알 법한 가장 일반적인 참고 문헌조차 그는 알지 못했다. 그에게 미칠 듯한 환희를 주는 시의 경우에도 마찬가지였다. 그는 루스가 빌려준 책에 실린 것보다 더 많은 스윈번의 시를 읽었고, '비애'는 철저히 이해했다. 반면 확실히 루스는 그 시를 이해하지 못한다고 결론지었다. 고상한 삶을 사는 그녀가 비애를 어떻게 이해하겠는가? 다음으로 그는 키플링의 시들을 만나게 되었고, 경쾌함과 흥겨움, 익숙한 것들에 부여된 매력에 반해 버렸다. 삶에 대한 키플링의 공감과 예리한 심리학에 마틴은 탄복했다. '심리학'은 마틴의 어휘에 새로 들어온 단어였다. 그는 사전을 한 권 샀는데, 그로써 남아 있는 돈은 줄고, 그가 돈을 벌기 위해 배를 타야 할 날은 앞당겨졌다. 그 일은 또한, 사전 살 돈이 하숙비가 되기를 바랐을 히긴보삼을 격분하게 했다.

낮에는 루스가 사는 동네의 근처에도 감히 얼씬하지 못하던 그는 밤이 되면 모스 가(家) 주위를 도둑처럼 배회했다. 창문을 훔쳐보았고, 그녀를 보호하는 그 벽들마저 애틋하게 여겼다. 몇 번이나 그녀의 동생들에게 들킬 뻔했고, 한번은 모스 씨를 시내까지 뒤쫓아 가 불 켜진 거리에서 그의 얼굴을 잘 보아두기까지 했다. 행여 죽음의 위험이 급작스럽게 닥치면 자기가 튀어 나가 그녀의 아버지를 구하게 될 수 있기를 간절히 바라면서 말이다. 다른 밤, 그의 철야 근무는 이층 창문들 중 하나에 얼핏 보인 루스의 모습으로 보상되었다. 그가 간신히 본 것은 그녀의 머리와 어깨, 그리고 그녀가 거울 앞에서 머리를 매만지느라 들어 올린 팔뿐이었다. 단 한 순간이었으나, 그에게는 긴 순간이라서, 그동안 피는 술로 바뀌어 노래하며 혈관을 흘렀다. 그때 그녀가 차양을 내렸다. 그래도 그는 그 방이 그녀의 방이라는 것을 알게 되었다. 그 후로는 거기에 자주 갔다. 길 건너 어두운 나무 밑에 숨어서 줄담배를 피웠다. 어느 오후에는 은행에서 나오는 그녀의 어머니를 보았는데, 루스를 그로부터 떼어 놓는 막대한 거리의 증거를 또 하나 더 얻었다. 그녀는 은행과 거래하는 계급이었다. 그는 평생 은행에 들어가 본 적이 없었고, 그런 기관에는 아주 부유하고 권력 있는 사람들만 드나드는 것으로 알고 있었다.

어느 정도 그는 도덕적 혁명을 겪었다. 그녀의 정결함과 순수함은 그에게까지 다다라서, 그는 제 존재가 깨끗해져야 할 필요를 절실히 느꼈다. 그녀와 같은 공기를 숨 쉴 자격이 있는 인간이 되고자 한다면, 그는 반드시 깨끗해져야 했다. 이를 닦았고, 부엌 솔로 손을 문질러대다가 약국 유리창으로 보이는 손톱 솔의 용도를 알았다. 손톱 솔을 사려는데 그의 손톱을 본 점원이 손톱 다듬는 줄을 권했고, 그래서 그는 화장 도구를 하나 더 갖게 되었다. 도서관에서 몸 관리에 관한 책을 우연히 읽고는 바로 아침마다 찬물로 목욕하는 취미를 개발하여, 짐을 몹시 놀라게 했다. 그런 야단스런 개념들에 공감하지 않는 히긴보삼 씨는 몹시 황당해했으며, 마틴에게 추가로 물값을 물려야 할지 심각하게 고민했다. 또 다른 진보는 바지에 줄을 잡게 되었다는 것이었다. 그런 사안에 눈을 뜬 마틴은 바지의 계급 간 차이에 신속히 주목했다. 무릎이 불룩한 노동 계급의 바지와 달리, 상위 계급 남자들이 입는 바지는 무릎부터 밑단까지 똑바른 선이 내려왔다. 그는 또 그 이유를 알아냈고, 누나의 부엌에 침범해 다리미와 다림질 판을 찾아냈다. 처음에는 바지 하나를 완전히 태우고 다른 바지를 사는 불운을 겪었는데, 그 지출 탓에 그가 바다로 나가야 할 날이 더욱 앞당겨지게 되었다.

그러나 개조는 단순히 겉으로 드러나는 것보다 깊게 진행되었다. 그는 여전히 담배를 피웠지만 술은 더 이상 마시지 않았다. 그때까지는 술 마시는 게 남자가 당연히 할 일인 줄 알았고, 대개의 남자들이 탁자 밑으로 고꾸라져도 자신만은 꼿꼿할 수 있는 주량을 자랑으로 여겼다. 배를 함께 탔던 동료 선원을 마주칠 때마다, 샌프란시스코에는 그런 동료들이 허다했는데, 그가 한턱내고 다음에는 그들이 한턱내는 건 예전과 같았으나, 이제 그는 술 대신 루트비어나 진저에일을 주문하고 그들의 야유를 수더분하게 견뎠다. 술에 풀어진 그들로부터 짐승이 올라와 그들을 장악하는 꼴을 보면서, 자신이 더 이상 그들과 같지 않음을 신에게 감사했다. 그들은 의식을 잃어 갔고, 완전히 취하면 칙칙하고 어리석은 영혼이 신에 맞먹게 되어 저마다 취중 욕망의 천국에 군림했다. 마틴에게는 독주를 마실 필요가 소멸되었다. 그는 새롭고도 더 심오한 방식으로 취했는데, 루스에 취했다. 그의 마음에 사랑의 불을 지르고 그로 하여금 언뜻 본 고등하고 영원한 삶을 갈망하게 한, 그녀에게 취했다. 그리고 그는 책에도 취했다. 책들은 그의 뇌에 욕망의 구더기를 수없이 풀어 놓아 뇌를 갉아먹게 만들었다. 또 그는 수행 중인 개인적 청결 관념에 취했다. 원래 건강하긴 했지만 청결해짐으로써 그의 건강은 최상이 되었고, 전신이 육체적 행복을 구가했다.

어느 밤 그는 순전히 그녀를 우연히 보게 될지도 모른다는 생각으로 극장에 갔고, 이층 발코니에서 내려다보다 실제로 그녀를 목격했다. 통로를 걸어 내려가는 그녀는 아서, 그리고 축구공 같은 머리 모양에 안경을 낀 낯선 청년과 함께였다. 그 청년의 출현은 그에게 즉각적인 불안과 질투를 불러일으켰다. 그는 그녀가 오케스트라 앞 귀빈석에 앉는 것을 보았고, 그 후로 내내 그녀 말고 다른 것은 거의 쳐다보지 않았다. 멀어서 흐릿하게 보이는, 희고 가녀린 두 어깨와 한 뭉치의 옅은 금발. 그런데 이따금 그를 흘끔거리는 다른 이들이 있었다. 그는 주위를 둘러보다 앞줄에서 돌아보는 두 아가씨를 발견했다. 두 아가씨는 십여 좌석 건너에서 그에게 대담하게 눈 맞추며 미소 지었다. 이런 면에서 그는 늘 너그러웠다. 퇴짜를 놓는 것은 성격에 맞지 않았다. 예전의 그라면 미소로 답하고, 나아가 상대의 미소를 부추겼을 터였다. 그러나 지금은 달랐다. 그는 미소로 답했으나 시선을 돌렸고, 의도적으로 더 이상 쳐다보지 않았다. 하지만 몇 번이나, 두 아가씨를 잊고 있던 그의 눈에 그들의 미소가 걸렸다. 하루아침에 사람이 달라질 수는 없는 데다, 타고나기를 친절한 성품을 거스를 수도 없었다. 그래서, 그럴 때마다 그는 따스한 인간적 호의로 아가씨들에게 미소 지었다. 새삼스러운 일이 아니었다. 그는 아가씨들이 여자로서 그에게 손을 뻗쳐 오리라는 것을 알았다. 그러나 지금은 달랐다. 저 아래, 오케스트라 앞 귀빈석에 이 세상에서 단 하나뿐인 여자, 자기와 같은 계급의 이 두 아가씨들하고는 너무 다른, 무서우리만치 다른 여자가 있기 때문에, 그는 아가씨들에게 오로지 연민과 슬픔을 느낄 따름이었다. 그는 아가씨들이 그녀의 도덕적 장점과 찬란한 아름다움을, 다만 조금이라도 가질 수 있기를 진심으로 빌었다. 그리고 그에게 접근했다는 이유로 아가씨들에게 상처를 줘서는 절대로 안 될 일이었다. 그는 전혀 우쭐해지지 않았다. 도리어 그런 접근을 허락한 자신의 비루함에 가벼운 수치심을 느꼈다. 만약에 자기가 루스의 계급에 속했다면, 두 아가씨가 아예 그런 시도조차 하지 않았을 것임을, 그는 알았다. 아가씨들의 눈길이 닿을 때마다 자기를 움켜잡아 끌어내리려는 자기 계급의 손길을 느꼈다.

마지막 장의 막이 내리기 전에 그는 자리에서 일어나 나왔다. 극장

밖 인도에서 그녀를 지켜볼 심산이었다. 거기는 항상 많은 사람들이 서 있는 곳이어서, 그가 모자를 눈까지 눌러쓰고 다른 사람의 어깨 뒤에 숨어 있으면, 그녀는 그를 알아보지 못하고 지나칠 것이다. 그는 극장에서 밀려 나가는 첫 번째 무리와 함께 나왔는데, 그가 인도 가장자리에 자리 잡자마자 그 두 아가씨가 나타났다. 아가씨들이 자신을 찾고 있다는 걸 안 순간, 그는 여자를 끄는 제 안의 무언가를 저주하고 싶었다. 둘은 우연인 것처럼 인도를 비스듬히 질러 가장자리로 서서히 이동해 왔는데, 가까워질수록 그를 발견했음이 확연했다. 그들은 걸음을 늦추었고, 승리감의 정점에서 그를 따라잡았다. 둘 중 하나가 그를 스쳤으며, 처음으로 그를 알아본 체했다. 그녀는 검은 눈이 도전적인, 호리호리하고 까무잡잡한 아가씨였다. 아가씨들이 미소를 지었고, 그는 미소로 답했다.

"안녕." 그는 말했다.

자동적으로 나온 말이었다. 처음 만나는 비슷한 상황에서 그는 그 말을 자주 해 왔다. 게다가 그 정도의 말조차 하지 않을 수는 없었다. 아량이 넓고 공감을 잘하는 성품인 만큼 그러지 않을 수 없었다. 검은 눈의 아가씨는 기쁨과 환대의 미소를 지으며 걸음을 멈출 듯한 동작을 해 보였고, 그녀와 팔짱을 낀 다른 아가씨도 키득대면서 역시 주춤거렸다. 그는 재빨리 생각했다. '그녀'가 나오다가 거기서 두 아가씨들과 얘기하는 그를 봐서는 안 됐다. 아주 자연스럽게, 당연한 절차대로, 그는 검은 눈의 아가씨 옆으로 빙글 돌아 함께 걸었다. 어떠한 어색함도 없었고, 어눌함도 없었다. 이런 상황에서 그는 능란했다. 남녀 간의 빠른 교제에 우선하게 마련인 농담을 속어와 해학을 듬뿍 섞어 던지는, 자기만의 비법이 있었다. 사람들이 대개 직진하는 모퉁이에서 그는 옆길로 빠지려고 했다. 그런데 검은 눈의 아가씨가 그의 팔을 잡았고, 제 친구를 뒤에 달고 그를 따라오면서 소리쳤다.

"잠깐만요, 빌! 뭐가 그렇게 급해요? 이렇게 갑자기 우릴 떨쳐낼 거 아니죠?"

그는 웃으며 멈추었고, 돌아서서 두 아가씨를 바라보았다. 둘의 어깨 너머로 가로등 불빛 아래 지나가는 행인들이 보였다. 그가 서 있는 곳은 그다지 밝지 않아, 지나가는 '그녀'를 눈에 띄지 않게 지켜볼 수 있을 것이다. 집으로 가는 길에 그녀는 반드시 그곳을 지나갈 것이다.

"이 아가씨 이름이 뭐예요?"

그는 검은 눈의 아가씨에게 머리를 끄덕이면서, 키득대는 다른 아가씨에게 물었다.

"직접 물어보세요."

"그럼, 이름이 뭐예요?"

그는 검은 눈의 아가씨를 마주 보며 물었다.

"당신 이름도 말하지 않았잖아요." 그녀는 대꾸했다.

"묻지 않았으니까." 그는 미소 지었다. "그리고 당신이 처음에 제대로 맞췄어요. 빌, 그게 내 이름 맞아요. 바로 그거예요."

"아, 웃기지 말아요." 그녀는 정열로 반짝이는 유혹의 눈으로 그의 눈을 똑바로 쳐다보면서 말했다.

"이름이 정말 뭐예요?"

다시금 그녀는 그의 눈을 똑바로 쳐다보았다. 성의 역사가 시작된 이래 여자들은 눈으로 말을 해온 것이었다. 그는 쉽사리 그녀의 속마음을 가늠했다. 이제 그가 대담하게 나가면 그녀는 수줍은 듯이 요령 있게 물러서겠지만 그가 소심하게 나올 때는 정반대로 판을 뒤집기로 작정하고 있음을, 그는 알았다. 그리고 그도 사람이라 그녀에게 끌렸고, 그의 자아는 그녀가 보이는 이성적 호감에 우쭐하지 않을 수 없었다. 오, 그는 그걸 잘 알았고, 전부 다 알았고, A부터 Z까지 알았다. 좋은 일이었다. 그들이 속한 그 계급, 쥐꼬리만 한 임금을 받기 위해 고되게 일하면서 더 쉬운 방식으로 자신을 팔아치우는 것을 경멸하는, 사막 같은 삶에서 약간의 행복을 얻기 위해 안달하는, 그리고 끝나지 않을 고생이라는 치욕과 더욱 비참한 검은 나락 — 더 간단하게 더 많이 돈을 버는 샛길 — 사이의 도박이나 다름없는 미래를 대면하고 있는 그들의 계급에서는, 좋은 일이라 할 만했다.

"빌." 그는 고개를 끄덕이면서 답했다. "맞아요, 분명 빌이라니까요."

"놀리는 거 아니죠?" 그녀가 물었다.

"빌일 리가 없잖아요." 다른 아가씨가 끼어들었다.

"어떻게 알아요?" 그는 물었다. "나를 전에 본 적도 없으면서."

"본 적 없어도, 당신이 거짓말하는 건 알겠어요." 그녀는 대꾸했다.

"솔직히 말해요, 빌. 이름이 뭔데요?" 첫 번째 아가씨가 물었다.

"빌이라고 부르면 돼요." 그는 실토했다.

그녀는 그의 팔을 잡아서 장난스럽게 그를 흔들었다. "당신이 거짓말하는 거 알아요. 그래도 당신은 괜찮은 사람 같아요."

그는 자신을 반기는 그 손을 잡았고, 손바닥에서 낯익은 자국과 상흔들을 보았다.

"통조림 공장은 언제 때려치웠어요?" 그는 물었다.

"어떻게 알았어요? 어머나, 독심술사인가 봐!" 아가씨들은 입을 모아 외쳤다.

아무 뜻도 없는 한심한 말들을 주고받자니, 그는 여러 세대의 지혜로 가득 찬 도서관의 높다란 서가가 떠올랐다. 그 부조화에 씁쓸한 미소가 지어졌으며 의혹이 일었다. 그럼에도 내면의 풍경과 외부의 농지거리 와중에도, 그는 극장에서 밀려 나오는 군중을 감시했다. 남동생과 안경 낀 낯선 청년을 양쪽에 대동하고 불빛 아래 지나가는 그녀를 마침내 본 그는 심장이 멈춰 버리는 것 같았다. 이 순간을 오래 기다렸다. 그녀의 당당한 머리를 덮은 가볍고 복슬복슬한 장식과, 옷에 싸여서도 은근히 드러나는 몸의 선들, 그리고 흐트러짐 없는 몸가짐과 우아하게 치맛자락을 잡은 손을 볼 수 있었다. 다음 순간 그녀는 가 버렸으며, 그는 남겨져 통조림 공장의 두 아가씨를, 옷맵시를 내려는 그들의 과감한 시도와, 깨끗하고 정돈돼 보이려는 눈물겨운 노력과, 싸구려 옷, 싸구려 리본, 손에 낀 싸구려 반지를 보고 있었다. 그의 팔이 잡아당겨졌고 목소리가 들렸다.

"정신 차려요, 빌! 왜 이래요?"

"뭐라 그랬죠?" 그는 물었다.

"오, 아무것도 아니에요." 까무잡잡한 아가씨가 고개를 뒤로 채며 답했다. "나는 그냥…."

"그냥 뭐요?"

"음, 나는 당신이 이 친구를 위해(옆 아가씨를 가리키며) 신사 친구를 하나 데려올 수 있으면 근사할 거라고 말하려 했어요. 그러면 우리 다 같이 어디 가서 아이스크림 소다를 먹을 수 있을 텐데. 아님 커피든 뭐든."

돌연 그는 정신적으로 메스꺼워졌다. 루스로부터 이 아가씨로의 전이는 너무나 급격했다. 아가씨의 당차고 도전적인 두 눈과 나란하게, 루스의 성자처럼 맑고 빛나는 두 눈이 깊이를 헤아릴 수 없는 순수의 심연에서 그를 바라보고 있었다. 그러자 어쩐지, 그는 자기 안에서 힘이 치솟는 것 같았다. 그는 이보다 나은 사람이었다. 그에게 삶은, 기껏해야 아이스크림과 신사 친구밖에 생각하지 못하는 두 아가씨에게 삶이 의미하는 것 이상이었다. 그는 자기가 늘 생각 속에서 비밀스런 삶을 살아왔음을 상기했다. 이런 생각들을 나누고자 했으나, 그걸 이해할 수 있는 여자는 아무도 없었고, 남자도 마찬가지였다. 여러 번 시도해 봤지만 듣는 이를 어리둥절하게 만들 뿐이었다. 그의 생각이 그들을 넘어섰으니, 이제 스스로 주장하건대, 그가 그들을 넘어서야 했다. 그는 자기 안에서 꿈틀대는 힘을 느꼈으며 주먹을 불끈 쥐었다. 삶이 그에게 더 많은 것을 의미한다면 그로서는 삶으로부터 더 많은 것을 바라야 하지만, 이런 친구들에게 그걸 바라기는 어려웠다. 저 당찬 검은 두 눈은 그에게 줄 것이 없었다. 그는 그 눈 안쪽에 있는 아이스크림과 그 밖의 것들에 대한 생각을 알았다. 그런데 나란히 옆에 있는 성자의 두 눈은 그가 아는 모든 것, 그리고 그가 짐작할 수 있는 것보다 많은 것을 제공했다. 책과 그림, 아름다움과 평온, 그리고 고등한 존재의 정제되고 우아한 모든 것을. 저 검은 두 눈 안쪽에서 어떤 생각들이 진행되고 있는지 그는 뻔히 알았다. 마치 시계 속과 같았다. 각 톱니바퀴가 어떻게 도는지 그는 다 알았다. 검은 두 눈이 바라는 것은 변변찮은, 무덤처럼 협소해서 곧 시들해질 것이고 결국 무덤으로 끝날 쾌락이었다. 그러나 성자의 두 눈이 바라는 것은 신비, 감히 생각도 할 수 없는 경이, 그리고 영원한 삶이었다. 그 두 눈에서 그는 영혼을 언뜻 보았고, 그 자신의 영혼 또한 언뜻 보았다.

"그 일정에 딱 한 가지 문제가 있네요." 그는 크게 말했다. " 내가 벌써 데이트 약속을 해 뒀거든요."

아가씨의 눈에 실망이 타올랐다.

"아픈 친구 문병 가기로 한 약속, 그거죠?" 그녀는 냉소했다.

"아뇨, 정말, 실제로 하는 데이트예요." 그는 말을 더듬었다. "여자랑."

"나를 속이는 거 아니죠?" 그녀가 진지하게 물었다.

그는 그녀의 눈을 똑바로 쳐다보며 답했다. "정말로, 그렇다니까요. 하지만 다음에 우리 만나요. 아직 나한테 당신 이름도 말 안 했잖아요. 그리고 어디 살아요?"

"리지." 그녀는 태도를 누그러뜨려, 손으로 그의 팔을 누르고 몸은 그에게 기대면서 답했다. "리지 코놀리. 마킷 가 5번지에 살아요."

그는 몇 분 더 이야기하고 아가씨들과 헤어졌다. 집으로 바로 가지 않았다. 철야 근무를 서는 그 나무 아래에서 창문을 올려다보며 중얼거렸다. "그 데이트 약속은 당신과 한 거였어요, 루스. 나는 약속을 지켰어요."

7장

루스 모스를 처음 만난 저녁 이후, 그는 한 주를 맹렬한 독서로 보냈다. 그는 여전히 그녀를 감히 찾아가지 못했다. 거듭 용기를 내려했으나 여러 의문에 시달려 결심은 흐지부지되었다. 적절한 방문 시기가 언제인지 그는 몰랐고, 말해 줄 사람도 없었으며, 돌이킬 수 없는 실수를 저지를까 봐 겁이 났다. 예전 친구들과 예전에 살던 방식은 떨쳐 버렸고, 새 친구는 없으므로, 그에게 남은 일은 독서뿐이었다. 보통 사람이라면 눈이 열 개라도 망가졌을 정도로 책 읽는 시간이 길었지만, 그는 눈이 좋고 최상의 강인한 체력이 뒷받침하고 있었다. 더군다나 그의 머리는 휴경지나 다름없었다. 책에 씌어 있는 추상적 사고에 관한 한평생 빈 땅이었으니 바야흐로 파종할 때였다. 공부에 질린 적이 없는 머리는 책의 지식을 날카로운 이빨로 꽉 물고 놓치지 않았다.

주말에 이르자 여러 세기를 산 것 같았고, 옛 삶과 생각은 뒤로 아득히 밀려나 있었다. 그러나 기본 지식의 부족 탓에 기세가 꺾였다. 다년간 전문 지식을 습득한 후에야 읽을 수 있는 책들에 무리하게 도전한 결과였다. 하루는 고대 철학을 읽고 다음 날에는 초현대 철학을 읽는 식으로 널뛰다 보니, 그의 머릿속은 충돌하고 모순되는 생각들로 소용돌이쳤다. 경제학자들의 경우에도 마찬가지였다. 도서관의 한 선반에서 그는 카를 마르크스, 리카르도, 애덤 스미스와 밀을 찾아냈는데, 그중 한 사람의 심오한 이론이 다른 이의 생각이 쓸모없어졌음을 가리키는 단서를 제공하지는 않았다. 그는 곤혹스러워하면서도 알고자 했다. 하루아침에 경제와 산업, 정치에 관심을 갖게 되었다. 시청 공원을 지나다가 한 무리의 남자들을 보았는데, 그 가운데 예닐곱 명이 얼굴을 붉히고 목소리 높여 열띤 토론을 벌이고 있었다. 청중에 끼어 그는 민중 철학자들의 입에서 나오는 새롭고 색다른 말들을 들었다. 한 명은 부랑자, 다른 하나는 노동운동가, 세 번째는 법대생이고, 나머지는 말 많은 노동자들이었다. 사회주의와 무정부주의, 단일체제에 대해 그는 처음 들었고, 서로 경합하는 사회 철학들이 있음을 알게 되었다. 새로운 기술적 용어들을 수백 개나 들었는데, 그의 빈약한 독서로는 접해 본 적조차 없는 사고 영역에 속하는 것들이었다. 그래서 그는 토론을 제대로 따라가지 못하고 생소한 표현으로 포장된 생각들을 얼추 짐작만 할 수 있을 뿐이었다. 거기에는 또 신지론자(神智論者)인 검은 눈의 식당 웨이터와 불가지론자인 제빵 조합원, 뭐가 어떻든 다 옳다는 기이한 철학으로 다른 사람들의 말을 모조리 뭉개 버리는 노인, 그리고 우주와 음양에 대해 끝도 없이 설파하는 또 다른 노인이 있었다.

몇 시간 뒤 혼란스러운 머리로 그 자리를 떠난 마틴 에덴은 도서관으로 직행해서 십여 개에 달하는 특이한 단어들의 뜻을 찾아보았다. 그리고 도서관을 나올 때 옆구리에 네 권의 책, 마담 블러배츠키의 『비밀 교리』와 『진보와 빈곤』, 『사회주의의 진수』, 『종교와 과학의 전쟁』을 끼고 있었다. 불행히도 첫 번째로 손에 잡은 것이 『비밀 교리』였다. 행마다 그가 모르는 음절 많은 단어들의 연속이었다. 그는 침대에서 일어나 앉았고, 책보다 사전을 더 자주 들여다보게 되었다. 새 단어를 하도 많이 찾는 바람에 같은 단어가 다시 등장해도 뜻을 이미 잊어 다시 찾아야 했다. 그는 단어의 정의를 노트에 적어 두는 방안을 생각해 냈고, 몇 장을 채웠다. 그래도 여전히 이해할 수 없었다. 새벽 3시까지 머리를 쥐어짜며 읽었으나, 그 책에서 가장 중요한 생각이 뭔지조차 파악할 수 없었다. 고개를 들자 방이 바다 위 배처럼 솟아올랐다 꺼져 내리는 것 같았다. 저주를 퍼부으며 『비밀 교리』를 내던진 그는 가스등을 끄고 잠이나 자기로 했다. 다른 책 세 권의 경우에도 운이 훨씬 좋았다고는 할 수 없었다. 그의 뇌가 약하거나 무능하기 때문이 아니었다. 사고의 훈련이 부족하지 않았다면, 또 생각하는 데 필요한 사고의 도구가 부족하지 않았다면, 뇌는 이런 생각들을 이해할 수 있었을 것이다. 그는 이 사실을 알 것 같았고, 책 속에 있는 모든 단어를 정복할 때까지 사전만 읽어 볼까 싶기도 했다.

그래도 시는 위안이 되었다. 그는 다양한 시를 읽었고 더 이해하기 쉬운 간명한 시들에서 가장 큰 기쁨을 얻었다. 그는 아름다움을 사랑했고, 그런 시들에서 아름다움을 알아보았다. 시는 음악처럼 그를 깊게 휘저었으며, 자신도 모르는 사이 그는 더 무거운 작품을 맞을 마음의 준비를 하고 있었다. 그의 마음은 백지라서 읽고 좋아한 내용이 저절로 한 절 한 절 그 백지 위에 새겨졌고, 그래서 그는 곧 책에서 읽은 글줄의 운율과 아름다움을 크게든 작게든 음송함으로써 희열을 느낄 수 있게 되었다. 마침 도서관 선반에 나란히 꽂혀 있는 개일리의 『고전 신화』와 벌핀치의 『우화의 시대』를 발견했다. 그 책들은 조명기와도 같이 그의 무지의 암흑에 광명을 비춰 주었고, 이후로 그는 어느 때보다 더 탐욕스럽게 시를 읽었다.

도서관 책상에 앉아 있는 남자는 마틴을 자주 보다 보니 정이 들어, 그가 들어설 때마다 미소를 짓고 머리를 끄덕이면서 맞아 주었다. 덕분에 마틴은 감히 용기를 낼 수 있었다. 그 남자가 회원증에 대출 도장을 찍어 주는 동안, 마틴이 불쑥 물었다.

"저기, 여쭤보고 싶은 게 있습니다."

그 남자는 미소 띤 얼굴로 그를 바라보았다.

"젊은 숙녀 한 분을 만났고 그녀가 다시 방문해 달라고 한다면, 언제쯤 찾아가도 되는 걸까요?"

마틴은 진땀이 나서 셔츠가 몸에 찰싹 달라붙는 것을 느꼈다.

"글쎄, 언제라도 괜찮겠죠."

"네, 그런데 이 경우는 다릅니다." 마틴은 받아들이지 않았다. "그녀와… 나는… 음… 말하자면 이런 식입니다. 그녀는 집에 없을지도 몰라요. 대학에 다니거든요."

"그러면 다음에 다시 찾아가세요."

"내가 말하고 싶은 건 그게 아닙니다." 마틴은 타인의 자비심에 자신을 통째로 맡기기로 하고, 더듬대며 실토했다. "나는 그저 거친 놈이고, 먹고 사느라고 바빠서 사회에 대해서는 아무것도 모릅니다. 그 아가씨는 나와 전혀 다른 부류라서, 나는 그녀와 비슷한 게 하나도 없거든요. 내가 바보짓을 하고 있다고 생각지 않으십니까?" 그는 내친김에 물었다.

"아뇨, 아니에요. 분명히 말씀드리건대, 전혀 그렇게 생각하지 않습니다." 상대방은 단언했다. "당신의 질의가 엄밀하게는 참고도서부의 소관 사항이 아니지만, 기꺼이 도와드리겠습니다."

마틴은 감탄하여 그를 쳐다보았다.

"내가 그렇게 깔끔하게 해치울 수 있다면 정말 좋을 텐데요."

"무슨 말씀이시죠?"

"그렇게 여유 있고도 예의 바르게, 또 무난하게 내가 말을 할 수 있으면 좋겠다는 겁니다."

"오." 상대방은 알아들었다.

"언제 방문하는 게 제일 좋을까요? 오후? 식사 시간에 너무 가깝지 않게? 아니면 저녁이 나을까요? 일요일?"

"말씀드리죠." 사서가 얼굴을 빛내며 말했다. "그녀에게 전화해서 물어보세요."

"그러겠습니다." 그는 책을 집어 들고 문을 향해 돌아섰다.

그는 다시 돌아서서 물었다.

"젊은 숙녀께 얘기할 때 일테면… 리지 스미스 양이라 치고, '리지 양'이라고 하나요? 아니면 '스미스 양'?"

"'스미스 양'이라고 하세요." 사서는 권위를 실어 말했다. "항상 '스미스 양'이라고 하세요. 그녀와 더 잘 알게 될 때까지요."

이렇게 마틴은 문제를 해결했다.

"언제라도 오세요. 오후 내내 집에 있을 거예요." 그가 전화 걸어 빌린 책을 언제 돌려주면 되겠느냐고 더듬거리며 묻자, 루스는 답했다.

그녀는 직접 문을 열어 주었고, 여자의 안목으로 줄 잡힌 그의 바지와 그 밖에도 어딘지 모르게 나아진 변화를 단번에 알아챘다. 또한 그녀는 그의 얼굴에 사로잡혔다. 최상의 건강 상태인 그의 얼굴은 격정적으로 보일 만큼 혈색이 좋았고, 힘의 파동을 그녀를 향해 뿜어내는 듯했다. 그녀는 다시금 그에게 기대 따뜻함을 얻고 싶은 충동을 느꼈으며, 그의 존재가 자신에게 미치는 영향에 다시금 놀랐다. 그리고 그는, 그녀와 악수하느라 손을 마주 댄 순간 축복을 받는 듯한 감동에 다시금 젖었다. 둘의 차이는 그녀가 차분하게 자제하는 반면, 그는 머리끝까지 시뻘겋게 달아올랐다는 것이었다. 그는 예전처럼 어색하게 비틀거리며 그녀를 뒤따랐는데, 위태로우리만치 어깨가 기우뚱대고 있었다.

거실에 자리 잡고 앉자 그는 걱정했던 것보다는 훨씬 쉽게 자신을 수습할 수 있었다. 그럴 수 있게끔 그녀가 분위기를 만들어 주었다. 그 자상한 마음씨에 그는 그녀를 한층 더 미치도록 사랑하게 되었다. 먼저 그들은 그의 방문 용건인 책들, 그가 완전히 빠져들었던 스윈번 시집과 이해할 수 없었던 브라우닝 시집에 대해 얘기했다. 그녀는 이런 주제에서 저런 주제로 화제를 옮기며 대화를 주도했고, 자기가 그에게 어떻게 도움을 줄 수 있을지 곰곰이 생각했다. 지난번 첫 만남 이후로 그녀는 그 문제를 자주 생각해 보았다. 그녀는 그를 돕고 싶었다. 그는 이전에는 누구도 그녀에게 불러일으킨 적 없는 연민과 다정함을 불러일으켰다. 그 연민은 그가 자기보다 못하다는 생각에서 비롯된 게 아니라 모성의 발현에 가까웠다. 그 연민을 끌어내는 남자가 너무나 남자다워서 그녀에게 여자로서의 경각심을 일깨우고, 이상한 생각과 느낌으로 그녀의 마음을 설레게 하며 심장이 두근거리게 한다면, 그녀의 연민은 일반적인 종류일 수가 없는 것이었다. 이전처럼 그녀는 그의 목에 매혹당했으며, 그 목을 제 두 손으로 감싼다는 생각에 감미로움을 느꼈다. 여전히 정숙하지 못한 생각인 것 같았으나, 이전보다는 낯설지 않았다. 그녀는 갓 태어난 사랑이 그런 모습을 띨 줄은 꿈에도 몰랐다. 그가 그녀에게 불러일으키는 느낌이 사랑인 줄도 몰랐다. 그가 다양한 방면으로 잠재력이 뛰어난 특별한 사람이라서 그에게 관심이 가는 줄만 알았고, 자신의 감정이 박애주의라고 생각하기까지 했다.

그녀는 자기가 그를 원한다는 것을 알지 못했다. 그러나 그는 달랐다. 자기가 그녀를 사랑하고, 평생 한 번도 그랬던 적이 없었을 정도로 강렬하게 그녀를 원한다는 것을 알았다. 그는 시가 아름답기 때문에 시를 사랑했다. 그런데 그녀를 만난 후 연애-시라는 광활한 영토의 문이 활짝 열렸다. 그녀는 심지어 벌핀치나 개일리보다도 더 많은 깨달음을 그에게 주었다. 일주일 전만 해도 그가 재고해 볼 필요조차 느끼지 않았을 구절 '사랑에 미쳐 입맞춤으로 죽어가는, 신이 선택한 연인'이 이제는 그의 머릿속에서 도무지 떠나지 않았다. 그는 그 구절의 경이와 진실에 감탄했다. 그녀를 바라보면서, 자신이 입맞춤으로 서서히 죽을 수 있음을 자각했다. 자신이 사랑에 미치도록 신이 선택한 연인이고, 기사 작위를 수여받는다 할지라도 그보다 자랑스러울 수 없음을 느꼈다. 드디어 그는 인생의 의미와 자기가 태어난 이유를 알게 되었다.

그녀에게 시선을 두고 귀를 기울이면서, 그의 생각은 점점 더 대담해졌다. 문간에서 악수할 때 제 손에 살짝 가해지던 그녀 손의 압력, 그 압력이 일으킨 거친 희열을 되새겼으며, 다시 느끼기를 바랐다. 그녀의 입술에 자꾸 눈이 갔고, 그 입술을 간절히 열망했다. 그러나 이 열망에는 상스럽거나 세속적인 면이 없었다. 그녀가 하는 말을 발음하는 그 입술의 움직임과 놀림을 바라보는 것에서 그는 완벽한 기쁨을 느꼈다. 그 입술은 모든 남자와 여자들이 갖고 있는 보통의 입술이 아니었다. 본질적으로 일개 신체 부위일 수가 없었다. 그것은 순수한 영혼의 입술이라서, 그 입술에 대한 그의 열망은 다른 여자들의 입술로 그를 이끌던 열망과는 절대적으로 다른 듯싶었다. 그가 그녀의 입술에 제 신체의 입술을 포개 입을 맞출 수도 있겠으나, 거기에는 신의 옷자락에 입을 맞출 때와 같은 고결하고 극진한 열정이 담겨 있을 것이다. 그는 자기 안에서 벌어지는 가치의 재평가를 의식하지 못했다. 또 자기가 그녀를 쳐다볼 때 눈에서 발하는 빛이 사랑의 욕망이 드리워진 모든 남자의 눈에서 반짝이는 빛과 똑같다는 사실을 알지 못했다. 그는 제 시선이 얼마나 열렬하고 남성적인 줄, 또 그 뜨거운 불길이 그녀의 영혼의 연금술에 작용하고 있는 줄 꿈에도 몰랐다. 그녀의 철저한 순결성이 그의 감정을 고양시키고 변모시켜, 그의 생각을 별처럼 차가운 정숙의 경지로 드높여 놓았다. 제눈에 뜨거운 파동과도 같은 빛이 있어 그녀를 관통하여 비슷한 열기를 일으켰음을 알았다면, 그는 깜짝 놀랐을 터였다. 그녀는 그의 눈빛 때문에 미묘한 혼란을 느꼈고, 이유도 모른 채 그 감미로운 침투에 여러 번이나 생각의 흐름이 끊겨, 말하려던 바를 애써 다시 떠올려야 했다. 그녀는 늘 달변이었기에, 그가 특출난 유형인 탓으로 돌리지 않았다면 이런 장애가 당혹스러웠을 터였다. 그녀는 사람의 인상에 워낙 민감했고, 그런 만큼 이 다른 세상에서 온 여행자의 독특한 분위기에 영향받는 것이 이상한 일은 아니었다.

그녀의 의식 저변에 깔린 문제는 그를 어떻게 도울까 하는 것이었으로, 그녀는 대화를 그 방향으로 돌렸다. 그런데 먼저 그 점을 거론한 이는 마틴이었다.

"당신께 충고를 얻을 수 있을지 모르겠어요." 그는 말을 꺼냈고, 무언의 허락에 가슴이 뛰었다. "지난번 내가 여기 왔을 때, 나는 얘기하는 방법을 모르기 때문에 책이나 다른 것들에 대해 얘기할 수가 없다고 말했던 거, 기억해요? 네, 그 후로 많이 생각해 봤어요. 도서관에 엄청 다녔습니다만, 내가 접한 책들은 대개 내 머리로 이해하기에는 어려웠어요. 아마 처음부터 시작해야 하나 봐요. 아무런 이득도 얻지 못했어요. 어릴 때부터 꽤나 일을 해야 했죠. 도서관에 다닌 후로 새로운 눈으로 책들을 보고 또 새 책들도 보고 하니, 내가 여태까지 제대로 된 책을 읽지 않았다는 결론을 내리게 됐어요. 목장이나 선원실에 있는 책들은… 예를 들어 이 집에 있는 책들과 같지 않거든요. 그런 게 내게는 익숙한 읽을거리였지요. 그런데 괜히 자랑하려는 건 아닙니다만, 나는 내 주위 사람들과 달랐어요. 함께 지낸 선원이나 카우보이들보다 내가 잘났다는 뜻이 아니에요. 나는 짧은 기간 동안 카우보이도 했답니다. 그런 뜻이 아니라 항상 책을 좋아해서 손에 넣을 수 있는 건 뭐든지 다 읽었다는 게 다르다는 거예요. 그래요, 나는 그들 대부분과 다르게 생각한다고 할 수 있을 겁니다. 이제, 내가 무엇을 하려고 하는지 말씀드리죠. 나는 이런 집에 들어와 본 적이 없어요. 일주일 전에 와서 이 모든 것들과, 그리고 당신과, 당신 어머니와, 동생들과, 또 다른 것들을 전부 보고, 네, 나는 다 마음에 들었어요. 이런 것들에 대한 얘기를 들어 왔고 어떤 책들에서 이런 내용을 읽기도 했는데, 당신 집에 와서 둘러보니, 세상에,

책에 쓰여 있던 것들이 실현되어 있는 거예요! 그런데 내가 바라는 것은 내가 좋아한 이런 것들이죠. 난 그걸 원했고 지금도 원해요. 나도 당신이 이 집에서 들이쉬는 것과 같은 공기를, 책과 그림과, 아름다운 것들의 향기로 가득 찬 공기를 마시고 싶어요. 사람들이 나지막한 목소리로 말하는 곳, 그 사람들은 깨끗하고, 그들의 생각도 깨끗한 곳. 그런 곳의 공기를 들이쉬고 싶어요. 내가 마시는 공기는 싸구려 음식과 셋방과 쓰레기와 술의 냄새가 뒤섞여 있고, 거기 있는 사람들도 그런 것들만 얘기하고 있죠. 당신이 어머니께 입 맞추려고 방을 질러갈 때, 나는 내가 본 것 중에 가장 아름다운 광경이라고 생각했지요. 나는 사람 사는 모습을 아주 많이 봐 왔어요. 웬일인지 함께 지낸 사람들 대부분보다도 훨씬 더 많이 보게 됐죠. 나는 보기를 좋아하고, 더 많이 보려 하고, 다르게 보려 해요. 그런데 아직 요점을 말씀드리지 않았군요. 이런 거예요. 당신이 이 집에서 누리고 있는 삶에 나도 도달할 수 있도록, 길을 만들어 내고 싶어요. 인생에는 술 마시고 고되게 일하고 떠돌아다니는 것보다 더 나은 일이 있어야 하죠. 이제, 내가 어떻게 해야 도달할 수 있죠? 어디에 자리 잡고 시작해야 할까요? 내게 필요한 과정을 나는 밟아 가고 싶어요, 물론입니다! 힘든 일을 해야 한다면 따라올 사람이 거의 없을 만큼 난 잘 해낼 수 있어요. 일단 시작하면, 밤낮으로 노력할 겁니다. 내가 당신에게 이런 걸 다 묻다니, 아마 당신은 우습다고 생각하겠죠. 나도 알아요, 당신은 내 질문을 들어주기에 적당한 분이 전혀 아니란 걸. 그런데 나는 달리 물어볼 사람이 없어요. 아서 말고는요. 물어보려면 아마 아서에게 물어봐야 할 텐데."

그의 목소리는 잦아들었다. 그가 작심하고 한 의사 표명은 바보 짓이 되고 말았으리라는 끔찍한 개연성에 직면하여 중단되었다. 그런 질문은 그녀가 아니라 아서에게 해야 했던 것이다. 그녀는 당장은 아무 말도 하지 않았다. 그의 서투르고 거친 화법과 생각의 단순함을, 자기가 목도하는 그의 표정과 조화시키는 데 열중했기 때문이다. 그녀는 이렇게 강한 힘을 표출하는 눈을 본 적이 없었다. 여기 어떤 일이든 다 해낼 수 있는 남자가 있다, 이것이 그녀가 그 눈에서 읽어 낸 메시지였다. 그의 생각을 표현하는 빈약한 말과는 맞지 않았다. 또 실은 그녀 자신의 머릿속이 워낙 복잡하고 빠르게 돌아가서, 그 단순함을 올바로 평가할 여력이 없었다. 그럼에도 그녀는 그의 마음속을 더듬어 엄청난 힘을 포착했다. 족쇄에 매여 필사적으로 몸부림치는 거인을 보는 듯했다. 그녀가 입을 열었을 때 얼굴에는 공감이 가득했다.

"당신에게 필요한 것은, 당신도 알겠지만, 교육이죠. 처음으로 돌아가 초등학교부터 마쳐야 해요. 그런 다음 중고등학교와 대학교에 진학하세요."

"그러려면 돈이 들어요." 그가 끼어들었다.

"오!" 그녀는 탄식했다. "내가 그 생각을 못 했군요. 그럼 친지라든가, 당신에게 학비를 보조해 줄 사람이 있겠죠?"

그는 머리를 저었다.

"부모님은 돌아가셨어요. 누이가 둘인데, 하나는 결혼했고 다른 하나도 아마 곧 결혼할 거예요. 남자 형제야 줄줄이 있지만, 내가 막내입니다, 아무도 누굴 돕거나 하지 않아요. 각자 세상을 떠돌며 제 앞가림에 급급하죠. 맏형은 인도에서 죽었고, 그 아래로 두 명은 지금 아프리카에 있고, 다른 하나는 포경선에 타고 있고, 또 하나는 서커스단을 따라다니고 있어요. 공중그네를 탑니다. 나도 그들과 마찬가지라고 생각해요. 열한 살 때부터, 그해에 어머니가 돌아가셨죠, 난 알아서 살아왔어요. 독학하는 수밖에 없을 거예요. 어디서부터 시작해야 할지 나는 알고 싶어요."

"무엇보다 먼저 문법부터 익히셔야 한다는 얘기를 하고 싶어요. 당신의 문법 실력은…." 그녀는 '형편없다'고 말하려다 '별로 좋지 않다'로 바꾸었다.

그는 얼굴을 붉히고 땀을 흘렸다.

"내가 속어나 당신이 이해할 수 없는 단어들을 많이 쓴다는 걸 알고 있어요. 그런데 나는 말하려면 그런 단어들밖에 쓸 줄 몰라요. 책에서 얻은 다른 단어들도 머릿속에는 있지만, 발음을 못 해요. 그래서 안 써요."

"문제는… 무슨 말을 하는가보다, 어떻게 말하는가죠. 솔직히 말씀드려도 될까요? 당신을 기분 나쁘게 하고 싶지는 않아요."

"괜찮아요." 그는 큰 소리로 대꾸하며 그녀의 친절에 속으로 감사했다. "어서 말해요. 나는 알아야 하고, 다른 누구보다 당신에게서 배우고 싶어요."

"좋아요, 그럼. 당신은 '유 워즈(You was)'라고 말하는데, '유 워(You were)'라고 해야 해요. 또 당신은 '아이 쏘우(I saw)'라고 해야 할 걸 '아이 씬(I seen)'이라고 하죠. 이중부정도…."

"이중부정이 뭐죠?" 그는 물은 다음 겸손히 덧붙였다. "보시다시피,

나는 당신의 설명조차 알아듣지 못해요."

"그걸 설명하지 않았군요." 그녀는 미소 지었다. "이중부정은, 음…
아! 당신이 '네버 헬프트 노바디(never helped nobody)'라고 했죠?
'네버'가 부정어인데, '노바디'도 부정어예요. 두 개의 부정어가 겹치
면 긍정이 되는 것이 규칙이죠. 따라서 '네버 헬프트 노바디'는, 아
무도 돕지 않은 것은 아니다, 즉 누군가를 분명히 도왔다는 뜻이 되
는 거죠."

"아주 명쾌하군요." 그는 말했다. "그런 생각은 전에 못 해 봤어요.
그런데 그게 누군가를 '분명히' 도왔다는 뜻은 아니지 않아요? 내
생각에 '네버 헬프트 노바디'로는 누군가를 도왔다는 건지 돕지 않
았다는 건지, 표현할 수 없는 것 같아요. 그런 생각은 전에 못 해 봤
고, 다시는 그렇게 말하지 않겠어요."

그녀는 그의 예리한 이해력에 기쁘고도 놀라웠다. 단서를 잡자마
자 그는 바로 이해할뿐더러 그녀의 오류까지 바로잡아 준 것이다.

"문법에 답이 다 있어요." 그녀는 계속 말했다. "당신의 어법에서
제가 찾은 또 다른 문제가 있어요. 당신은 '돈트(don't)'라고 하지 말
아야 할 때 그 말을 써요. '돈트'는 축약형이라 두 단어를 뜻해요. 그
두 단어를 아시죠?"

그는 잠시 생각하고 답했다. "'두 낫(do not)'."

그녀는 끄덕이고 말했다. "그런데 당신은 '더즈 낫(does not)'을 써
야 할 때 '돈트'라고 해요."

그는 혼란스러워서 바로 알아듣지 못했다.

"예를 들어주세요." 그는 요청했다.

"음…." 그녀는 생각하느라고 눈썹을 찡그리고 입을 오므렸는데, 그는 그 표정이 몹시 사랑스럽다고 생각했다. "잇 돈트 두 투 비 헤이스티(It don't do to be hasty). 돈트를 두 낫으로 바꿔 봐요, 전혀 말이 안 되잖아요."

그는 속으로 그 말을 곱씹으며 생각했다.

"당신은 이 문장이 귀에 거슬리지 않나요?" 그녀가 떠보았다.

"그렇다고 말할 수는 없어요(Can't say that it does)." 그는 신중하게 답했다.

"왜 '잇 두(Can't say that it do)'라고 하지 않았죠?" 그녀는 캐물었다.

"틀린 것 같아서요." 그는 천천히 말했다. "좀 전의 문장은 잘 모르겠어요. 내 귀는 당신 귀처럼 훈련되지 않은(my ear ain't had the trainin' yours has) 모양입니다."

"'에인트(ain't)' 같은 말은 영어에 없어요." 그녀는 자못 자상하게 말했다. 마틴은 다시 얼굴을 붉혔다.

"그리고 당신은 '빈(been)'이라 해야 하는데 '벤(ben)'이라 하고요." 그녀는 이어 갔다. "'케임(came)' 대신에 '컴(come)'이라 해요. 또 단어의 어미를 잘라 버리는 방식은 심한 거예요."

"무슨 말인가요?" 그는 상체를 앞으로 숙였는데, 이처럼 경이로운 지성 앞에서 그 정도가 아니라 무릎을 꿇어야 할 것만 같았다. "내가 어떻게 잘라 버리는데요?"

"당신은 어미를 끝까지 말하지 않아요. '앤드(and)'의 철자는 'A-n-d'인데, 당신은 '앤'이라고 발음합니다. '잉(I-n-g)'을 어떤 때는 끝까지 발음하지만, 또 어떤 때는 '지(g)'를 떼어 버리고 '인'이라 해요. 그런 데다 첫 철자와 이중모음을 제대로 발음하지 않고 대충 뭉개죠. '뎀(T-h-e-m)'을 당신이 발음할 때는, 오, 그런 오류를 일일이 다 예를 들 필요는 없겠죠. 당신에게 필요한 것은 문법이에요. 내가 문법책을 하나 가져와서 어떻게 시작할지 보여 줄게요."

그녀가 일어설 때, 그는 예절 책에서 읽은 어떤 구절이 문득 생각나 어색하게 일어섰다. 그러고는 자기가 옳은 일을 한 건지 걱정됐고, 가겠다는 뜻으로 그녀에게 비치지는 않을지 두려웠다.

"그런데 말이에요, 에덴 씨." 그녀는 방을 나가려다 돌아보며 물었다. "부즈(booze)가 뭔가요? 여러 번 그 말을 하셨잖아요."

"아, 그거요." 그는 웃었다. "속어입니다. 위스키와 맥주, 뭐라도 당신(you)을 취하게 만드는 음료를 뜻해요."

"또 한 가지를 알려 드리죠." 그녀도 웃음과 함께 답했다. "당신이 특정한 누군가를 뜻하지 않을 때는 '유(you)'를 쓰지 마세요. 유는 누군가를 지칭하는 말이고, 방금 당신이 그 단어를 써서 한 말은 정확히 당신이 뜻하려는 바가 아니었어요."

"도통 모르겠어요."

"아니, 방금 내게 말했죠, '위스키와 맥주, 뭐라도 당신(you)을 취하게 만드는 음료'라고요. 그럼 바로 저를 취하게 한다는 뜻이 되어 버리죠. 모르시겠어요?"

"음, 그럴 수도 있지 않나요?"

"물론 그럴 수 있죠." 그녀는 미소 지었다. "그래도 나를 끌어들이지 않는 게 나을 거예요. '당신(you)' 대신에 '사람(one)'을 넣어 보면,

얼마나 나아지는지 알 수 있을 거예요."

　문법책을 갖고 돌아온 그녀는 의자를 그에게 가깝게 끌어당겨 ─ 그는 자기가 의자를 끌어다 주어야 했는지 알 수 없었다 ─ 그의 옆에 앉았다. 그녀가 책장을 넘기자 둘의 머리가 서로에게로 기울었다. 그는 그녀가 바로 옆에 있어서 황홀한 나머지, 그가 해야 할 일들을 개괄해 주는 그녀의 설명을 따라갈 수 없었다. 그러나 그녀가 동사 변화의 중요성을 설명하기 시작하자 대번에 그녀를 잊었다. 동사 변화라는 걸 들어 보지도 못했던 그로서는, 그 언어의 매듭을 힐끗 보자마자 매료되었다. 책장에 가까이 수그리자니 그녀의 머리카락이 뺨에 닿았다. 그는 평생 딱 한 번 기절했는데, 곧 다시 기절할 것 같았다. 숨을 거의 쉴 수가 없고, 격하게 뛰는 심장 때문에 피가 위로 솟구쳐서 목을 졸랐다. 그녀가 지금처럼 가깝게 느껴진 적이 없었다. 그 순간 두 사람 사이의 거대한 간극이 메워졌다. 그렇다고 그녀에 대한 그의 감정의 고상함이 경감된 것은 아니었다. 그녀는 그에게로 내려오지 않았다. 움직인 것은 그였다. 그가 구름 속으로 끌어올려져 그녀에게 다다랐다. 그녀를 숭배하는 그의 마음은, 그 순간, 종교적 경외와 열정과 같은 경지였다. 그는 지성소에 무엄하게 발을 들여놓은 듯한 기분이 들어, 그에게는 전기 충격처럼 강렬했고 그녀는 알아채지도 못했던 접촉으로부터 천천히 조심스럽게 머리를 떼어 놓았다.

8장

몇 주가 지나갔다. 그동안 마틴은 문법을 공부하고 예절에 관한 책들을 재독했으며, 마음에 드는 책들을 탐욕스럽게 읽었다. 자기 계급의 사람들은 일절 만나지 않았다. 로터스 클럽의 아가씨들은 그에게 무슨 일이 있는지 궁금해서 짐에게 성가신 질문을 퍼부었으며, 라일리의 헛간에서 권투하는 젊은이들은 마틴의 부재를 반겼다. 그는 도서관에서 또 다른 보물단지를 발견해 냈다. 문법이 그에게 언어의 맥락을 보여 주었듯이, 그 책은 시의 맥락을 보여 주었고, 그는 시의 보격과 구성, 형식을 익히기 시작했다. 자기가 사랑하는 아름다움의 이면에서 그 아름다움의 이유와 연원을 찾아내게 되었다. 그가 발견한 또 하나의 현대적인 책은 시를 표현 예술로 다루어, 명시들로부터 추출한 예를 풍부하게 들면서 포괄적으로 설명했다. 어떤 소설도 이 책들보다 더 재미있지는 않았다. 20년 동안 어떤 부담도 진 적 없는 생생한 그의 정신은 이제 성숙한 욕망에 추동당해, 일반 학생의 머리로는 불가능한 힘으로 읽은 내용을 꽉 움켜잡았다.

이제 진일보한 그가 지난날을 돌아보니 예전에 알던 세계, 땅과 바다와 배로 이루어졌고 선원들과 탐욕스러운 여자들이 사는 세계는 아주 작게 보였다. 그런데 그 세계는 이 새로운 세계와 섞여 확장되었다. 그의 정신이 통합을 일으켜, 처음 두 세계의 접점이 보이기 시작했을 때는 놀라웠다. 그리고 책에서 찾은 숭고한 사상들과 아름다움으로 인해 그 자신 또한 격이 높아졌다. 따라서 루스와 그녀의 가족들 같은 저 위의 세상에 사는 모든 남녀는 그런 생각을 하고 또 실천한다고 그 어느 때보다 확고하게 믿게 되었다. 그가 사는 저 아래 세상은 비루했다. 그는 자신의 나날을 더럽히는 그 비루함을 떨쳐내고 상류층이 사는 승화된 영토로 올라가고 싶었다. 유년기와 청년기 내내 그는 막연한 불안감에 시달려 왔다. 자기가 원하는 것이 무엇인지도 모르면서 헛수고를 거듭하다, 루스를 만나고 나서야 그게 무엇인지 알게 되었다. 이제 그의 불안은 고통스럽도록 심해졌으나 마침내 그는 분명하고 확실하게, 자기가 획득해야 할 것이 아름다움과 지성, 그리고 사랑임을 깨달았다.

그 몇 주간 그는 루스를 대여섯 번 만났는데, 매번 영감이 더해졌다. 그녀는 그의 영어 공부를 도와주고 발음을 고쳐 주었으며, 그를 산수에도 입문시켰다. 그렇다고 둘의 교류가 전적으로 기초적인 공부에만 바쳐진 것은 아니었다. 그는 살면서 너무 많은 것을 보아 왔고, 그의 정신은 분수와 세제곱근, 구문의 해석과 분석 따위만으로 채워지기에는 너무 성숙했다. 그래서 때때로 대화는 그가 최근 읽은 시라든지 그녀가 막 배운 시인 같은 다른 주제들로 넘어갔다. 그녀가 좋아하는 구절을 낭독해 주면, 그는 환희의 천국 꼭대기까지 올라갔다. 여태까지 그가 목소리를 들어 온 모든 여성 중에 그녀와 같은 음성을 가진 여성은 결코 없었다. 그 음성은 아무리 작아도 사랑을 자극하여, 그는 그녀가 한마디 할 때마다 몸이 떨리고 가슴이 두근거렸다. 그를 그렇게 만드는 것은 그 목소리의 음질과 휴지(休止), 그리고 음악적 변조였다. 부드럽고 풍부하며 뭐라고 딱 꼬집어 말할 수 없는, 교양과 온화한 영혼의 소산이었다. 그녀에게 귀를 기울이는 동안 그의 기억 속에서는 야만적인 여자와 노파들의 거친 고함

소리와, 그보다는 덜하지만 여성 노동자와 자기 계급 아가씨들의 역시 거칠고 빽빽거리는 목소리가 울렸다. 그러면 환각의 화학 작용이 시작되어, 그의 마음은 그 목소리들로 시끌벅적해지고, 목소리 하나하나가 루스의 목소리와 대비되면서 루스의 영예를 증폭시켰다. 그녀의 정신이 자기가 읽는 것을 이해하고 글로 쓰인 생각의 아름다움에 감동하여 떨리고 있음을 알기에, 그의 행복감은 한층 더 고조되었다. 그녀는 『공주』(테니슨의 연작 시집 - 옮긴이)의 많은 구절을 낭독해 주었는데, 그녀의 미적 본성이 너무나 섬세하게 건드려진 나머지 두 눈에 눈물이 가득 고이는 것을 그는 종종 목격했다. 그런 순간에는 그녀의 감정이 그를 신의 경지로 상승시켜, 그녀를 응시하고 그녀의 낭독을 경청하면서 그는 삶의 얼굴을 응시하고 그 가장 깊은 비밀을 읽고 있는 듯했다. 그러고는 자신이 절묘한 감성의 극치에 도달해 있음을 깨닫고는, 이것이 사랑이고 그 사랑이 세상에서 가장 위대한 것이라고 확신했다. 이전에 알았던 전율과 흥분 — 취기와 여자들의 애무, 거친 경기, 서로 치고받는 몸싸움 — 이 기억의 회랑으로 지나갔는데, 지금 자기가 즐기고 있는 숭고한 열정에 비하면 다 하찮고 천하게 보였다.

루스에게는 이 상황이 흐릿했다. 그녀는 가슴으로 느끼는 경험을 한 적이 없었다. 이런 일에 있어 그녀의 경험이란 것은 전부 책들, 일상의 사실들이 예쁘장하게 바뀐 허구의 영역에서 얻은 것이었다. 그녀는 이 거친 선원이 제 가슴 속으로 조금씩 파고들면서 언젠가는 폭발하여 자신을 불길에 휘말리게 할 어떤 힘을 단단히 채워 넣고 있으리라고는 생각지 못했다. 그녀는 진짜 사랑의 불이 어떤 것인지 알지 못했다. 사랑을 순전히 이론적으로만 알고 있어서, 희미하게 어른대는 불꽃 같은 것, 떨어지는 이슬방울이나 고요한 수면에 이는 잔물결처럼 가만한 것, 여름밤처럼 부드럽고 서늘한 것이 사랑이리라고 생각하고 있었다. 그녀에게 사랑이란 꽃향기와 엷은 빛이 가득한 천상의 고요 속에서 사랑하는 이를 온화하게 섬기는, 차분한 애정에 가까웠다. 화산이 폭발하는 것처럼 격렬한 사랑, 그 혹독한 열기와 황량한 잿더미는 꿈에도 생각하지 못했다. 자신의 잠재력도, 세상의 잠재력도 몰랐다. 그녀에게 삶의 심연은 환상의 바다에 있을 뿐이었다. 부모님의 부부애가 이상적인 사랑이요 화합이었으며, 어느 날 아무런 충격이나 마찰 없이 사랑하는 이와 함께 그와 같은 조용하고 감미로운 삶으로 진입하기를 그녀는 고대했다.

그러므로 그녀는 마틴 에덴을 새로운 인물, 신기한 개인으로 여겼으며, 그가 자신에게 끼치는 영향의 실체가 그 새로움과 신기함이라고 생각했다. 자연스러운 일이었다. 동물원에서 야수를 구경할 때, 휘몰아치는 폭풍을 보거나 하늘을 가르는 번갯불에 몸서리칠 때, 비슷한 방식으로 특이한 느낌을 겪지 않았던가. 그런 대상에는 우주적인 무언가가 있었고, 그에게도 우주적인 무언가가 있었다. 그녀에게 온 그는 광활한 공간의 공기를 거침없이 호흡하고 있었다. 적도 태양의 화염이 얼굴에서 이글거리고, 우람하고 탄력 있는 근육에는 태곳적 생명의 활력이 꿈틀거렸다. 그는, 그녀의 지평 너머에서 시작되는, 거친 사나이들과 더 거친 짓들의 불가해한 세상에서 망가지고 상처입은 사람이었다. 길들지 않은 야성의 그가 자기의 손길로 그토록 온순해진다는 사실에 그녀의 허영심은 은근히 채워졌다. 또한, 야생의

101

동물을 보면 길들이고 싶어지는 흔한 충동도 느꼈다. 그것은 무의식적인 충동이라서, 그녀는 자신이 그라는 진흙 덩어리를 아버지의 모습 — 세상에서 가장 멋지고 훌륭하다고 여겨지는 그 모습 — 과 비슷하게 다듬어내기를 욕망한다고는 전혀 생각지 못했다. 그녀로서는 무경험으로 인한 무지로부터 벗어날 방도가 없었다. 그녀는 알지 못했다. 자신이 그에게서 포착한 우주적인 느낌이 가장 우주적인 것, 바로 사랑이라는 것을. 세상 이 끝과 저 끝에서 남자와 여자를 동일한 힘으로 끌어당겨 만나게 하고, 발정기의 수사슴들이 서로 죽이게 하며, 원자들조차 여지없이 결합하게 만드는, 그 사랑이라는 것을.

그의 급속한 발전은 괄목할 만한 것이었다. 그녀는 그의 내면에서 마치 알맞은 토양에서 자라는 식물처럼 날마다 조금씩 돋아나는, 예기치 못한 민감한 감수성을 감지했다. 브라우닝의 시를 그에게 낭독해 주다 보면, 종종 해당 구절에 대한 그의 이상한 해석에 혼란스러워지곤 했다. 남자와 여자들, 그리고 삶을 겪은 경험에서 우러난 그의 해석이 자기 해석보다 정확한 경우가 훨씬 많음을 깨닫는 것은, 그녀의 능력을 넘어서는 일이었다. 그의 발상이 그녀에게는 순진하게 보였는데, 그럼에도 그의 사고의 대담한 비상에 그녀는 자주 자극받았다. 별들 사이를 도는 그의 사고의 궤도는 워낙 넓어서 그녀는 따라가지 못하고 다만 앉아서 그 예기치 못한 힘의 충격에 전율할 따름이었다. 그러고 난 뒤 그녀는 이제 장난기 없이 진지하게 그의 앞에서 피아노를 연주하여, 자기가 측량할 수 있는 한도보다 더 깊이 내려가는 음악으로 그의 내면을 살폈다. 해를 향해 꽃이 열리듯 그는 음악을 향해 열렸고, 익숙한 노동 계급의 유행 음악으로부터 그녀가 거의 다 외워서 연주하는 고전 음악으로 성향이 바로 바뀌었다. 바그너를 위해 민중적 취향을 저버린 그는, 그녀가 약간의 설명과 함께 <탄호이저 서곡>을 들려주자 어느 연주곡보다 그 곡에 사로잡혔다. 그 한 편의 곡에 그의 인생이 구현되어 있었다. 그의 모든 과거가 '베누스부르크' 모티프라면, 그녀는 어쩐지 '순례자의 합창' 모티프인 듯싶었다. 이 곡이 음악으로 고양된 상태의 그를 더욱 들어 올리는 바람에, 그는 선과 악이 영원한 전쟁을 벌이는 아뜩한 그림자 왕국으로 휩쓸려 갔다.

가끔 그는 음악에 대한 그녀의 정의와 인식에 의문을 제기했고, 그녀 자신조차 그게 과연 옳은지 순간적이나마 의심하게 만들었다. 그러나 그녀의 노래에 관한 한 그는 어떤 의문도 없었다. 그녀의 노래는 전적으로 그녀만의 것이라서, 그 순수한 소프라노의 신성한 선율에 경탄하며 그는 가만히 앉아 있었다. 영양이 부족한 데다 음악 교육도 전혀 받지 않은 여공들의 억지로 쥐어짠 째지고 떨리는 노랫소리나 항구 여자들의 술로 망가진 목에서 나오는 탁한 부르짖음과 대조된다 하지 않을 수 없었다. 그녀는 그에게 노래와 피아노 연주를 들려주는 것을 즐겼다. 실은, 그녀로서는 인간의 영혼을 갖고 노는 게 처음이었고, 그라는 말랑말랑한 점토는 빚어내기에 딱 좋았다. 그녀는 자기가 그를 빚어내고 있으며, 자신의 의도는 선하다고 생각했다. 게다가 그와 함께 있는 것 자체가 즐거웠다. 그가 싫지 않았다. 처음에 그에게 느꼈던 거부감은 사실 아직 드러나지 않은 제 자아에 대한 그녀의 공포였는데, 그 공포는 잠들어 버렸다. 자신도 모르게 그녀는 그에게 소유권이 있다고 느끼고 있었다. 또한 그의 영향으로 그녀는 분발하게 되었다. 대학에서 열심히 공부했고, 이제 먼지 쌓인 책더미를 벗어나 그라는 사람이 몰고 온 신선한 해풍을 맞은 것이 그녀가 강해지는 계기가 된 듯했다. 힘! 힘이야말로 그녀에게 필요한 것이었으며, 그는 그것을 아낌없이 주었다. 그와 같은 방에 들어가거나 문간에서 그를 만나는 것만으로도 그녀는 삶의 활력을 얻었다. 그가 가고 나면 그녀는 더욱 벼려진 흥미와 새로 충전된 힘으로 공부에 복귀했다.

그녀는 나름대로 브라우닝을 알았다. 그러나 영혼을 갖고 노는 것이 함부로 할 일이 아니라는 생각은 하지 못했다. 마틴에 대한 관심이 커지자 그녀는 그의 인생을 개조하는 데 열을 내게 되었다.

"버틀러 씨라는 분이 있어요." 어느 오후, 문법과 산수와 시에 대한 얘기를 할 만큼 하고 나서, 그녀는 운을 뗐다.

"처음에 그분은 남들보다 나은 조건이 아니었죠. 부친이 은행 출납 계원이었는데, 애리조나에서 폐병으로 몇 년간이나 병석에 누워 있다 돌아가셨어요. 그래서 버틀러 씨는, 성함이 찰스 버틀러예요, 졸지에 세상에서 혼자가 되었죠. 부친이 오스트레일리아에서 왔기 때문에 캘리포니아에는 친척도 전혀 없었거든요. 그분은 출판사에 취직했는데… 나는 버틀러 씨한테 그 얘기를 여러 번이나 들었어요. 초급이 일주일에 3달러였대요. 오늘날 그분의 수입은 적어도 1년에 3만 달러는 되죠. 어떻게 해냈을까요? 그분은 정직하고 성실한 데다 근면하고 검소했어요. 대개의 청소년이 빠지는 도락을 일절 삼갔어요. 매주 일정 액수를 저축하기로 정해 어떤 일이 있어도 그만큼은 남겨 놓고 견뎌 냈죠. 물론 곧 주급 3달러 이상을 받게 됐고, 수입이 많아질수록 더 많이 저축했죠. 그분은 낮에는 일하고 밤에는 야간 학교에 다녔어요. 항상 미래를 바라보고 있었어요. 그 후에 야간 고등학교에 진학했죠. 고작 열일곱 살 나이에 조판 기술로 이미 높은 보수를 받고 있었지만, 그분은 야망이 있었어요. 생계 해결이 아니라 진로 개척을 원했던 거예요. 궁극적 목표를 달성하기 위해 당장의 희생을 기꺼이 치렀어요. 그분은 법학을 배우기로 하고 우리 아버지의 법률 사무소에 사환으로 들어왔어요. 생각해 보세요! 일주일에 겨우 4달러를 받았는데, 절약하는 방법을 터득한 덕분에 그는 그 4달러에서도 일부를 계속 저축했어요."

그녀는 숨도 고를 겸 마틴의 반응을 보기 위해 잠깐 말을 멈추었다. 그의 얼굴에는 젊은 시절 버틀러 씨의 분투에 대한 흥미가 뚜렷했으나, 찡그린 표정이 떠오르기도 했다.

"젊은 사람이 그러기는 꽤나 힘들었을 텐데요." 그는 말했다. "일주일에 4달러라니! 그걸로 어떻게 살았을까요? 여유라곤 전혀 없었을 겁니다. 아니, 내가 지금 하숙비로 일주일에 5달러를 내는데, 호의호식하는 게 절대 아닙니다, 내 말을 믿어도 됩니다. 그분은 개처럼 살았을 거예요. 끼니를…."

"그분은 직접 요리를 해 먹었어요." 그녀가 끼어들었다. "조그만 석유 버너에다가요."

"그런 음식은 먼바다로 나가는 가장 열악한 배의 선원들이 먹는 것보다 못했을 거예요. 그리고 그 선원들의 식사보다 나쁜 음식은 세상에 얼마 없단 말입니다."

"하지만 오늘날의 그분을 생각해 봐요!" 그녀는 열렬히 외쳤다. "그분의 수입으로 할 수 있는 일들을 생각해 보라고요. 일찍이 한 절제가 천 배로 보상되었어요."

마틴은 그녀를 날카롭게 쳐다보았다.

"내가 하나 장담하죠." 그는 말했다. "버틀러 씨는 부자가 된 지금도 전혀 쾌활하지 않을 거예요. 어릴 때부터 그 덜 자란 위장에다 그 따위를 퍼 넣고 또 퍼 넣고 내내 그랬으니, 그분의 위장이 지금 형편없으리라고, 내 장담하죠."

캐묻듯 자신을 응시하는 그 앞에서 그녀는 눈을 내리깔았다.

"그분은 지금 소화불량을 앓고 있을 겁니다!" 마틴이 도전적으로 말했다.

"네, 그래요." 그녀는 실토했다. "하지만…"

"또 장담하죠." 마틴은 밀어붙였다. "그분은 엄숙하고 심각할 겁니다, 늙은 올빼미처럼. 그리고 3만 달러의 연 수입을 갖고도 즐기기 위해서는 반 푼도 안 쓸 거예요. 또 장담하건대, 남이 즐기는 걸 보면 그다지 기분이 좋지 않을걸요? 내 말이 틀렸나요?"

그녀는 끄덕이며 인정하고, 설명을 서둘렀다.

"하지만 그분은 그런 유형의 인간은 아니에요. 원래 냉철하고 근엄한 분이죠. 항상 그랬어요."

"그야 그렇겠죠." 마틴은 단언했다. "일주일에 3달러, 그리고 일주일에 4달러로 어린 소년이 스스로 석유 버너에 음식을 해 먹으면서 돈을 모으고, 온종일 일하고 밤에는 공부하고, 밤낮으로 일만 하느라 놀지 못했고 즐길 새도 없었으니… 그는 어떻게 즐기는지 배운 적조차 없으니까요. 그분의 3만 달러는 너무 늦게 온 겁니다."

공감 능력을 겸비한 상상력 덕분에 마틴의 머릿속엔 그 소년의 삶과, 연 수입 3만 달러 사나이가 되기까지의 편협한 정신적 성장 과정이 수천 가지의 세세한 장면들로 번쩍였다. 폭넓고 다각적인 탐구를 신속히 거쳐, 찰스 버틀러의 전 생애가 그의 시야에 압축되었다.

"그거 알아요?" 그는 덧붙였다. "난 버틀러 씨가 딱해요. 그분은 너무 어려서 잘 몰랐죠. 그래서 아무 쓸모 없는 연 수입 3만 달러를 위해 자신에게서 삶을 빼앗아 버린 겁니다. 3만 달러라는 거액이 지금의 그분에게 어린 시절에 아낀 10센트로 살 수 있었을 사탕이라든가 땅콩, 극장의 싸구려 좌석권을 사줄 수 없지 않나요?"

루스를 놀라게 하는 것은 그의 이런 독특한 관점들이었다. 새로우면서도 그녀의 믿음과 상반되기도 할 뿐 아니라 그녀의 신념을 밀어내거나 수정해 버릴 위험이 있는 진실의 맹아가 그 속에서 느껴졌다. 그녀가 스물네 살이 아니라 열네 살이었다면 그러한 관점에 동화되어 바뀌었을지도 몰랐다. 하지만 그녀는 스물네 살이었고, 천성적으로도 보수적인 데다 그런 교육을 받았으며, 나고 자란 삶의 틈새에 맞게 굳어져 있었다. 그의 기괴한 비평들이 언급된 순간에는 그녀가 난처한 것이 사실이었으나, 그녀는 그의 별난 개성과 낯선 생활 방식을 탓함으로써 그 말들을 곧 잊어버릴 수 있었다. 그럼에도 불구하고, 그녀는 그의 비평을 탐탁지 않게 여기면서도 그 발언의 힘과 그 발언에 동반되는 그의 번쩍이는 눈, 진심 어린 표정에 전율했으며 마음이 끌렸다. 그녀는 자신의 지평 너머에서 온 이 남자가, 그런 순간에, 그 지평 너머로 더 넓고 깊은 인식을 비춰 주고 있다고는 짐작도 하지 못했다. 그녀의 한계는 그녀의 시야가 갖는 한계였다. 그런데 한계 지워진 사람은 오직 다른 사람에게서만 한계를 볼 수 있는 법이다. 그녀는 자신의 시야가 무척 넓어서, 둘의 견해가 부딪치는 곳에 그의 한계가 그어진다고 여겼다. 그리고 자기가 보듯이 그가 볼 수 있도록 도와서, 자기의 지평과 같아질 때까지 그의 지평을 넓혀 줄 수 있기를 꿈꾸었다.

"그런데 내 얘기는 아직 끝나지 않았어요." 그녀는 말했다. "그분은 어느 사환보다도 열심히 일했어요. 아버지 말씀에 따르면 그랬다고 해요. 버틀러 씨는 늘 일 욕심이 많았어요. 절대 지각하지 않았고, 보통은 출근 시간보다 몇 분 먼저 사무실에 나왔어요. 그러면서도 시간을 절약했죠. 틈만 나면 공부를 했어요. 부기와 타자를 배웠고, 속기 연습을 해야 하는 법원 속기사에게 밤늦게까지 구술을 해 주는 대가로 속기를 배웠죠. 그분은 빠르게 서기가 되었고, 없어서는 안 될 중요한 인물로 자리매김했죠. 아버지께선 그분을 높이 평가했고, 그분이 반드시 출세할 인물임을 알아보셨어요. 그분에게 법과대학에 가라고 제안한 분이 아버지세요. 그분은 변호사가 되어 사무실로 돌아오자마자 주니어 파트너로 발탁되셨고요. 그분은 이제 명사가 되셨죠. 미합중국 상원 의원직을 몇 번이나 거절했고, 아버지 말씀에 따르면, 본인이 원하고 공석이 나기만 하면 연방대법원 판사가 될 수도 있다는 거예요. 우리 모두에게 영감을 주는 인생이라 할 수 있죠. 의지를 가진 인간은 환경에 굴하지 않고 일어선다는 것을 보여 주는 분이에요."

"대단한 분입니다." 마틴은 진지하게 대꾸했다.

그러나 그녀의 이야기에는 아름다움과 삶에 대한 그의 감각에 거슬리는 뭔가가 있는 듯했다. 그는 버틀러 씨의 인생에서 절약과 궁핍의 적절한 동기를 찾을 수 없었다. 만약에 버틀러 씨가 한 여자의 사랑을 얻기 위해서나 아름다움을 달성하기 위해 그랬다면, 마틴은 이해했을 터였다. 신이 선택한 미친 연인은 입맞춤을 위해서 무슨 일이라도 다 할 테지만, 연 수입 3만 달러를 위해 그러지는 않을 것이다. 그는 버틀러 씨의 이력이 만족스럽지 않았다. 아무튼 뭔가 시시한 것이 그 이력에 있었다. 연 수입 3만 달러야 좋지만, 소화불량에다 인간적인 기쁨을 누릴 수 있는 능력의 상실은 그 많은 수입을 무가치하게 만들어 버렸다.

　이런 생각을 그가 루스에게 애써 표현한 결과, 그녀는 충격을 받아서 그를 더 많이 개조할 필요가 있다는 것을 확실하게 깨닫게 되었다. 그녀는 인류 공통의 편협한 사고방식, 즉 자기들의 피부색과 종교적 신조, 정치가 가장 좋고 옳으며, 지구상에 흩어져 있는 다른 이들은 자기들보다 운이 나빠서 거기 있게 됐다고 믿는 사고방식을 갖고 있었다. 고대의 유대인들이 여자로 태어나지 않았음을 신에게 감사하고 현대의 선교사들이 신의 대리자를 자처하며 땅끝까지 가는 것과 같은 사고방식이었다. 이런 사고방식은 루스로 하여금 이 남자를 삶의 다른 틈바구니에서 꺼내어 자기와 같은 특정한 틈바구니에 사는 남자들과 비슷한 모습으로 만들겠다는 욕망을 갖도록 만들었다.

9장

바다에서 돌아온 마틴은 연인에 대한 열망을 품고 캘리포니아로 향했다. 8개월 전, 그는 가진 돈이 바닥나자 보물을 찾으러 가는 범선에 평선원으로 승선했다. 그러나 보물찾기는 실패로 끝나고 솔로몬 군도에서 탐험대는 해산되었다. 선원들은 오스트레일리아에서 급료를 정산해 받았으며, 마틴은 즉각 샌프란시스코행 장거리 여객선을 탔다. 지난 8개월간 육지에서 여러 주 머물 비용을 마련했을 뿐만 아니라, 엄청나게 읽고 공부할 수 있었다.

그는 학생처럼 공부에 임했고, 타고난 끈기와 루스를 향한 사랑이 학습 능력을 뒷받침했다. 갖고 간 문법책을 끝까지 읽고 또 읽어 그의 싱싱한 두뇌는 이제 문법을 통달하기에 이르렀다. 다른 선원들의 말에서 문법적 오류를 알아채고는, 속으로 그 상스러운 말을 교정하고 재구성하곤 했다. 귀가 점점 더 예민해지고 문법적 신경이 발달하고 있다는 것을 느끼고 매우 흐뭇했다. 이중부정이 불협화음처럼 귀에 거슬렸으나 연습 부족 탓에 그 거슬리는 말이 그 자신의 입에서 자주 나왔다. 하루아침에 혀가 새로운 기술을 익힐 수는 없는 노릇이었다.

문법책을 반복해서 독파한 후, 그는 사전을 붙잡고 하루에 스무 단어씩 외워 어휘를 불려 나갔다. 해보니 쉬운 일이 아니었다. 그는 점점 쌓여 가는 발음과 뜻을 타륜을 잡거나 망을 보면서도 복습했고, 잘 때도 그것들을 외우면서 잠들었다. 루스의 어법에 맞게 혀를 길들이기 위해 '아무 짓도 하지 않았다(never did anything)', '내가 그랬다면(if I were)', '그런 일들(those things)' 같은 구절을 어조를 바꿔 가며 입속말로 되뇌었다. 그리고 끝소리에 힘주어 '앤드(and)'와 '잉(ing)'을 수천 번 발음해 보았다. 보물찾기에 자금을 댄 간부 선원과 신사 모험가들보다 자신이 더 명확하고 정확한 영어를 구사하기 시작했다는 사실에 놀랐다.

선장은 눈빛이 흐리멍덩한 노르웨이인이었는데, 어쩌다 갖게 된 셰익스피어 전집을 결코 읽지 않았다. 마틴은 그의 빨래를 해 주는 대가로 그 귀중한 책을 빌려 볼 수 있었다. 한동안 그는 셰익스피어 희곡과, 애쓰지 않아도 절로 머리에 새겨질 만큼 마음에 드는 구절들에 너무나 심취한 나머지, 세계 전체가 영국 여왕 엘리자베스 1세 시대의 비극과 희극으로 보였고 그의 사고 자체가 무운시(無韻詩)로 진행되는 듯했다. 이 독서 경험은 그의 귀를 훈련시켰고 품격 있는 영어에 대한 감식안을 갖게 해 주었다. 더 이상 쓰이지 않는 오래된 언어들이 그의 머리로 쏟아져 들어왔다.

8개월이 참으로 알차게 지나갔다. 그는 바르게 말하고 고상하게 생각하는 법을 배운 데다, 자기 자신에 대해서도 많이 깨닫게 되었다. 자신은 아는 것이 너무 없다는 겸손한 인식과 더불어 자기에게는 능력이 있다는 확신도 들었다. 자신과 동료들 사이에 명백한 차이가 있음을 느꼈고, 그 차이는 이미 이룬 것에 있지 않고 앞으로의 가능성에 있다는 것을 영리하게 인식했다. 그가 할 수 있는 것은 다른 선원들도 할 수 있었다. 하지만 그의 내면에서 일어나는 모종의 발효 작용이 이미 해 온 일보다 더 많은 일을 할 능력이 있다고 속삭였다. 그는 세상의 절묘한 아름다움에 고문당했다. 루스가 함께 있어서 그 아름다움을 나눌 수 있었다면 얼마나 좋을까. 그래서 그는 남태평양의 아름다움을 그녀에게 한껏 설명해 주리라고 결심했다. 그 생각이 창작욕에 불을 붙였다. 그는 이 아름다움을 루스만이 아니라 더 많은 청중을 위해 재현하고픈 충동을 느꼈다. 그러자 근사한 발상이 찬란한 광휘를 띠고 떠올랐다. 그는 글을 쓸 것이다. 세상이 그 눈을 통해 보는 눈이 되고, 세상이 그 귀를 통해 듣는 귀가 되며, 세상이 그 가슴을 통해 느끼는 가슴이 될 것이다. 모든 것을 ― 시와 산문, 소설과 사실 기록, 셰익스피어작품과 같은 희곡을 ― 쓸 것이다. 그 길이 루스에게 다가가는 길이다. 문인들은 세상의 거인들이었으며, 그에게는 연 수입 3만 달러에 원하면 연방 최고 법원의 판사가 될 수도 있을 버틀러 씨 같은 사람들보다 훨씬 훌륭하게 보였다.

일단 싹튼 생각에 온통 사로잡혀, 샌프란시스코로 돌아오는 여행은 꿈만 같았다. 그는 예기치 못한 힘에 취했고 무슨 일이든 해낼 수 있을 것 같았다. 망망한 바다 위에서 그는 미래에 대한 전망을 얻었다. 처음으로 루스와 그녀의 세계를 똑똑히 보았다. 머릿속에 뚜렷하게 그려져서, 실제 대상처럼 두 손으로 잡아 이리저리 돌리며 살펴볼 수 있을 듯싶었다. 많은 부분이 흐릿하고 막연했으나, 그는 그 세계를 세세히 나누는 대신 통째로 보았으며, 또한 그 세계를 정복할 길도 보았다. 글을 쓴다! 그 생각이 그의 내면에서 활활 타올랐다. 돌아가자마자 시작할 것이며, 첫 번째 원고는 보물 사냥꾼들의 탐험 여행에 대한 기록일 것이다. 그 원고를 샌프란시스코의 어느 신문사에 팔 것이다. 루스에게는 아무 말도 하지 않을 것이므로, 그녀는 신문에 인쇄된 그의 이름을 보고는 놀라고 기뻐할 것이다. 글을 쓰는 동안 공부도 계속할 수 있을 것이다. 하루에는 24시간이 있었다. 그는 천하무적이었다. 목표를 공략할 줄 아는 만큼 그게 무엇이든 무너뜨릴 것이다. 다시는 바다에 나가지 않아도 될 것이다 — 선원으로서는 말이다. 순간 그는 증기 요트를 떠올렸다. 증기 요트를 소유한 작가들이 있었다. 물론 성공에는 시간이 걸리는 법이니 처음에는 글을 써서 학비를 버는 것으로 만족해야 하리라고 그는 스스로 경고했다. 그러고 나서, 시간이 얼마간 — 확정할 수는 없으나 — 흐른 뒤 충분히 배우고 준비됐을 때 걸작을 쓸 것이고 그의 이름은 인구에 회자될 것이다. 그런데 그보다 훨씬 멋진, 분명 더욱 멋지고 또 가장 멋진 일은 그 자신이 루스의 남자가 될 자격이 있음을 입증하는 것이리라. 명성은 아주 좋은 것이지만, 이토록 찬란한 꿈이 떠오르게 된 건 루스가 있기 때문이었다. 그는 명예에 집착하는 사람이 아니라 신이 선택한 미친 연인이었다.

호주머니를 급료로 든든히 채우고 오클랜드에 도착한 후, 그는 예전에 쓰던 버나드 히긴보삼의 하숙방에 들어가 일에 착수했다. 자기가 돌아왔음을 루스에게조차 알리지 않았다. 보물 사냥꾼에 대한 기사를 끝낸 후 그녀를 보러 갈 작정이었다. 창작열이 불타올라 그녀를 보지 않고 참는 것이 그리 어렵지는 않았다. 더욱이 쓰고 있는 그 글이 그녀를 그에게 가깝게 끌어다 줄 것이었다. 기사를 얼마나 길게 써야 하는지 몰랐던 그는 「샌프란시스코 익재미너」지 일요일 보충 판에 두 쪽에 걸쳐 실린 기사의 단어 수를 세어 지침으로 삼았다. 그는 창작열로 하얗게 불태운 사흘 동안 이야기를 완성했다. 그런데 읽기 쉽도록 커다란 필기체로 정성껏 정서하다가, 도서관에서 빌려 온 수사학책을 통해 문단이니 따옴표 같은 것들이 있다는 사실을 알게 되었다. 그런 것들에 대한 생각은 해 본 적이 없었다. 그는 즉각 글을 다시 쓰기 시작했다. 수사학책을 연신 뒤적이면서, 작문에 대해 평균적인 학생이 일 년에 배우는 것보다 더 많은 양을 하루 만에 배워 나갔다. 두 번째 정서를 마친 뒤 정성껏 말아 놓고 나서, 그는 신문에서 처음 글을 쓰는 사람들에게 충고하는 기사를 보았고, 원고는 절대로 말아서는 안 되고 종이의 한쪽 면에만 필기를 해야 한다는 철칙이 있음을 알게 되었다. 그는 그 두 가지를 다 위반한 셈이었다. 그 기사에서 일급 신문은 단락당 적어도 10달러를 원고료로 지불한다는 사실 또한 알게 되었다. 그래서 세 번째로 원고를 정서하는 동안 그는 10단락에다 10달러를 곱하면서 자신을 위로했다. 결과는 늘 똑같이 백 달러였으며 항해보다 낫다고 판단되었다. 실수하지만 않았더라면 그 기사를 사흘 만에 끝냈을 터였다. 사흘에 1백 달러라니! 석 달하고도 더 오래 바다에서 버텨야 벌 수 있을 만큼의 액수였다. 글을 쓸 수 있는데 바다로 나가는 사람은 바보라고 그는 결론 내렸다, 비록 돈이란 것이 그 자체로는 아무 의미가 없다고 할지라도 말이다. 돈의 가치는 그것이 가져다주는 자유와, 그 돈으로 살 수 있는 괜찮은 옷에 있으며, 그 모두가 그를 날씬하고 창백한 그 여인, 즉 그의 인생을 돌려놓았고 그에게 영감을 불어넣어 준 그녀에게 가깝게, 신속히 가깝게 끌어다 줄 것이다.

그는 규격 봉투에 원고를 넣고 「샌프란시스코 익재미너」 지의 편집자에게 부쳤다. 그는 신문사에 접수된 모든 글은 곧바로 신문에 실리는 줄 알았고, 금요일에 원고를 부쳤으니 일요일에는 신문에 글이 나오리라 기대했다. 그 일로 루스에게 자기의 귀환을 알리게 되면 근사하리라고 생각했다. 그렇게 되면 일요일 오후에 그녀를 보러 가리라. 그날을 기다리며 그는 다른 생각에 빠졌는데, 각별히 냉철하고 신중하며 적절한 발상이라 자부했다. 소년들의 모험담을 써서 「청년의 벗」지에 판다는 계획이었다. 그는 자유 열람실에 가서 「청년의 벗」지 묶음을 훑어보았다. 그 주간지에 연재소설은 보통 5회분으로 나뉘어 실렸으며 회당 약 3천 단어였다. 몇몇 연재소설은 7회까지 갔으므로, 그 길이로 한 편을 쓰기로 했다.

한때 그는 포경선을 타고 북극에 간 적이 있었다. 그 항해는 3년 예정이었으나 배가 좌초하여 6개월 만에 끝나고 말았다. 그의 상상력은 기발하고 때로 환상적이기까지 했지만, 그는 기본적으로 현실을 사랑했다. 그렇기 때문에 자기가 아는 것에 한해 글을 쓰는 수밖에 없었다. 고래잡이에 대해 알았으므로, 자기가 아는 그 실제 소재를 토대로 두 소년을 공동 영웅으로 설정하고 그들이 겪는 가공의 모험을 엮어 나갔다. 토요일 저녁에 그는 이 작업이 수월하다고 생각했다. 그날 하루 동안 3천 단어 분량의 1회분을 끝냈던 것이다. 짐은 꽤 재미있어했고, 히긴보삼은 대놓고 조롱했다. 식사 시간 내내 가족 중에 '글쟁이'가 나셨다며 빈정댔다.

마틴은 매형이 일요일 아침 신문을 펼쳤다가 보물 사냥꾼에 대한 기사를 보고 놀라는 장면을 그려보는 것으로 만족했다. 그날 아침, 그는 일찍이 현관에 나가 신문의 여러 지면을 초조하게 넘겼다. 두 번째로는 매우 꼼꼼하게 살피면서 처음부터 끝까지 넘겼으며, 그다음에는 신문을 접어서 있던 자리에 놓아두었다. 자기 글에 대해 아무한테도 말하지 않아서 다행이었다. 다시 생각해 보니 기고문이 신문에 실리는 데 걸리는 시간을 잘못 계산했다는 결론에 이르렀다. 더욱이, 그의 글이 신문에 실릴 가치가 없었다면, 필시 편집자가 그렇다고 알리는 편지를 먼저 그에게 보낼 것이었다.

아침을 먹고 나서 그는 연재소설을 계속 써 나갔다. 사전에서 단어의 뜻을 찾거나 수사학책을 참고하느라 자주 끊기기는 했지만, 말들이 그의 펜 끝에서 절로 흘러나왔다. 집필이 끊긴 동안 그는 이미 써놓은 글을 한 장(章)씩 통째로 읽고 또 읽어 보았다. 자신 안에서 느껴지는 엄청난 것들을 쓰지는 않을지라도 어쨌든 작문을 배우고 있으며, 자신의 생각을 빚어내어 표현하는 훈련을 하고 있다고 스스로 위로했다. 어두워질 때까지 힘들게 쓰고 나서는 도서관으로 가 열람실이 문을 닫는 밤 10시까지 잡지와 주간지들을 들춰 보았다. 일주일 내내 그랬다. 날마다 3천 단어를 썼고, 저녁에는 이런저런 잡지에서 편집자가 등재에 적합하다고 판단한 소설과 기사, 시들을 눈여겨보았다. 한 가지는 분명했다. 이 많은 작가들이 한 일을 자기도 할 수 있으며, 시간만 주어진다면 그들이 할 수 없는 일도 자기는 해낼 수 있다는 것이었다. 「책 소식」에서 잡지에 글을 쓰는 작가들의 원고료에 관한 기사를 읽고 그는 용기백배했다. 러드야드 키플링이 단어당 1달러를 받는다는 것 말고, 일급 잡지의 원고료가 적어도 단어당 2센트라는 것 때문이었다. 「청년의 벗」은 확실히 일급이었으니, 최소한의 고료로 따져도 그가 그날 쓴 3천 단어는 60달러를 벌어다 줄 것이었다. 바다에서 버는 두 달 치 급여를!

금요일 밤, 그는 2만 천 단어의 연재소설을 끝냈다. 단어당 2센트로 계산하면 420달러였다. 한 주의 벌이로는 아주 괜찮았다. 그는 한꺼번에 그렇게 많은 돈을 쥐어 본 적이 없어서, 어찌 다 써야 할지 막막했다. 금광을 찾은 셈이었다. 언제라도 여기서 금을 더 많이 캐낼 수 있었다. 그는 옷을 더 사고, 여러 잡지를 구독하고, 지금은 필요할 때 도서관에서 빌려 와야 하는 참고 서적 수십 권을 사기로 했다. 그래도 420달러는 상당량 남아서, 거트루드에게 하녀를 고용해 주고 매리언에게는 자전거를 사 주겠다는 생각이 떠오를 때까지 그를 고민하게 했다.

그는 두툼한 원고를 「청년의 벗」지에 부치고 진주조개잡이에 대한 글을 구상한 다음, 토요일 오후에 루스를 보러 갔다. 그가 먼저 전화 연락을 했고 그녀가 문간에서 맞아 주었다. 예전처럼 그에게서 건강한 열기가 뿜어져 나와 그녀를 강타했다. 그 열기는 그녀의 몸 안으로 들어와 정맥을 따라서 붉고 환한 액체로 흐르는 듯했고, 그녀는 그 전달된 힘에 몸을 떨었다. 그녀의 손을 잡고 그녀의 푸른 눈을 들여다보면서 그는 뜨겁게 얼굴을 붉혔다. 8개월간 그을린 구릿빛 피부는 홍조를 감춰 주었지만, 빳빳한 칼라에 목이 쓸리지 않게 해 줄 수는 없었다. 그녀는 그의 목에 난 빨간 자국을 재미있다는 듯이 쳐다보았으나 이내 그의 옷차림으로 눈길이 옮아갔다. 그가 처음으로 맞춰 입은 옷이 몸에 딱 맞아서, 그는 몸매가 나아진 것처럼 보였다. 게다가 노동자가 많이 쓰는 납작한 천 모자가 중절모로 바뀌어 있었다. 그녀는 그에게 중절모를 써 보도록 했고, 어울린다고 칭찬했다. 이처럼 행복했던 적이 없었던 듯싶었다. 그의 변화는 그녀의 작품이었으니, 그녀는 자부심을 느낌과 동시에 앞으로 그를 더 도우려는 야망에 불탔다.

　가장 근본적인 변화이자 그녀를 가장 기쁘게 한 변화는 그의 말투였다. 그는 보다 정확할 뿐만 아니라 자연스럽게 말했고, 어휘에 새로운 단어들이 많이 추가되어 있었다. 그러나 흥분하거나 제 생각에 빠지면, 발음이 흐리멍덩하고 마지막 자음을 빠뜨리는 예전 말버릇으로 돌아갔다. 새로 익힌 단어들을 써 보려다 어색하게 머뭇거리기도 했다. 반면에 자연스럽게 표현함과 더불어 생각을 밝고도 익살스럽게 개진하여 그녀를 즐겁게 했다. 그는 원래 유머와 농담에 능란해 이미 자기 계급에서 인기인이었으나 단어가 모자라고 연습이 부족한 탓에 지금까지는 그녀 앞에서 장기를 살릴 수가 없었다. 이제야 비로소 그녀와 함께 있는 분위기에 적응하여 자신이 완전한 이방인은 아니라는 느낌이 들기 시작했다. 그럼에도 그는 지나칠 정도로 조심스러워서, 루스가 자유롭게 적극적으로 이야기하도록 놔두고 자신은 동조만 할 뿐 감히 앞서 나가려 하지 않았다.

　그는 그간 해 온 일과 생계를 위해 글을 쓰려는 계획, 그리고 공부의 진척에 관해 그녀에게 이야기했다. 그런데 그녀의 반응이 신통찮아 실망했다. 그녀는 그의 계획을 그리 대단하게 여기지 않았다.

　"보다시피," 그녀는 솔직하게 말했다. "글 쓰는 것도 다른 일들과 마찬가지로 직업이에요. 내가 그 일에 대해 뭘 알아서 하는 말은 물론 아니에요. 상식적인 판단을 할 뿐이죠. 3년 동안 대장간 일을 배우지 않고 대장장이가 되기를 바랄 수는 없어요. 5년이 될 수도 있고요! 요즘 작가는 수입이 대장장이보다 훨씬 낫기 때문에 글을 쓰고 싶어 하는, 글을 써 보려고 노력하는 사람들이 어느 때보다 많을 거예요."

"그래도 내가 글을 쓰는 데에 특별한 자질이 있는 게 아닐까요?"
그는 자기의 언어 구사에 내심 흡족해하며 물었다. 그의 발 빠른 상상력은 제 인생의 다른 장면들 — 거칠고 조야하며 상스럽고 야만적인 수많은 장면들 — 과 함께 이 순간의 장면과 분위기 전체를 거대한 스크린에 투영했다.

그 환영은 순식간에 합성되어, 대화는 중단되지 않았고 차분한 사고의 연쇄가 흐트러지지도 않았다. 상상의 스크린에서 그는 자기 자신과 이 사랑스럽고 아름다운 아가씨가 책과 그림, 색조와 교양으로 가득 찬 방에서 얼굴을 마주하고 고상한 영어로 대화하는 모습을 보았다. 변함없이 환한 불빛 아래 모든 것이 빛났다. 한편 스크린의 가장자리로 갈수록 점점 흐려지는, 이와 상반된 장면들이 있었다. 각 장면은 그림이었고, 그는 원하는 것을 자유롭게 볼 수 있는 구경꾼이었다. 떠다니는 증기와 음침한 안개의 소용돌이를 통해서 그는 이 대조적인 장면들을 보았다. 강렬한 붉은 광선 앞에서 증기와 안개가 흩어지자 술집에서 독한 위스키를 마시는 카우보이들이 보였다. 외설스럽고 야비한 말들이 난무했으며, 그 자신이 그들과 함께 술을 마시며 가장 거친 욕설을 내뱉고 있었다. 또한 연기가 피어오르는 석유 등잔 아래 자신이 그들과 탁자에 앉아 있고, 칩이 달그락거리고 카드가 돌려지고 있는 것을 보았다. 그는 웃통을 벗은 자신이 서스 퀘하나 호의 상갑판에서 맨주먹으로 '리버풀 레드'와 맞장 뜨는 것을 보았고, 선상 반란이 미수로 그친 흐린 아침, 존 로저스 호의 피에 젖은 갑판을 보았다. 항해사가 단말마 속에 승강구 문을 걸어찼으며, 늙은 선장의 손에 들린 권총이 불과 연기를 토해 내자, 흥분으로 얼굴이 뒤틀린 야수 같은 사내들이 지독한 욕설을 내지르며 쓰러졌다. 그러고 나서 그는 불빛이 변함없이 환한, 차분하고 깨끗한 중앙 화면으로 돌아왔다. 거기서 책과 그림에 둘러싸인 루스가 그와 함께 앉아서 얘기하고 있었다. 그리고 그는 나중에 그녀가 그를 위해 연주할 그랜드 피아노를 쳐다보았다. 그는 그 자신이 고른 정확한 말들의 메아리를 들었다. "그래도 내가 글을 쓰는 데에 특별한 자질이 있는 게 아닐까요?"

"하지만 대장장이 일에 아무리 특별한 자질이 있는 사람이라 해도…." 그녀는 웃고 있었다. "먼저 수습 과정을 거치지 않고 대장장이가 되었다는 말은 들어 본 적이 없어요."

"나한테 뭐라고 충고할 건가요?" 그는 물었다. "내가 내 안에 글을 쓸 역량이 있다고 느낀다는 걸 잊지 말아요. 설명은 못 하겠어요. 나는 그게 내 안에 있다는 걸 그냥 알아요."

"당신은 철저한 교육을 받아야 해요." 그녀의 답변은 이랬다. "당신이 결국 작가가 되든 안 되든 말이에요. 당신이 진로를 어떻게 택하든 교육은 필수적이라서, 되는대로 하거나 대충 해서는 안 돼요. 당신은 고등학교에 가야만 해요."

"그래요." 그가 말을 하려는데 그녀가 뭔가 더 생각난 듯 끼어들었다.

"물론, 당신은 글도 계속 쓸 수 있겠죠."

"나는 써야만 해요." 그는 단호하게 말했다.

"왜요?" 그녀는 이해하지 못하겠다는 표정으로 그를 쳐다보았다. 그가 자신의 생각을 고집하는 것이 썩 마음에 들지는 않았다.

"왜냐하면 글을 쓰지 않고는 고등학교에 갈 수도 없거든요. 생활비가 있어야 하고 책도 사고 옷도 사야 하죠."

"내가 그걸 잊었네요." 그녀는 웃었다. "당신은 왜 물려받은 수입원이 없나요?"

"나는 건강과 상상력을 가지는 편이 더 좋아요." 그는 답했다. "수입원이 있으면 끝내주게 해낼 수 있겠죠. 하지만 나는 다른 걸로 끝내주게 해내야 해요…." 그는 하마터면 '당신을 위해서'라고 덧붙일 뻔했으나, '자신을 위해서'라고 고쳐 말했다.

"끝내주게 해낸다고 말하지 마세요." 그녀는 상냥하게 질책했다. "그건 속어예요. 아주 불쾌한 말이라고요."

그는 얼굴을 붉히며 말을 더듬었다. "맞아요. 내가 실수할 때마다 당신이 부디 고쳐 주길 바라요."

"나… 나는 그러고 싶어요." 그녀는 머뭇대며 말했다. "당신 안에는 좋은 자질이 아주 많죠. 그래서 나는 당신이 완벽해지는 걸 보고 싶어요."

즉시 그는 그녀의 손에 쥐어진 진흙 덩어리가 되었다. 자신이 이상적으로 생각하는 남자의 모습으로 그를 빚어내기를 열렬히 바라는 그녀만큼이나, 그도 그녀에 의해 빚어지기를 열렬히 바랐다. 그래서 그녀가 마침 다음 주 월요일에 고등학교 입학시험이 시작된다고 알려 주자, 그는 당장 그 시험을 치겠다고 자원했다.

그런 뒤 그녀는 그를 위해 피아노를 연주하고 노래를 불러 주었다. 그는 간절한 눈으로 그녀의 사랑스러운 자태를 들이마셨다. 그녀의 연주에 귀를 기울이면서 그녀를 갈망하는 그처럼, 그 자리에 그녀의 연주에 귀를 기울이며 그녀를 갈망하는 구애자들이 백 명쯤 있지 않다는 사실이 그에게는 불가사의였다.

10장

그날 그는 루스의 가족과 저녁 식사를 함께했고, 그녀의 아버지에게 좋은 인상을 주어 그녀를 뿌듯하게 했다. 마틴이 환히 꿰고 있는 해양 관련 직업이 화제였던지라, 나중에 모스 씨는 그 젊은이가 아주 총명해 보인다고 촌평했다. 속어를 피해 바른 단어를 찾느라고 마틴은 천천히 말할 수밖에 없었는데, 덕분에 가장 좋은 생각을 선별해 낼 수 있었다. 거의 일 년 전, 이 집에서 처음 저녁 식사를 했을 때보다 여유 있는 모습이었다. 그가 수줍고 겸손한 것조차 모스 부인에게는 좋게 보여, 그의 확연한 발전에 부인은 흡족해했다.

"저 청년이 처음으로 루스의 관심을 끈 남자예요." 그녀는 남편에게 말했다. "남자에 관해서는 그 애가 워낙 뒤처져 있어서 나는 걱정이 많았어요."

모스 씨는 궁금한 듯이 아내를 쳐다보았다.

"저 젊은 선원을 이용해서 그 애를 일깨우겠다는 뜻이요?" 그는 물었다.

"내 말은 그 애가 노처녀로 늙어 죽지 않게끔 내가 돕겠다는 거예요." 답변은 이어졌다. "저 에덴이라는 청년이 그 애에게 남자에 대한 관심을 일으킬 수 있다면, 좋은 일이겠죠."

"아주 좋겠지." 그는 동의했다. "그런데 만약에, 우리는 모든 경우를 생각해 봐야 해, 가끔씩은 말이야, 여보, 그가 자신에 대한 특별한 관심을 루스에게 불러일으킨다면?"

"불가능해요." 모스 부인은 웃었다. "루스는 저 청년보다 세 살이나 연상이고, 그렇지 않다고 해도 불가능한 일이라고요. 절대로 그렇게 되지는 않을 거예요. 나한테 맡겨 둬요."

그렇게 자신의 역할이 정해지는 동안, 마틴은 아서와 노먼에게 들은 호사를 진지하게 고려해 보고 있었다. 두 형제는 일요일 아침 자전거를 타고 구릉 지대로 나가 볼 계획이었는데, 루스도 함께 간다는 사실을 알게 된 뒤 마틴은 그 계획에 관심이 생겼다. 그는 자전거를 탈 줄 몰랐고 갖고 있지도 않았지만, 그녀가 자전거를 탄다면 자신도 시작해 볼 만한 일이라고 판단했다. 그래서 작별 인사를 하고 나와 집에 가는 길에 가게에 들러 40달러를 주고 자전거 한 대를 샀다. 한 달을 힘들게 일해 번 돈보다 많은 금액이었다. 모아 둔 돈은 가슴이 철렁하도록 줄어들었다. 하지만 「청년의 벗」 지에서 적어도 420달러의 원고료를 받을 테고, 「익재미너」 지에서도 100달러가 들어오게 돼 있지 않은가. 이런 생각을 떠올리자 뜻밖의 과다 지출에 따른 당혹감이 조금은 줄어드는 것 같았다. 집까지 자전거 타기를 연습하며 가느라 정장을 버렸다는 사실마저 개의치 않게 됐다. 그날 밤 그는 히긴보삼의 가게에서 양복점에 전화를 걸어 한 벌을 새로 주문했다. 그리고 건물 뒷벽에 비상 탈출 사다리처럼 붙어 있는 좁은 계단으로 자전거를 끌고 올라갔다. 침대를 벽에서 떼어 자전거를 들여놓으니 그 작은 하숙방이 꽉 찼다.

일요일에 그는 고등학교 입시 공부를 하려 했으나 '진주조개잡이'에 대한 글을 쓰고 싶다는 유혹을 이기지 못했고, 그 바람에 제 속에서 타오르는 아름다움과 로맨스를 재창조하느라고 온종일을 하얗게 불태웠다. 그날 아침 「익재미너」 지가 보물 사냥에 관한 그의 기사를 싣지 않았다는 사실은 그의 기세를 꺾지 못했다. 기세가 꺾이기에는 그가 너무 고양되어 있었다. 그는 히긴보삼이 일요일 저녁마다 변함없이 베푸는 거창한 만찬에 오라는 호출을 두 번씩이나 무시하고 집필을 이어 나갔다. 히긴보삼에게 그 만찬은 자신이 일군 업적과 번영을 선전하는 행사였으며, 그는 미국식 제도와, 그 제도가 열심히 일하는 사람이라면 누구에게나 부여하는 출세의 기회에 대한 ─ 그 출세란 그가 반드시 언급하는, 그 자신의 경우에는 잡화점 점원으로 시작해서 히긴보삼 현금 상회의 소유주가 된 것이었다 ─ 진부한 설교로 그 자리를 드높이곤 했다.

월요일 아침 마틴 에덴은 미완의 '진주조개잡이' 원고를 쳐다보며 한숨을 짓고 나서, 차를 타고 오클랜드에 있는 고등학교로 갔다. 며칠 뒤 시험 결과를 보러 가서는, 문법을 제외한 모든 과목이 낙제라는 사실을 알게 되었다.

"당신의 문법 성적은 훌륭합니다." 힐튼 선생은 두꺼운 안경을 통해 그를 쳐다보면서 통보했다. "하지만 다른 과목에 관한 한 당신은 아무것도, 완전히 아무것도 모릅니다. 미합중국 역사에 대한 당신의 답안은 가증스럽습니다. 달리 표현할 수가 없어요, 가증스러워요. 당신한테 충고하는데…"

힐튼 선생은 말을 멈추고, 제 실험실의 시험관을 보듯 냉담하고도 무미건조하게, 마틴을 노려보았다. 그는 고등학교 물리 교사이고, 대가족을 거느린 박봉의 선생이었으며, 앵무새처럼 달달 외운 지식의 집적체였다.

"네, 말씀하십시오." 마틴은 어쩐지 도서관 책상에 앉아 있는 남자가 지금 힐튼 선생의 자리에 있으면 좋겠다고 생각하며 겸손하게 말했다.

"초등학교로 돌아가 최소한 2년은 다니기를 충고합니다. 안녕히 가세요."

마틴은 낙방에 크게 영향받지 않았으나, 힐튼 선생의 조언을 전해 듣고 루스가 지은 충격 받은 표정에 놀랐다. 그녀가 실망한 것이 너무나 뚜렷해서 그는 제 낙방이 안타깝게 여겨졌다. 무엇보다도 그녀를 생각해서 안타까운 것이었다.

"봐요, 내가 맞았죠." 그녀는 말했다. "당신은 고등학교에 들어가는 어느 학생보다 훨씬 많은 걸 알아요. 그래도 입학시험에는 붙을 수 없어요. 왜냐하면 당신이 받은 교육이 단편적이고 개략적이기 때문이에요. 당신에게는 학습의 규율이 필요하고, 그런 건 숙련된 교사들만이 가르쳐 줄 수 있어요. 당신은 기초를 철저히 다져야 해요. 힐튼 선생 말이 옳아요. 내가 당신이라면 야간 학교에 가겠어요. 일년 반 정도 다니면 나머지 여섯 달 학습 분량 정도는 따라잡을 수 있을 거예요. 더욱이 야간 학교에 다니면 낮에 글을 쓸 수 있잖아요. 글을 써서 생계를 해결할 수 없으면, 낮에 어디라도 취직해서 일을 하면 되고요."

'하지만 낮에 일하고 밤에는 학교에 간다면 당신은 언제 만나죠?' 라는 생각이 떠올랐으나 그는 그 말을 입 밖에 내지는 않았다. 대신 다른 말을 했다.

"내가 야간 학교에 다니는 건 유치한 짓 같아요. 소용이 있겠다는 생각이 들면 해 보겠지만, 그런 생각이 안 들어요. 나는 교사들이 가르쳐 주는 속도보다 더 빠르게 배울 수 있어요. 시간 낭비가 될 겁니다." 그는 그녀와 그녀를 갖고자 하는 자신의 욕망에 대해 생각했다. "나는 그럴 시간이 없어요. 정말로 내게는 시간 여유가 없어요."

"꼭 필요한 것들이 많아요." 그녀가 온화하게 쳐다보았고, 그는 도저히 반대할 수가 없었다. "물리학과 화학 같은 과목들은 실험 학습 없이 공부할 수가 없어요. 대수학과 기하학을 설명 없이 깨우치기란 거의 불가능하다는 걸 알게 될 거예요. 당신에게는 노련한 선생님들, 지식을 전하는 기술의 전문가들이 필요해요."

그는 잠시 입을 다물고 행여라도 오만하게 들리지 않게 말할 방법을 궁리했다.

"부디 내가 허풍을 떤다고 생각하지 말아요." 그는 시작했다. "그런 뜻으로 하는 말이 절대 아니에요. 나는 나 자신이 말하자면 타고난 학생이라고 느낍니다. 혼자 공부할 수 있어요. 오리가 물을 반기듯, 나는 공부하는 게 좋아요. 내가 문법을 독학으로 얼마나 빨리 깨우쳤는지, 당신이 직접 봤잖아요. 그리고 나는 다른 것들도 많이 배웠어요. 얼마나 많이 배웠는지 당신은 꿈에도 모를 거예요. 이제 막 시작했으니 내가…." 그는 다음 단어를 말하기 전에 발음을 머릿속으로 확인해 보느라 머뭇거렸다. "추진력, 추진력을 얻을 때까지 기다려 줘요. 나는 지금의 사정에 대해 내 나름의 확실한 느낌을 갖게 됐어요. 상황을 감 잡기 시작했다는 말입니다."

"'감 잡다'라고 말하지 말아요." 그녀가 끼어들었다.

"상황에 줄을 댔다고요." 그는 급히 고쳐 말했다.

"그 말은 올바른 영어로는 아무 뜻도 없어요." 그녀는 반박했다.

그는 허둥대며 다시 말했다.

"내가 말하려는 바는 내가 상황을 파악하기 시작했다는 거예요."

연민으로 그녀가 자제하자, 그는 말을 이어 갔다.

"지식은 내게 해도실(海圖室)과 같죠. 도서관에 갈 때마다 나는 그런 인상을 받아요. 교사의 역할은 학생에게 해도실에 어떤 것들이 들어있는지 체계적으로 가르쳐 주는 것이죠. 교사는 해도실의 안내자일 뿐입니다. 지식이 그들의 머릿속에 다 들어있는 게 아니란 말입니다. 교사들은 지식을 만들어 내지 않습니다. 창조해 내지 않아요. 지식은 다 해도실 안에 있고, 그들은 그 안의 길을 아는 겁니다. 새로 들어와 길을 잃어버릴지도 모를 사람에게 길을 가르쳐 주는 것이 교사들이 할 일입니다. 그런데 나는 이제 길을 잘 잃어버리지 않아요. 어디가 어딘지 압니다. 내가 어디에나 있는지(where I'm at) 대개 알고⋯ 지금 뭐가 잘못된 거죠?"

"'내가 어디에나 있는지'라고 말하지 말아요."

"맞아요." 그는 고마워하며 말했다. "내가 어디에 있는지. 그런데 내가 어디에나⋯ 내 말은, 내가 어디까지 말했죠? 아, 그래요, 해도실까지. 그런데 어떤 대중(some people)은⋯."

"사람들(persons)은." 그녀가 수정했다.

"어떤 사람들은 안내자가 필요해요. 대부분이 그렇죠. 하지만 나는 안내자 없이 나아갈 수 있다고 생각해요. 나는 요즘 해도실에서 많은 시간을 보내 온 터라 길을 나름대로 파악했고, 내가 어떤 해도를 보고 싶은지, 어느 연안에 대해 연구하고 싶은지도 거의 다 정리되었어요. 그리고 내가 찾아낸 길로부터 혼자서 훨씬 빠르게 탐구해 나갈 겁니다. 함대의 속도는, 아시겠지만, 가장 느린 배의 속도이고, 교사들이 가르치는 속도도 마찬가지로 가장 뒤처진 학생에 의해 영향받죠. 그들은 자기 학생들보다 빨리 갈 수가 없어요. 그들이 학급 전원을 끌고 가는 속도보다 훨씬 빠른 속도를, 나는 혼자서 낼 수 있어요."

"혼자 여행하는 사람이 가장 빨리 간다는 말이죠." 그녀가 속담을 인용해 주었다.

'하지만 나는 당신과 함께 가도 마찬가지로 더 빠르게 갈 겁니다.' 그는 불쑥 그렇게 말해 버리고 싶었는데, 햇살이 내리쬐는 공간과 별이 총총한 허공의 무한한 세계가 눈앞에 펼쳐졌다. 그는 그 세계를 그녀와 함께, 그녀를 팔에 안고 떠다녔으며, 그녀의 옅은 금발이 그의 뺨 언저리에 휘날렸다. 동시에 그는 언어가 비참할 정도로 부족함을 깨달았다. 맙소사! 그가 본 것을 그녀도 볼 수 있도록 단어들을 잘 직조해 낼 수만 있다면! 그는 제 마음의 거울에 불시에 비친 이 환영들을 그려 내고자 하는 욕망을, 죽음의 고통처럼 격렬하게 느꼈다. 아, 그것이었다! 그는 비밀의 끄트머리를 잡았다. 이것이 바로 위대한 작가들과 대(大)시인들이 한 일이었다. 그들이 거인이 된 이유였다. 그들은 그들이 생각하고, 느끼고, 본 것을 표현하는 방법을 알았다. 양지에서 자는 개는 종종 낑낑대고 짖지만, 무엇을 보았기에

껑껑대고 짖는지 설명하지 못한다. 그는 개들이 왜 그러는지 궁금했다. 그런데 자신이 바로 양지에서 자는 개와 같았다. 그는 고귀하고 아름다운 환영들을 보았으나, 루스에게는 껑껑대며 짖는 것밖에 하지 못했다. 이제 양지에서 잠자기를 그만두리라. 일어서서 눈을 크게 뜨고, 자신의 풍부한 비전을 그녀와 나눌 수 있을 때까지, 가려지지 않은 눈과 얽매이지 않은 혀로 분투하고, 노력하고, 배울 것이다. 다른 이들은 표현의 기술을, 언어를 말 잘 듣는 머슴으로 길들이는 기술을, 단어들을 개별 의미의 합보다 더 많은 의미를 갖게끔 조합하는 기술을 터득했던 것이다. 그는 언뜻 본 비밀에 깊이 각성했고, 햇살이 내리쬐는 공간과 별이 총총한 허공에 다시 한번 사로잡혔다. 주위가 매우 조용하다는 생각에 깨어나니, 루스가 흐뭇한 표정으로 눈에 미소를 담고 그를 쳐다보고 있었다.

"나는 위대한 비전을 보았어요." 그는 말했다. 제 귀에 들리는 제 말소리에 그의 심장이 펄떡 뛰었다. 이런 말들이 어디에서 왔을까? 자기가 비전에 홀려 대화가 중단된 순간을 적절히 표현해 내지 않았나. 그것은 기적이었다. 이전에는 숭고한 생각을 이토록 숭고하게 말로 짜 맞춘 적이 없었다. 숭고한 생각을 말로 짜 맞추려고 시도해 본 적도 없었다. 그것이었다. 그것으로 설명이 되었다. 그는 시도하지 않았지만, 스윈번은 시도했고, 테니슨과 키플링, 다른 시인들도 다 마찬가지였다. 자신이 구상하고 있는 '진주조개잡이' 원고가 머릿속에 스쳐 갔다. 자신은 정작 큰 것, 자기 안에서 타오르는 아름다움의 정수를 표현하려고 감히 시도하지 않았다. 그 글은 지금과는 다른 글로 완성될 것이다. 그는 그 안에 당연히 담겨야 할 광대한 아름다움에 소름이 끼쳤다. 그의 정신은 다시 그 원고를 떠올리며 용기를 냈고, 그는 자기가 왜 대시인들이 그랬듯 그 아름다움을 고귀한 시로 찬양할 수 없는지 자문했다. 또한 루스에 대한 사랑의 신비로운 희열과 정신적인 경이가 있지 않은가. 왜 자신은 시인들이 그러듯 그 희열과 경이를 찬양하지 못하는가? 시인들은 사랑을 노래했다. 그러니 자기도 그럴 것이다. 제기랄!

그의 놀란 귀에 자신의 욕설이 울렸다. 생각에 빠져 그 말을 입 밖으로 내뱉은 것이었다. 피가 얼굴로 몰리고 또 몰려, 칼라에서 머리 끝까지 그을린 피부의 구릿빛이 수치의 붉은 빛에 덮이고 말았다.

"미… 미안해요." 그는 말을 더듬었다. "생각을 하느라고요."

"당신이 기도하는 것처럼 들렸어요." 그녀는 담대히 말했으나, 속으로는 맥이 빠져 움츠러들었다. 아는 남자의 입에서 나오는 욕설을 듣기는 처음이라 충격을 받았다. 원칙이나 훈육에 어긋난 일이기 때문이기도 했고, 그녀가 안주하던 처녀성의 정원에 삶의 강풍이 몰아치는 기분이었다.

그럼에도 그녀는 용서했으며, 쉽게 용서가 돼서 스스로 놀랐다. 어째서인지 무엇에 대해서건 그를 용서하기가 그리 어렵지 않았다. 그에게는 다른 남자들에게 주어진 기회가 없었으며, 그는 이토록 열심히 노력하고 있는 데다 성공하고 있기도 한 것이다. 그에게 친절해지는 데에 다른 이유가 있으리라는 생각은 해 보지 못했다. 그녀는 그에게 다정했으나 그녀 자신은 그걸 몰랐다. 알 도리가 없었다. 단 한 번의 연애도 없이 차분히 보내 온 24년의 세월이 그녀의 감정을 무디게 만들었다. 한 번도 실제 사랑으로 달아올라 본 적 없는 그녀는,

자기가 지금 달궈지고 있음을 깨닫지 못했다.

11장

마틴은 '진주조개잡이' 원고로 돌아왔다. 시를 써 보려고 그렇게 자주 중단하지만 않았다면, 더 일찍 끝냈을 원고였다. 그는 루스에게서 영감을 받아 연애시를 써 보려 했지만 한 편도 완성하지 못했다. 하루아침에 우아한 운문을 써낼 수는 없는 일이었다. 압운과 보격과 구조도 굉장히 중요했지만, 그 너머에 불분명하고 종잡을 수 없는 뭔가가 있었다. 모든 위대한 시에서 포착되는 그 뭔가를 그는 제 것으로 포획하여 자기 시에 가둘 수 없었다. 그것은 뭐라 말하기 어려운 시의 영혼이라 그는 감지하고 뒤쫓을 뿐 잡을 수 없었다. 그건 어둠 속에 빤히 보이는 불빛 같고 훈훈하고 꼬리가 긴 연기 같았고, 언제나 손이 미치는 한도 너머에 있었다. 그래도 가끔은 그것의 자투리가 몇 가닥 손에 잡히는 보상이 있기도 했다. 그러면 그 시구는 그의 머릿속을 끊임없는 가락으로 맴돌거나, 보이지 않는 아름다움이 어른대는 안개 속에서 그의 시야를 가로질러 떠다녔다. 도저히 해독되지 않았다. 그는 표현하고 싶은 욕망으로 앓았으나, 누구나 그렇듯 지루하게 횡설수설할 뿐이었다. 자기가 쓴 시를 여기저기 두서없이 낭독해 보았다. 보격은 완벽한 보폭으로 행진하고 압운은 길고 안정되게 고동치는데도, 그가 속으로 느낀 열기와 드높은 기상은 빠져나가고 없었다. 그는 이해할 수 없었으며, 번번이 좌절의 쓴맛을 본 끝에, 쓰던 글로 돌아왔다. 산문은 확실히 더 다루기 쉬운 매체였다.

진주조개잡이에 이어, 그는 바다 관련 직업 중에 거북이잡이에 대한 다른 기사를 썼고, 세 번째로 북동 무역에 관해 썼다. 그리고 실험적으로 단편 소설을 써 보았는데, 내친김에 여섯 편을 완성하여 여러 잡지에 투고했다. 그는 엄청나게 많이, 집중적으로 썼다. 자유 열람실을 이용하거나 책을 빌리기 위해 도서관에 갈 때 또는 루스를 보러 갈 때 말고는 아침부터 밤까지, 밤늦게까지 썼다. 그는 진정 행복했다. 삶이 고양되었다. 그는 깨지 않는 열기에 취해 있었다. 신의 것이어야 할 창조의 기쁨이 그의 것이었다. 주변의 일상이 ─ 상한 채소와 비눗물 냄새, 너저분한 누이의 몰골, 히긴보삼의 비웃는 표정이 ─ 다 꿈이었다. 진짜 세상은 그의 마음속에 있었고, 그가 쓰는 이야기들이 그 마음에서 나온 현실의 많은 조각들이었다.

하루가 너무 짧았다. 공부하고 싶은 것이 너무 많았다. 그는 잠을 다섯 시간으로 줄였고, 견딜 만하자 네 시간 반에 도전했다. 그랬다가 후회하며 다섯 시간으로 되돌렸다. 깨어 있는 시간은 하고 싶은 일 중 무엇에라도 온전히, 즐겁게 쓸 수 있었다. 공부하기 위해 글을 중단하기가 아쉬웠고, 도서관에 가기 위해 공부를 중단하기도 아쉬웠다. 지식의 해도실을 나오기가, 제 상품을 파는 데 성공한 작가들의 비결로 가득한 자유 열람실의 잡지들을 내려놓기가 아쉬웠다. 루스와 함께 있다가 일어나서 나와야 할 때는 심장의 힘줄이 끊어지는 것 같았다. 그는 시간을 최대한 아끼기 위해 어두운 거리를 전속력으로 달려 집에 도착해 책을 펼쳤다. 무엇보다 힘든 것은 대수학책과 물리학책을 덮고 공책과 연필을 치운 후 피곤한 눈을 감고 잠드는 일이었다. 그는 비록 짧은 시간이라도 살아 있기를 중단하는 것이 싫었고, 다섯 시간 후에는 자명종 시계가 울리리라는 사실을 유일한 위안으로 삼았다. 따르릉 소리에 무의식에서 후다닥 깨어나면, 또다시 영광스런 열아홉 시간의 하루가 있을 터였다.

그렇게 몇 주가 지나는 동안, 빠져나가는 돈만 있고 들어오는 돈은 없었다. 소년들의 모험 시리즈를 「청년의 벗」 지에 부친 지 한 달 후에 원고가 되돌아왔다. 거절 쪽지의 문구가 깔끔해 그는 편집자에게 호감을 느꼈다. 그러나 「샌프란시스코 익제미너」 지의 편집자에게는 그렇지 않았다. 두 주를 꼬박 기다렸다가 마틴은 그에게 편지를 보냈고, 한 주 후에 또 보냈다. 그달 말에는 샌프란시스코로 건너가 그 편집자를 직접 찾아갔다. 하지만 지옥문 앞의 개 케르베로스처럼 정문을 지키는 붉은 머리의 새파란 사환 녀석 때문에 그 높으신 분은 만날 수 없었다. 다섯 주째 지나갈 무렵 원고가 우편으로 돌아왔는데 일말의 언급도 없었다. 거절 쪽지도, 해명도, 아무것도 없었다. 같은 식으로 그의 다른 글들도 샌프란시스코의 여러 주요 신문들에 묶여 있었다. 그는 그걸 찾아서 동부의 잡지사들에게 보냈는데, 그 원고들은 더 빨리 돌아왔다. 거기에는 인쇄된 거절 쪽지가 빠짐없이 동봉되어 있었다.

단편 소설들도 비슷한 방식으로 돌아왔다. 그는 그 단편들을 읽고 또 읽었다. 너무나 마음에 들어서 그들이 퇴짜 놓은 이유를 도무지 알 수 없었다. 그러던 어느 날 그는 신문에서 원고는 반드시 타자기로 작성돼야 한다는 기사를 읽었다. 그것으로 설명이 되었다. 당연히 편집자들은 너무나 바빠서 손으로 쓴 원고를 읽는 시간과 수고를 감당할 수가 없었을 것이다. 마틴은 타자기를 세내어 하루 동안 연습했다. 날마다 쓴 것을 타자로 쳤고, 이전의 원고들도 돌아오는 족족 타자로 옮겼다. 타자로 친 원고들까지 돌아오기 시작하자 그는 놀랐다. 그의 하관과 턱이 더욱 공격적으로 굳어졌다. 그는 돌아온 원고를 새로운 편집자들에게 보내기에 급급했다.

제 작품을 자기 자신이 제대로 평가하기는 힘들다는 생각이 들었다. 그는 거트루드에게 읽혀 보기로 했다. 그녀에게 단편들을 큰 소리로 읽어 주었다. 그녀의 눈이 반짝거렸고, 동생을 자랑스럽게 쳐다보며 그녀는 말했다.

"굉장하구나, 네가 이런 걸 쓰다니."

"그래, 그래." 그는 초조하게 물었다. "그런데 이 이야기, 누나는 어때?"

"정말 굉장해." 그녀는 답했다. "정말 굉장하고, 흥미진진해. 난 아주 재밌었어."

그는 그녀가 진심이 아님을 알 수 있었다. 그녀의 사람 좋은 얼굴에 당혹감이 역력했다.

"그런데 말이야, 마트." 한참 후에 그녀는 말을 이었다. "그 얘기가 어떻게 끝나? 그 호언장담하던 청년이 그녀의 마음을 얻었어?"

그는 자기가 예술적으로 명백하게 만들어 놓았다고 생각하는 결말을 설명해 주었다. 그러자 그녀는 말했다.

"그게 내가 알고 싶었던 거야. 너는 왜 그렇게 써 놓지 않았니?"

여러 단편 소설을 그녀에게 읽어 준 끝에 그가 알게 된 한 가지는,

그녀가 행복한 결말을 좋아한다는 것이었다.

"그 얘기는 더할 나위 없이 굉장해." 피곤한 한숨을 내쉬며 빨래통에서 일어나 김이 나는 빨간 손으로 이마의 땀을 훔치면서 그녀는 단언했다. "하지만 그건 나를 슬프게 하는구나. 울고 싶어. 어쨌거나 세상에는 슬픈 일들이 너무 많지 않니. 난 행복한 걸 생각하는 게 좋아. 만약에 그가 그녀랑 결혼한다면, 그러면… 그래도 괜찮겠니, 마트?" 그녀는 걱정스럽게 물었다. "난 그냥 그런 식으로 느껴졌어. 내가 피곤하기 때문일 거야. 그래도 그 이야기는 굉장해, 더할 나위 없이 굉장하다고. 그걸 어디다 팔 거야?"

"그건 전혀 다른 문제야." 그는 웃었다.

"그래도 네가 판다면 얼마나 받을 것 같아?"

"음, 백 달러. 지금 원고료 관행으로 보면, 적어도 그 정도는 될 거야."

"어머나! 네가 그걸 팔면 정말 좋겠다!"

"쉽게 돈 벌지, 안 그래?" 그리고 그는 자랑스럽게 덧붙였다. "난 그 얘기를 이틀 만에 썼어. 하루에 오십 달러를 번 셈이지."

그는 자신의 단편들을 루스에게 읽어 주고 싶었으나 감히 용기가 나지 않았다. 몇 편 출판될 때까지 기다리기로 마음먹었다. 출판되면 그녀는 그가 어떤 일을 해 왔는지 이해할 것이다. 그날을 기다리면서 그는 온 힘을 다했다. 어느 때보다 강한 모험심에 사로잡혀 정신의 영역에 대한 경이로운 탐험을 했다. 물리학과 화학 교재를 사서, 대수학과 더불어 문제와 논증을 공부했다. 실험 결과를 받아들였고, 열정적인 상상력으로 보통 학생이 실험실에서 관찰하는 것보다 더 그럴 법한 화학 작용을 볼 수 있었다. 사물의 본성에 대해 자신이 알아가는 단초들에 압도되면서, 마틴은 두꺼운 지면들을 누볐다. 세계를 그저 보이는 대로 받아들여 온 그는 이제 세계의 구조와 힘과 물질의 작용과 상호작용을 이해해 가고 있었다. 예전의 의문들도 계속해서 자연스럽게 해명되었다. 그는 지렛대와 기중 장치에 반했고, 바다에서 다루었던 나무 지레와 받침대, 도르래를 떠올렸다. 배가 길 없는 대양에서 오차 없이 항로대로 갈 수 있게끔 하는 항해 이론이 명쾌하게 이해되었다. 폭풍과 비, 조류의 신비가 밝혀졌으며, 무역풍의 존재 이유는 그로 하여금 북동 무역에 관한 글을 너무 일찍 쓴 게 아닌지 의문을 품게 했다. 어쨌거나 이제 자기가 그 글을 더 잘 쓸 수 있음을 알았다. 어느 오후에는 아서와 함께 캘리포니아 대학교에 가서 종교적 경외감으로 숨을 죽이며 실험실을 둘러보았고, 실험을 참관했으며, 물리학 교수의 강의를 들어 보았다.

그러면서도 글쓰기를 게을리하지 않았다. 단편 소설들이 그의 펜 끝에서 강물처럼 흘러나왔으며, 그는 보다 쉬운 시 형식에도 — 잡지에서 본 것과 같은 식으로 — 손을 뻗쳐 보았다. 그러나 무운시로 된 비극에 두 주 동안이나 꼬박 몰두하고도 대여섯 개 잡지에서 곧바로 퇴짜를 맞자 그는 어안이 벙벙했다. 그런 뒤 그는 헨리를 알게 되었고 『병원 스케치』를 본떠 바다에 관한 연작시를 썼다. 빛과 색, 낭만과 모험의 소박한 시들이었다. 그는 그것들을 『바다 서정시』라 이름 지었으며, 이제껏 자신이 쓴 글 중 최고라고 자평했다. 서른 편으로 이루어진 연작시를 한 달 만에 다 썼고, 날마다 그날 치의 소설 집필을 끝낸 후 한 편씩 썼으니, 그의 하루 작업 분량은 성공적인 작가의 일주일 치 작업 분량과 맞먹는 셈이었다. 그 정도의 고생은 그에게 아무것도 아니었다. 고생도 아니었다. 그는 자기의 언어를 찾아가고 있었으며, 그의 트이지 않은 입 안에 몇 년이나 갇혀 있던 모든 아름다움과 경이가 이제 거칠고 힘차게 뿜어져 나오고 있었다.

『바다 서정시』는 아무에게도, 편집자들에게조차 보여 주지 않았다. 그는 편집자들을 불신하게 되었다. 하지만 이런 불신 때문에 그 연작시를 투고하지 않는 것은 아니었다. 그 시들이 너무나 아름다워서, 언젠가 루스에게 자기가 무엇을 썼는지 떳떳이 읽어 줄 멀고도 영광스러운 날, 그녀와 함께 감상하기 위해 남겨두지 않을 수 없던 것이다. 그때까지는 그 연작시를 간직하고, 낭송하고, 거듭 연습해서 다 외우리라.

그는 깨어 있는 매 순간을 충실히 살았고, 잠자는 동안에도 그러했다. 그의 주관적인 정신은 다섯 시간의 휴지기에 저항했고, 낮에 겪은 일들과 생각을 결합시켜서 기괴하고 불가능한 경이를 만들어 냈다. 사실, 그는 한순간도 쉬지 않았다. 몸이 약하거나 두뇌가 덜 견고한 일반적인 경우라면 붕괴되고 말았을 것이다. 요즘은 오후에 루스를 보러 가는 일도 드물었는데, 그녀가 대학 과정을 끝내고 학위를 받아야 하는 6월이 다가오기 때문이었다. 문학사! 그녀의 학위를 생각하면, 자기가 따라갈 수 있는 속도보다 빠르게 그녀가 저 너머로 날아가 버리는 것 같았다.

한 주에 하루, 오후의 방문을 그녀는 허락했다. 그는 대개 늦은 시간에 도착해서 저녁 식사를 함께한 다음 음악을 들었다. 그에게는 기념일이나 마찬가지였다. 자신이 사는 곳과 상반되는 그 집의 분

위기와 그 순간만이라도 그녀와 가까이 있다는 사실이, 그로 하여
금 매번 더 높이 오르겠다는 결심을 다지게 했다. 그의 내면의 아
름다움과 치열한 창작열에도 불구하고, 그의 고투는 그녀를 위해서
였다. 그는 무엇보다, 그리고 늘 '연인'이었다. 다른 것들은 다 사랑
에 종속되었다.

　사유의 세계에서 감행하는 모험보다 더 위대한 것이 사랑의 모험
이었다. 세계가 그토록 경이로운 것은 거스를 수 없는 힘에 떠밀려
그것을 구성하는 원자와 분자들 때문이 아니었다. 루스가 그 안에
살기 때문이었다. 그녀는 그가 이제껏 알고, 꿈꾸고, 상상한 것 중에
가장 경이로운 존재였다.

　그러나 그는 그녀와의 거리에 항상 짓눌렸다. 그녀는 너무 멀리 있
었고, 그로서는 어떻게 다가가야 할지 알 수가 없었다. 그는 자기 계
급의 아가씨와 여자들에게는 인기인이었다. 그러나 그들 중 아무도
사랑하지 않았던 반면 루스를 '사랑'했다. 더욱이 그녀는 단순히 다
른 계급의 여자만은 아니었다. 그의 사랑 그 자체가 그녀를 모든 계
급 위로 끌어올렸다. 그녀는 너무나 외따로 떨어져 있는 존재여서,
연인이라면 그래야 하듯 그녀에게 가까이 다가갈 방도를 그는 알지
못했다. 지식과 언어를 습득할수록 그녀에게 좀 더 가까워져서, 그
녀와 같은 식으로 말하고 같은 생각과 기쁨을 공유하게 된 것은 사
실이었다. 하지만 이 정도로는 연인으로서의 그의 갈망이 충족되지
않았다. 연인으로서 그의 상상력이 그녀를 성스러운, 지나치게 성스
럽고 정신적인 존재로 격상시켜 버리는 바람에 어떤 육체적인 연관
도 지어지지 않았다. 그녀를 그로부터 떼어 놓고 범접할 수 없는 존

재로 만들어 버린 것은 다름 아닌 그 자신의 사랑이었다. 사랑이 원하는 것을 하지 못하게 하는 것이, 바로 그 사랑이었다.

그런데 어느 날, 아무런 예고도 없이 둘 사이의 간격에 순간적으로 다리가 놓였고, 그 이후로 간격이 사라진 건 아니지만 훨씬 좁혀졌다. 그들은 버찌를 ─ 크고 달콤하고, 짙은 포도주색 즙이 나오는 검은 버찌 ─ 를 먹고 있었다. 잠시 후 그녀가 그에게 '공주'를 낭독해 줄 때, 그는 그녀의 입술에 남아 있는 버찌 자국을 보게 되었다. 그 순간 그녀의 신성이 산산이 조각났다. 결국 그녀도 육신을 가진 인간, 그의 육신이나 다른 사람들의 육신이나 모두 그렇듯 태어나고 죽는 공통 법칙을 따라야 하는, 그런 육신의 인간이었던 것이다. 그녀의 입술은 그의 입술처럼 육신이었고, 버찌는 그의 입술을 물들이 듯 그녀의 입술을 물들였다. 그리고 그녀의 입술이 그러하다면, 그녀의 몸 전체도 그러할 것이다. 그녀는 여자, 다른 여자들과 똑같이 완전한 여자였다. 그런 생각이 그에게 갑자기 찾아왔다. 그것은 아찔한 폭로였다. 마치 하늘에서 해가 뚝 떨어지는 것을, 경배받던 순수함이 더럽혀지는 것을 본 것 같았다.

그 일의 중요성을 깨닫자 그의 심장이 두근대며 이 여자, 다른 세상에서 온 정령이 아니라 버찌로 물드는 입술을 가진 진짜 여자의 연인이 되라고 채근했다. 그는 제 생각의 뻔뻔함에 몸서리쳤다. 그렇지만 그의 영혼 전체가 노래하고 있었고, 이성도 승리의 찬가를 부르며 그가 옳다고 보장했다. 그의 내면의 변화가 어느 정도 그녀에게 닿았음이 분명했다. 그녀는 읽기를 멈추고 그를 바라보며 미소 지었다. 그의 시선은 그녀의 푸른 눈으로부터 입술로 내려갔고, 입술의 얼룩을 보자 그는 미칠 것만 같았다. 내키는 대로 살던 예전 방식으로, 그의 팔은 바로 뻗어 나가 그녀를 안으려 했다. 그녀는 그에게로 몸을 기울여 포옹을 기다리는 듯했다. 그의 의지가 안간힘을 써서 그 자신을 저지했다.

"당신은 한마디도 듣지 않는군요." 그녀는 뾰로통하게 말했다.

그런 뒤 그녀는 그의 혼란스러운 표정이 재미있다는 듯 웃었다. 그녀의 숨김없는 눈을 보고, 그는 자기가 느낀 것을 그녀가 전혀 모른다는 것을 알았다. 부끄러웠다. 그는 정말로 너무 뻔뻔한 생각을 했던 것이다. 그가 알아 왔던 모든 여자들 중 그의 속내를 눈치채지 못할 여자는 없었다. 그녀만 빼고 말이다. 그녀는 달랐다. 그는 자신의 상스러움에 소름이 끼쳤고, 티끌 한 점 없는 그녀의 순진함에 탄복했다. 그리고 다시 둘 사이의 간격 저편에 가 있는 그녀를 응시했다. 간격을 잇던 다리는 무너졌다.

그럼에도 그 사건은 그를 그녀에게 가까이 데려갔다. 그 순간의 기억은 사그라지지 않았고, 몹시 풀이 죽을 때면 그는 그 기억을 간절히 되새겼다. 둘 사이의 간격은 이젠 이전처럼 넓지 않았다. 문학사학위보다, 아니 열 몇 개의 문학사 학위보다 더 넓은 둘 사이의 간격을 좁히는 데 그는 성공했다. 그로서는 꿈도 꾸지 못했을 만큼 그녀가 순수한 것은 사실이었다. 그러나 버찌가 그녀의 입술을 물들였다. 그가 그렇듯 그녀도 꼼짝없이 우주의 법칙을 따라야 했다. 살기위해 먹어야 하고, 발이 젖으면 감기에 걸렸다. 하지만 중요한 건 그게 아니었다. 허기와 갈증을 느끼고 덥고 추운 것을 느낀다면, 그러면 그녀는 사랑을 느낄 수도 있을 것이다. 남자에 대한 사랑도. 그는 남자였다. 왜 그가, 그녀가 사랑을 느끼는 그 남자가 될 수 없단 말인가?

"그렇게 되는 건 나한테 달렸어." 그는 열렬히 중얼거리곤 했다.

"내가 그 남자가 될 거야. 내가 나를 그 남자로 만들 거야. 내가 끝내주게 해낼 거야."

12장

어느 이른 저녁, 머리에 떠오른 시상은 빛과 안개 속에 아름다웠으나 쓰다 보니 뒤틀려 버린 소네트와 씨름하던 중, 마틴은 전화기로 호출되었다.

"숙녀의 목소리야. 세련된 숙녀." 그를 부른 히긴보삼이 이죽거렸다.

마틴은 방 한구석에 있는 전화기로 걸어갔다. 루스의 목소리를 듣자 따뜻한 파동이 온몸을 관통했다. 소네트와 씨름하느라 그는 그녀의 존재를 잊고 있었다. 하지만 그녀의 음성을 듣는 순간 그녀를 향한 그의 사랑이 다시 깨어나 그를 강타했다. 그 목소리! — 섬세하고 감미로우며, 멀리서 들려 오는 음악의 선율처럼 아련했다. 또는 그보다 더 좋은 은방울 소리 같아서, 완벽한 음색에 수정처럼 맑았다. 보통 여자의 목소리가 그럴 수는 없었다. 그녀의 목소리에는 천계의 무언가가 있었으며 마치 다른 세상에서 들려오는 것 같았다. 그는 무슨 말을 하는지 알아듣지 못할 만큼 너무나 황홀했지만 표정을 제어했다. 히긴보삼이 탐색하는 눈으로 노려보고 있었기 때문이다.

루스가 말하려는 내용은 간단했다. 노먼이 그날 밤 어느 강연에 자기를 데려가려 했으나 두통이 생겼고, 그래서 아주 낙심했지만, 입장권은 자기가 갖고 있으니 혹 다른 일이 없다면 부디 자기를 강연에 데려가 줄 수 있는가? 라는.

데려가 줄 수 있냐고! 그는 제 목소리에서 내비칠 열의를 애써 눌렀다. 놀라운 일이었다. 그녀를 항상 그녀 집에서 봐 왔고, 다른 곳에 함께 가자고는 감히 말도 꺼내지 못했다. 참으로 뜬금없이, 여전히 전화로 그녀와 얘기하면서, 그는 그녀를 위해 죽고 싶은 주체할 수 없는 욕망을 느꼈으며, 영웅적인 희생의 장면들이 소용돌이치며 머릿속에 나타나고 또 스러졌다. 그는 그녀를 너무나, 끔찍이, 대책 없이 사랑했다. 그녀가 그와 함께 외출하여, 그와 함께 ─ 그, 마틴 에덴과 함께 ─ 강연회에 가겠다는 미칠 듯이 행복한 순간에, 그녀는 그의 위로 너무 높이 솟아올라 그녀를 위해 죽는 것 말고는 그로서 달리 할 일이 없을 듯싶었다. 그것만이 그녀에 대한 격렬하고도 숭고한 감정을 표현할 수 있는 유일한 길이었다. 모든 연인이 느끼게 마련인, 진정한 사랑으로 제 모든 것을 포기하고자 하는 거룩한 감정을 그는 거기 서서 전화통화를 하면서 느꼈다. 불꽃과 광휘의 소용돌이로 느꼈다. 그녀를 위해 죽는 것이야말로 제대로 살고 제대로 사랑하는 방법이었다. 그는 고작 스물한 살이었으며 이전까지는 누군가를 사랑해 본 적이 없었다.

수화기를 내려놓는 그의 손이 떨렸으며, 지나친 흥분 끝에 맥이 풀렸다. 천사처럼 눈이 빛났고, 속세의 찌꺼기가 말끔히 정화되어 얼굴은 순수하고 성스럽게 바뀌었다.

"야외 데이트라, 응?" 매형이 빈정댔다. "그게 어떤 짓인지 알잖아. 언젠가는 경찰에 잡혀갈 거야."

하지만 마틴의 기분을 끌어내릴 수는 없었다. 추잡한 암시도 그를 지상으로 복귀시키지 못했다. 분노와 상처는 저 아래 있었다. 그는 이미 자신의 상상력으로 위대한 전망을 보았으므로 신과 같았고, 이 구더기 같은 남자에게 깊고 지독한 연민을 느낄 뿐이었다. 그는 매형을 보지 않았으며, 눈길이 그를 훑고 지나갔지만 그를 인지하지 않았다. 꿈을 꾸듯 방을 빠져나간 그는 옷을 차려입으러 하숙방으로 올라갔다. 하숙방에서 넥타이를 맬 즈음에야 귀에 불쾌하게 남아 있는 어떤 소리를 알아챘다. 소리를 추적해 보니, 그의 뇌리에 미처 파고들지 못했던, 버나드 히긴보삼이 마지막으로 날린 콧방귀 소리였다.

루스와 함께 그 집 현관을 나와 계단을 내려오면서 그는 몹시 불안했다. 그녀를 강연에 데려간다는 것이 순전히 축복만은 아니었다. 자기가 뭘 어째야 할지 알 수가 없었다. 그는 거리에서, 그녀와 같은 계급의 여자들이 남자의 팔을 잡는 것을 보아 왔다. 하지만 좀 더 생각해 보니, 그들이 그러지 않는 경우도 본 적이 있었다. 저녁에만 팔을 잡거나, 부부나 친지끼리만 그러는지도 몰랐다.

인도에 접어들기 직전에, 그는 미니를 기억해 냈다. 미니는 까다로운 여자였다. 두 번째 동반 외출 때 그녀는 그가 안쪽에서 걷는다고 꾸짖었다. 숙녀와 함께 걸을 때 신사는 항상 바깥쪽에서 걸어야 하는 법이라고 강변했다. 그러고 미니는 길을 건널 때마다 바깥쪽을 잊지 않도록 그의 발꿈치를 걷어차곤 했다. 그는 그녀가 어디서 그런 예절을 알게 됐는지, 상류층의 여과를 거친 바른 예절인지 궁금했다.

인도에 다다를 즈음 그 예절을 시도해 봐도 나쁠 건 없겠다는 생각이 들었다. 그는 루스의 뒤를 돌아 바깥쪽에 섰다. 그러자 또 다른 문제가 출현했다. 그녀에게 팔을 내주어야 할까? 그는 평생 누구에게도 팔을 내준 적이 없었다. 그가 만난 여자들은 남자의 팔을 잡는 법이 없었다. 처음 몇 번은 나란히 자유롭게 걸었고, 그 후에는 가로등이 없는 데서 남자가 여자의 허리를 팔로 감싸면 여자는 남자의 어깨에 머리를 기댔다. 그러나 이번은 달랐다. 그녀는 그런 여자가 아니었다. 그는 뭔가를 해야만 했다.

그는 그녀 쪽의 팔을 구부렸다. 그녀더러 잡으라는 게 아니라 그저 그런 것처럼, 평소에도 그런 식으로 걷는 데 익숙하다는 듯이, 시험해 본다는 생각으로 아주 살짝 구부리고 걸었다. 그러자 근사한 일이 벌어졌다. 그녀의 손이 그의 팔 위에 놓인 것이다. 그 접촉에 짜릿한 전율이 그의 온몸으로 퍼졌고, 그 달콤한 순간 그는 단단한 지상을 떠나 그녀와 함께 공중을 나는 듯했다. 그러나 곧 그는 새로운 난제에 부딪혀 지상으로 돌아와야 했다. 그들은 길을 건너고 있었다. 건너편에 다다르면 그는 안쪽에서 걷게 될 것이다. 바깥쪽에 있어야 한다. 그러기 위해, 그녀의 팔을 놓고 위치를 바꿔야 할까? 그러고 나면 다음에도 그런 행동을 반복해야 할까? 그다음에는? 뭔가 잘못된 것 같았다. 그는 깡충깡충 뛰어다니는 바보짓을 하지 않기로 했으나, 자기 결론이 만족스럽지는 않았다. 그는 자신이 안쪽에 있게 됐을 때 말을 급하고 진지하게 쏟아 내며 말하는 데 정신이 팔린 척했다. 위치를 바꾸지 않은 게 잘못일 경우, 그런 식으로 열중하다가 부주의해진 것처럼 보이도록 꾸민 것이다.

브로드웨이를 건너자 그는 또 새로운 문제에 직면했다. 환한 전기 불빛 아래, 리지 코놀리와 그녀의 낄낄대는 친구가 보였다. 망설인 건 단 한 순간이었다. 그는 손을 올려 모자를 벗었다. 자기와 같은 부류에 대한 신의를 저버릴 수는 없었다. 들어 올려진 그의 모자는 리지 코놀리보다 많은 이들을 향한 것이었다. 그녀는 고개를 까딱하고 그를 당돌하게 쳐다보았다. 루스의 눈처럼 온순하지 않고, 예쁘지만 냉혹한 눈이었다. 그녀의 눈길은 그를 지나 루스에게로 갔고, 루스의 얼굴과 옷차림, 신분을 조목조목 뜯어보았다. 그리고 그는 루스 역시, 비둘기의 눈처럼 양순한 눈이긴 하나, 빠르게 리지를 훑어보는 것을 알아챘다. 싸고 요란한 옷에 한창 노동 계급 여자들 사이에서 유행 중인 이상한 모자를 쓴 그 여성 노동자를, 그녀는 스쳐 지나가는 듯한 눈길로 간파했다.

"정말 예쁜 아가씨네요!" 잠시 후 루스가 말했다.

마틴은 그녀에게 감사하고 싶었지만, 말은 이렇게 했다.

"글쎄요. 개인적 취향의 문제겠죠. 어쨌든 나한테는 그 아가씨가 특별히 예뻐 보이진 않네요."

"아니, 저렇게 고루 다 예쁘게 생긴 여자는 만 명 중에 하나도 없어요. 뛰어난 미모예요. 조각처럼 이목구비가 뚜렷하고, 눈이 아름다워요."

"그렇게 생각해요?" 마틴은 건성으로 물었다. 그에게는 예쁜 여자가 세상에서 오직 한 명뿐이었으며, 그 여자는 옆에서 그의 팔에 손을 올려놓고 있었다.

"그렇게 생각하냐고요? 그 아가씨가 제대로 차려입을 기회만 있다면요, 에덴 씨, 또 그녀가 몸가짐을 배운다면, 당신은 넋이 나갈 거예요. 어느 남자라도 그럴걸요."

"그녀는 말하는 법을 배워야 하죠." 그의 의견이었다. "그러지 않으면 대개의 남자들이 그녀의 말을 알아듣지 못할 테니까요. 그녀가 하던 대로 말하는 걸 당신이 듣는다면 사 분의 일도 못 알아들을걸요?"

"그럴 리가! 당신은 뭔가 주장할 때면 아서만큼이나 막무가내예요."

"처음 만났을 때 내가 어떤 식으로 말했는지 잊었어요? 그 이후로 나는 새로운 언어를 배운 셈이죠. 전에 나는 저 여자처럼 말했어요. 이제 나는 당신이 다른 여자들의 말을 모른다는 사실을, 당신의 언어로 충분히 설명할 수가 있죠. 그리고 당신은 저 여자가 왜 그렇게 행동하는지 알아요? 내가 생각해 보니, 사실 여자들에 대해 생각해 본 적은 거의 없지만… 이젠 알 것 같아요."

"그 아가씨가 왜 그럴까요?"

"그녀는 몇 년간이나 공장에서 장시간 일해 왔어요. 어릴 때는 몸이 유연해서, 고된 일을 하다 보면 반죽 덩어리가 틀에 넣어지듯 그일에 맞게 몸이 굳어져 버리죠. 나는 길에서 흔히 마주치는 노동자들의 직업을 한눈에 알아볼 수 있어. 날 봐요. 내가 왜 어디 가나 건들대며 걷겠어요? 바다에서 보낸 세월 때문이죠. 그 세월 동안 어리고 유연한 몸으로 카우보이를 했으면, 지금처럼 건들대진 않겠지만 안짱다리가 됐겠죠. 그녀도 마찬가지예요. 그녀의 눈이, 내가 느끼는 대로 표현하자면, 냉혹해 보인다는 걸 당신도 알아챘나요? 그"

녀는 보호받은 적이 없어요. 자신을 스스로 돌봐야만 했는데, 젊은 여자가 자기를 보호하면서 온순한 눈을… 예를 들자면 당신의 눈과 같은 눈을 가질 수는 없어요."

"당신 말이 맞는 것 같아요." 루스가 나지막이 답했다. "참 안됐어요. 저렇게 예쁜데."

연민으로 빛나는 그녀의 눈을 그는 보았다. 자신이 그녀를 사랑한다는 사실이 상기되었으며, 그녀를 사랑할 수 있게 해 주고 또 자기 팔에 손을 얹게 해 그녀를 강연에 데려갈 수 있게끔 해 준 이 행운이 황홀했다.

너는 누구야, 마틴 에덴?

그 밤 하숙방에 돌아와서, 그는 거울을 보며 자신에게 물었다. 자신을 오래도록 이상한 듯 쳐다보았다. 너는 누구야? 무엇이야? 어디에 속해? 너는 당연히 리지 코놀리 같은 아가씨들에게 걸맞아. 너는 노동 군단에 속하고, 낮고 천박하고 추한 모든 것에 어울려. 악취 나는 환경에서 소처럼 일하는 무리의 일원이지. 지금도 상한 채소의 냄새가 나. 감자가 썩고 있어. 그 냄새를 맡아, 빌어먹을 놈, 맡아 보란 말야. 그런데도 너는 건방지게 책을 펴고, 고전 음악을 듣고, 근사한 그림을 감상하는 법을 배우고, 고상한 영어를 구사하고, 네가 속한 계급의 사람들은 아무도 하지 않는 생각을 하고, 노역자들과 리지 코놀리로부터 자신을 억지로 떼어 내어 한 창백한 여인을, 너로부터 백만 마일은 떨어져 별들 속에 사는 여인을 사랑하지! 너는 누구지?

147

뭘 하는 놈이지? 빌어먹을 놈! 끝내주게 해내겠다고?

그는 거울에 비친 자신에게 주먹을 휘두르고는 침대 구석에 앉아서 눈을 크게 뜬 채 잠시 멍하게 있었다. 그런 뒤 공책과 대수학책을 꺼내 2차 방정식을 푸는 데 몰두했다. 시간이 흘러 별빛은 흐려졌고, 새벽의 여명이 그의 창에 밀려들었다.

13장

그 위대한 발견은 따뜻한 오후 시청 공원에서 장광설을 늘어놓는 사회주의자들과 노동 계급 철학자들 덕분이었다. 한 달에 한두 번, 마틴은 자전거를 타고 도서관으로 향하다 공원에서 내려 청중에 끼곤 했고, 매번 떠나기가 아쉬웠다. 그곳의 토론은 모스 씨네 저녁 식사 자리에 비해서는 상스러웠다. 사나이들은 엄숙하게 점잔 빼지 않았다. 걸핏하면 화를 내며 서로 험담을 해 댔고, 욕설과 음란한 암시도 서슴지 않았다. 한두 번 그들이 치고받는 것을 본 적도 있었다. 하지만 그래도, 이유는 모르겠지만, 그들의 생각에는 생동하는 뭔가가 있는 듯했다. 그들의 말다툼이 모스 씨의 과묵하고 흔들림 없는 독단보다 그의 지성을 자극했다. 미친 사람 같은 몸짓을 하면서 상대방의 생각에 원시적 분노로 맞싸우는 이 영어의 학살자들이 어쩐지 모스 씨나 그의 동료 버틀러 씨보다 더 진지해 보였다.

이 공원에서 마틴은 허버트 스펜서(다윈의 진화론을 사회와 인간 영역에 확대 적용한 영국의 사상가 - 옮긴이)가 여러 차례 인용되는 것을 들었고, 어느 오후에는 스펜서의 제자가 나타나기에 이르렀다. 셔츠를 입지 않았다는 사실을 숨기려고 외투 단추를 목까지 꼭 채운 꾀죄죄한 부랑자였다. 매캐한 담배 연기와 담뱃진 섞인 가래침을 동반한 일대 논전에서 그는 자기주장을 성공적으로 지켜 냈고, 한 사회주의 노동자가 이렇게 빈정대도 끄떡하지 않았다.

"신은 없고 불가지(不可知, 알 수 없는 것 - 옮긴이)만 있다며? 그리고, 허버트 스펜서가 그 예언자라고?"

마틴은 그 토론의 주제조차 파악할 수 없었으나, 다시 자전거에 올라 도서관으로 향할 때는 허버트 스펜서에 대한 새로운 흥미를 품고 있었다. 그 부랑자가 『제1 원리』라는 책을 자주 언급했기에 도서관에서 그 책을 빌려 보았다.

새로운 발견이 시작되었다. 전에도 한 번 스펜서의 책을 읽어 보려 했지만, 『심리학의 원리』를 택하는 바람에 마담 블라바츠키의 책과 마찬가지로 처참하게 실패했다. 전혀 이해가 되지 않아서 그 책을 읽지도 않은 채 반납하고 말았다. 그런데 이날 밤, 대수학과 물리학 공부를 마치고 소네트도 써 본 후 침대에 누워 『제1 원리』를 펼친 그는, 아침까지도 그 책을 읽고 있었다. 잠을 자기가 불가능했다. 그리고 하루 종일 글도 쓸 수 없었다. 침대에 누워 책을 보다가 몸이 배기면 마룻바닥에 누워 책을 얼굴 위에 들어 올린 채로 읽었고, 이쪽저쪽으로 자세를 바꾸며 옆으로 누워서도 읽었다. 밤에 자고 다음 날 아침 글을 썼지만 책의 유혹을 이기지 못해 오후 내내 만사를 잊고 책을 읽었으며 그날 오후가 루스가 방문을 허락한 오후라는 사실도 잊고 있었다. 버나드 히긴보삼이 문을 벌컥 열고 이 하숙집이 아무 때나 음식 주문이 가능한 식당이냐고 따졌을 때, 그제서야 그는 자신이 사는 세상을 처음으로 의식했다.

마틴 에덴은 호기심에 끌려 평생을 살아왔다. 알고 싶었다. 그를 세상 곳곳으로 위험을 무릅쓰고 가게 한 것도 호기심이었다. 그런데 이제 그는 자신이 아무것도 알지 못했음을, 그리고 배를 타고 영원히 떠돈다 한들 아무것도 알지 못할 것임을 스펜서로부터 배우고 있었다. 그는 그저 사물의 표면을 스쳐 지나면서 동떨어진 현상을 관찰하였고, 사실의 단편들을 축적하고, 피상적이고 하찮게 일반화해 왔다. 변덕과 우연뿐인 세상에서 모든 것들은 일관성도 질서도 없이 서로 무관해 보였다. 그는 날아다니는 새를 봐 왔고 그 비행 방식을 추론해 보기도 했다. 그러나 새들이 유기적 비행기구로 발전하게 된 과정을 설명해 보겠다는 생각이 든 적은 없었다. 그런 과정이 있었으리라는 생각은 꿈에도 해 보지 못했다. 새들이 어떻게 생겨났는지는 생각할 거리가 아니었다. 새들은 언제나 있었고, 그냥 생겨난 것이었으니까.

새들에 대한 생각처럼 다른 모든 것에 대해서도 마찬가지였다. 그렇게 무지하고 미비한 채로 철학을 공부해 봤자 소득이 있을 리가 없었다. 칸트의 중세적인 형이상학은 아무런 실마리도 주지 않았고, 그로 하여금 자신의 지적 능력을 의심케 하는 결과를 낳았을 뿐이었다. 진화를 공부해 보려는 시도도 별다르지 않아서, 로마네스가 쓴 완전히 기술적인 책에 국한된 탓에 그는 아무것도 이해하지 못했다. 진화라는 건 방대하고 난해한 어휘에 중독된 소인배들의 무미건조한 이론이라는 생각만 들었다. 그런데 이제 그는 진화가 단순한 이론이 아니라 사실로 인정된 발전 과정임을 알게 되었다. 과학자들의 반론은 더 이상 없고, 진화의 방법에 대한 견해차만 있을 따름이었다.

그리고 이 스펜서라는 사람은 모든 지식을 조직화하고 모든 것을 통합했으며, 궁극의 실재를 밝혀냈다. 그리고 선원들이 만들어 유리병 속에 넣어 두는 배의 모형처럼 우주를 매우 구체적으로 형상화해서, 마틴의 놀란 눈 앞에 제시했다. 변덕도 우연도 없었다. 모든 것에는 법칙이 있었다. 새는 법칙에 따라 날고, 발효하던 점액이 비비 틀리고 꿈틀대다 다리와 날개가 나와 새가 되게 하는 것도 같은 법칙이었다.

지적인 삶의 꼭대기에서 더 높은 꼭대기로 마틴은 점점 더 높이 올라왔으며, 이제 가장 높은 꼭대기에 있었다. 숨겨진 모든 것들이 비밀을 낱낱이 드러냈다. 그는 앎에 취했다. 밤에 자면서도 광대한 악몽 속에서 신과 함께 살았고, 낮에 깨어서는 이제 막 발견한 세상을 텅 빈 눈으로 바라보면서 몽유병자처럼 돌아다녔다. 식탁 앞에서도 시시하고 무지한 대화가 귀에 들어오지 않았고, 자기 앞에 있는 사물에 내재한 원인과 결과를 탐색하는 데 정신이 온통 팔려 있었다. 접시에 담긴 고기에서 그는 빛나는 태양을 보았으며, 태양 에너지의 변화 과정을 거꾸로 추적해 수천만 마일 떨어진 그 원천까지 거슬러 갔다. 혹은 그 에너지가 칼로 고기를 자르는 자기의 팔 근육이 되고, 또 그 근육에게 고기를 자르는 동작을 하도록 명령하는 뇌가 되는 과정을 추적했다. 마침내 그는 시선을 안으로 돌려, 제 두뇌에서 똑같이 빛나는 태양을 보았다. 그 빛에 홀린 나머지 짐이 속닥

이는 '정신병원'이라는 말을 듣지 못했고, 누이의 근심 어린 얼굴도, 히긴보삼이 제 처남의 머릿속에서 바퀴가 돌아간다는 뜻으로 손가락을 돌려대는 것도 보지 못했다.

어떤 의미로, 마틴에게 가장 깊은 인상을 준 것은 모든 지식의 상호연관성이었다. 그는 궁금한 것이 많았고, 뭐든 알게 되면 머릿속에 분할된 기억의 칸들에 넣어 두어 왔다. 그런 식으로 항해라는 주제에 관해 어마어마한 정보가 축적되었으며, 여자라는 주제로도 꽤 많은 정보가 축적되었다. 하지만 이 두 가지 주제는 서로 관련이 없었다. 이 기억의 두 칸들 사이에는 연결 통로가 없었다. 그런 지식의 구조에서는, 신경질적인 여자와 강풍에 뱃머리가 돌아가거나 선체가 치솟는 범선을 연관 짓는다는 건 우스꽝스럽고도 불가능한 일이었다. 그런데 허버트 스펜서는 그것이 우스꽝스러운 일이 아닐뿐더러, 연관이 없기가 불가능하다는 것을 보여 주었다. 우주라는 황무지에서 가장 멀리 있는 별에서부터 발밑 모래 속의 무수한 원자들까지, 모든 것은 다른 모든 것들과 연결되어 있었다. 이 새로운 관념은 마틴에게 끝없는 경이라서, 태양 아래 있는 모든 것과 태양 저편에 있는 모든 것의 관계를 계속해서 추적하게 만들었다. 가장 어울리지 않는 것들을 나열하여 그것들 모두의 연관성 — 사랑, 시, 지진, 불, 방울뱀, 무지개, 보석, 괴물, 노을, 사자의 포효, 가스등, 식인(食人), 아름다움, 살인, 연인들, 지레 받침, 담배 등의 연관성 — 을 수립해 내고서야 마음이 편해졌다. 그리하여 그는 우주를 통합해서 손에 쥐고 들여다보거나, 우주의 뒷길과 골목과 정글을 헤매고 다녔는데, 목표도 방향도 모른 채 겁에 질려 헤매는 여행자가 아니라 관찰하고 지도를 그리며 알아야 할 것들을 익히는 여행자였다. 그리고 알면 알수록 우주와 삶과, 그 한가운데 있는 제 자신의 삶을 더욱더 열정적으로 경애하게 되었다.

"이 바보!" 그는 거울에 비친 제 모습을 향해 소리쳤다. "넌 글을 쓰고 싶었고 쓰려 했지만, 네 안에는 쓸거리가 없었어. 너한테 뭐가 있어? 얼마간의 유치한 생각들, 몇몇 설익은 감정, 소화하지 못한 수많은 아름다움, 크고 시커먼 무지, 사랑으로 터지려는 심장, 사랑만큼 크고도 무지만큼이나 쓸모없는 야망. 그러고도 글을 쓰겠다고! 그래, 이제야 넌 쓸거리가 생기기 시작한 거야. 아름다움을 창조하고 싶었다지만, 아름다움의 본성에 관해 아무것도 모르면서 뭘 할 수 있었겠어? 넌 삶의 본질적인 특성을 전혀 모르면서 삶에 대해 쓰고 싶어 했어. 세상이 네게는 난해한 수수께끼나 다름없고, 네가 쓸 수 있는 거라고 해 봤자 존재의 체계에 관해 네가 모르는 것뿐일 텐데도, 세상과 존재의 체계에 대해 쓰고 싶어 했어. 하지만 힘내, 마틴, 넌 이제 쓸 거야. 약간, 아주 약간은 알게 됐고, 더 많이 배울 수 있는 바른길로 들어섰으니까. 언젠가는, 운이 좋다면, 너는 알아야 할 모든 걸 거의 다 알게 될 거야. 그러면 넌 글을 쓰는 거야."

그는 그 위대한 발견을 루스에게 알리고, 자기가 느낀 기쁨과 경이를 나누고자 했다. 그런데 그녀는 그다지 열광하는 것 같지가 않았다. 묵묵히 듣기만 했으며, 이미 공부해서 얼마간 알고 있는 듯했다. 그가 감동받은 만큼 감동받지 않았다. 그녀에게는 그 지식이 그에게 그랬던 것처럼 새롭고 신선하지 않았겠다는 생각이 들지 않았다면, 그는 당혹스러웠을 것이다. 아서와 노먼은 진화를 믿고 스펜서도 읽었음을 알게 됐지만, 그로 인해 그들이 중대한 영향을 받은 것 같지는 않았다. 더벅머리에 안경을 낀 청년, 윌 올니는 스펜서에 대해 불쾌한 내색을 하며 비꼬는 말을 되뇌었다. "신은 없는데 불가지가 있고, 허버트 스펜서가 그 예언자라지?"

마틴은 그의 냉소를 용서했다. 그건 올니가 루스와 연애하는 사이가 아님을 알았기 때문이다. 그 후에 여러 가지 사소한 일들로 올니가 루스를 좋아하기는커녕 매우 싫어한다는 걸 알고는 어이가 없었다. 도무지 이해할 수 없었다. 그것은 우주의 다른 모든 현상들과 연관 지을 수 없는 현상이었다. 어쨌거나 성격상의 큰 결함으로 루스의 기품과 아름다움을 제대로 알아보지 못하는 그 젊은 친구에게 그는 측은함을 느꼈다. 일요일에 자전거를 타고 구릉 지대로 나가기를 몇 차례 하면서, 마틴은 루스와 올니 사이의 냉전을 충분히 관찰할 수 있었다. 올니가 노먼과 짝을 이룬 덕에 마틴은 아서, 루스와 다니게 되었으니, 그저 고마울 따름이었다.

이 몇 번의 일요일은 마틴에게 멋진 날들이었다. 루스와 함께여서 가장 좋았고, 그들이 그를 그녀와 같은 계급의 청년으로 대우해 주어서 좋았다. 그들이 오랫동안 정규 교육을 받았음에도, 그는 자기가 그들과 지적으로 동등함을 깨닫게 되었다. 그토록 열심히 공부한 문법을 몇 시간의 대화에서 실제로 써 보는 것은 대단히 좋은 연습이었다. 그는 예절 책 읽기를 집어치우고 관찰에 의거하여 적절한 행위를 알아 나갔다. 흥분에 겨울 때만 아니면, 그는 자신에 대한 경계를 늦추지 않고 그들의 동작을 주의 깊게 지켜보았으며, 사소한 예절과 세련된 행동거지를 배웠다.

스펜서가 거의 읽히지 않는다는 사실을 그는 한동안 납득할 수 없었다. "허버트 스펜서." 도서관의 사서는 말했다. "네, 그래요. 위대한 지성이죠." 그러나 사서는 그 위대한 지성의 내용에 대해서는 아무것도 아는 게 없는 듯했다. 어느 날 저녁, 버틀러 씨도 동석한 식사 자리에서, 마틴은 화제를 스펜서로 돌렸다. 모스 씨는 그 영국인 철학자의 불가지론을 통렬히 규탄했으나, 『제1 원리』는 읽지 않았다고 실토했다. 버틀러 씨는 스펜서가 견딜 수 없이 싫고, 그의 책은 한 줄도 읽지 않았으며, 그런 책을 읽지 않아도 무척 잘 지내고 있다고 말했다. 마틴의 마음속에 의혹이 일었다. 주관이 강하지 않았다면 그는 일반적인 의견을 받아들여 허버트 스펜서를 포기했을 것이다. 그런데 사물에 대한 스펜서의 설명은 설득력이 있었다. 그래서 그는 스펜서를 포기하는 것은 항해사가 나침반과 항해용 정밀 시계를 배 밖으로 던져 버리는 것이나 마찬가지라고 생각했다. 마틴은 계속해서 진화를 철저히 공부했고, 그 주제를 스스로 정복해 나갔으며, 수천 명의 독자적인 작가들의 확언에 힘입어 믿음을 굳혔다. 공부하면 할수록 아직 탐구하지 못한 지적 영역이 바라다보였다. 하루가 스물네 시간밖에 안 돼서 불만이라고 그는 입버릇처럼 투덜거렸다.

어느 날, 하루가 너무 짧기 때문에 그는 대수학과 기하학을 포기하기로 결단했다. 삼각법은 입문조차 하지 않았다. 그리고 공부 목록에서 화학도 떼어 내고 물리학만 남겨 두었다.

"난 전문가가 아니에요." 그는 루스에게 변명하듯 말했다. "전문가가 될 생각도 없고요. 전문 분야가 너무 많아서 한 사람이 평생 십

분의 일도 섭렵하지 못할 지경이죠. 나는 일반적인 지식을 알아가야 만 해요. 전문가들이 밝혀 놓은 지식이 필요하면, 그들의 책을 참고 할게요."

"하지만 그건 당신 스스로 그 지식을 획득하는 것과 달라요." 그 녀는 반대했다.

"지식을 획득할 필요는 없어요. 전문가들의 업적에서 이득을 보면 되는 겁니다. 그러라고 전문가가 있는 거죠. 여기 들어오면서 굴뚝 청 소부가 일하는 걸 봤어요. 그들은 전문가이고, 그들이 일을 마치면 당신은 굴뚝의 구조를 알지 못해도 깨끗한 굴뚝을 이용할 수 있죠."

"그건 억지처럼 들려요."

그녀는 의아한 듯이 그를 쳐다보았는데, 그 시선과 자세에서 책 망하는 기색이 느껴졌다. 그러나 그는 자신의 주장이 옳음을 의심 치 않았다.

"일반적인 주제를 고민한 모든 사상가들, 세상에서 가장 위대한 사 상가들이 실은 전문가들에게 의존했어요. 허버트 스펜서가 그랬죠. 그는 수천 명의 연구원들이 조사해 놓은 결과를 일반화했어요. 그 가 그 모든 일을 직접 해내려면 천 번의 인생을 살아야 했을 거예요. 다윈도 마찬가지고요. 그는 화훼업자들과 목축업자들이 밝혀낸 모 든 것을 이용했죠."

"네 말이 맞아, 마틴." 올니가 말했다. "너는 네가 바라는 바를 알 고 있는데, 루스는 모르거든. 루스는 자기 자신이 뭘 바라는지조차 알지 못해. 맞아, 그렇다니까." 올니는 빠른 말로 그녀의 항의를 가로 막으며 이어 갔다. "네가 그걸 일반적인 교양이라고 표현하는 줄은 알겠어. 그런데 네가 일반적인 교양을 원한다면 무얼 공부하든지 상관이 없거든. 프랑스어나 독일어를 공부해도 되고, 둘 다 그만두고 에스페란토어를 공부해도 교양 있는 사람이 되는 데는 차이가 없어. 그런 목적이라면 그리스어나 라틴어를 공부해도 돼. 너에게 쓸모는 없겠지만 말이야. 그래도 교양은 되겠지. 맞아, 루스는 색슨어를 공부해서 그 언어로 곧잘 말했지. 2년 전에는. 그런데 이제 루스가 기억하는 건 『캔터베리 이야기』의 첫 구절뿐이야. 그렇지 않나요? 그래도 그건 당신을 교양 있게 해 줬죠." 그는 다시금 그녀의 말문을 막으며 웃었다. "난 알고 있죠. 우리는 같은 수업을 들었으니까요."

"하지만 당신은 교양이 뭔가를 얻기 위한 수단인 것처럼 얘기하잖아요." 루스가 소리쳤다. 눈이 반짝거렸고 뺨은 붉게 상기되었다. "교양은 그 자체로 목적이에요."

"마틴이 원하는 건 그게 아니죠."

"당신이 어떻게 알아요?"

"너는 뭘 원해, 마틴?" 올니가 고개 돌려 마틴을 똑바로 쳐다보며 물었다.

마틴은 몹시 난처해서 애원하듯 루스를 쳐다보았다.

"그래요, 무엇을 원하나요?" 루스가 물었다. "그걸로 문제가 해결될 거예요."

"네, 물론, 나는 교양을 원하죠." 마틴은 우물대며 말했다. "나는 아름다움을 사랑하고, 교양은 내게 아름다움을 보다 섬세하고 철저하게 감상할 수 있게 해 줄 겁니다."

고개를 끄덕이는 그녀는 의기양양해 보였다.

"말도 안 돼, 너도 알잖아." 올니가 못마땅하게 말했다. "마틴은 교양이 아니라 직업을 원해요. 그의 경우에 그 직업을 위해 교양이 필요할 뿐이죠. 그가 화학자가 되려 한다면 교양은 필요 없겠죠. 마틴은 글을 쓰는 일을 직업으로 삼고 싶어 해요. 하지만, 당신이 틀렸다는 게 드러날까 봐 그렇게 얘기하지 않는 거예요. 그런데 마틴은 왜 글을 쓰는 일을 하고 싶어 할까요?" 그는 계속했다. "빈둥댈 만큼 재산이 없기 때문이죠. 당신은 왜 당신 머리를 색슨어와 일반교양으로 채울까요? 당신은 먹고살 길을 스스로 찾지 않아도 되기 때문이에요. 당신 아버지가 알아서 마련해 주시겠죠. 당신한테 옷과 다른 모든 걸 사 주시잖아요. 우리가 받은 교육, 당신과 나와 아서와 노먼이 받은 교육이 대체 무슨 소용이 있죠? 우리는 일반교양에 푹 절어 있지만, 오늘 아버지들이 파산하신다면 내일 우리는 전락해서 교원 자격시험을 봐야 하겠죠. 그렇게 되면 루스, 당신이 얻을 수 있는 최상의 일자리는, 시골 학교 선생이나 여자 기숙학교의 음악 선생일 거예요."

"당신은 뭘 할 건데요?" 그녀가 물었다.

"번듯한 일은 아니겠죠. 막노동을 해서 하루에 일 달러 오십 센트를 벌든지, 헨리네 입시 학원에 강사로 취직할 수도 있겠죠. 잘 되면 그럴 수도 있겠다고요. 그렇게 될 거라고는 말 안 했어요. 그런데 취직해 봤자 순전히 능력 부족으로 한 주 만에 쫓겨날 수도 있겠죠."

마틴은 토론을 경청했다. 올니가 옳다는 생각이 들었지만 루스를 대하는 그의 거만한 태도에는 화가 났다. 둘의 대화를 들으면서 그의 머릿속에 사랑에 대한 새로운 개념이 형성되었다. 이성은 사랑과 아무 관련이 없었다. 사랑하는 여인이 옳게 생각하는지 아닌지는 중요하지 않았다. 사랑이 이성보다 우위였다. 그가 직업을 구해야만 하는 사정을 온전히 이해하지 못한다고 해서, 그녀가 덜 사랑스러워지는 것은 아니었다. 그녀는 더할 나위 없이 사랑스러웠고, 그녀의 생각은 사랑스러움과 상관이 없었다.

"뭐라고?" 생각의 연쇄를 끊고 끼어든 올니의 질문에 마틴은 되물었다.

"네가 라틴어와 씨름할 만큼 바보는 아니기를 바란다고 했어."

"라틴어가 그저 교양이기만 한 것은 아니에요. 그건 도구죠." 루스가 끼어들었다.

"그래서, 너는 라틴어를 해 볼 생각이야?"

마틴은 지독히 곤혹스러웠다. 루스가 그의 대답을 잔뜩 기대하고 있음을 알 수 있었다.

"안타깝게도 시간이 없어." 마침내 그는 말했다. "그러고 싶지만, 그럴 시간이 없을 거야."

"보다시피, 마틴은 교양을 추구하는 게 아닙니다." 올니는 승리감에 도취되어 말했다. "지향점이 있고 목표가 있어요."

"오, 하지만 라틴어 공부는 정신적 훈련이에요. 지적 훈련이고, 그것을 통해 훈련된 지성이 만들어지는 거예요." 루스는 그를 기대에 찬 눈빛으로 바라보았다. 그가 생각을 바꾸기를 기다리는 듯했다.

"자, 축구 선수는 큰 시합을 앞두고 훈련을 해야만 해요. 사상가에게는 라틴어가 그런 훈련이에요. 단련을 시켜 주죠."

"헛소리! 우리가 어릴 때 어른들이 그렇게 말했죠. 그런데 그때 어른들이 말하지 않은 게 한 가지 있어요. 나중에 우리 스스로 알아내라고요." 올니는 효과를 높이려고 말을 잠시 끊었다가 이었다. "어른들이 말하지 않은 게 뭐냐면, 신사들은 다 라틴어를 공부해야 하지만 신사가 아닌 사람은 공부해서는 안 된다는 거죠."

"당치 않아요." 루스는 외쳤다. "당신이 대화를 틀어 논점을 피해가고 있다는 걸 난 알아요."

"잘도 알아차렸군요. 그래요. 하지만 내 말이 맞기도 해요. 라틴어를 제대로 아는 사람은 약제사, 법률가, 라틴어 교수들뿐이죠. 마틴이 그런 직업을 갖고자 한다면, 내 짐작은 틀린 거죠. 그런데 어쨌거나 그 모든 게 허버트 스펜서하고 무슨 관계가 있죠? 마틴은 이제 막 스펜서를 알게 되어 열광하고 있어요. 왜냐고요? 스펜서가 그를 어딘가로 이끌어 주기 때문이죠. 스펜서가 나나 당신을 이끌어 줄 수는 없어요. 우리에게는 목적지가 없으니까, 당신은 언젠가 결혼할 거고 나는 아버지가 물려주실 재산을 관리하는 법률가나 사업 대리인을 감시하는 것 말곤 할 일이 없겠죠."

올니는 일어나서 나가려다, 문간에서 돌아서서 마지막 일침을 날렸다.

"마틴을 내버려 둬요, 루스. 그는 자기에게 뭐가 가장 좋은지 알아요. 그가 이미 해 놓은 일들을 봐요. 가끔 그는 나를 질리게 만들어요. 질리는 동시에 나 자신이 창피해지게도 해요. 이제 그는 세상과 삶과 인간의 본분과 다른 모든 것에 대해서 우리보다 더 잘 알고 있어요. 라틴어, 프랑스어, 색슨어, 교양을 배운 아서나, 노먼이나, 나나 당신보다도 말이죠."

"하지만 루스가 내 선생님이야." 마틴은 정중히 말했다. "내가 이나마 알게 된 것은 다 그녀 덕분인걸."

"젠장!" 올니는 심술궂은 표정으로 루스를 쳐다보았다. "너는 이제 그녀가 추천해서 스펜서를 읽게 됐다고 말할 참이겠지. 그렇지 않은데 말이야. 다윈이나 진화에 대해 그녀가 아는 거라고는 내가 솔로몬의 광산에 대해 아는 것보다 나을 게 없어. 뭔가에 대한 그 발음도 힘든 스펜서의 정의가 뭐였더라? 일전에 네가 우리한테 불쑥 물었잖아. 불확정적이고 비간섭적인 균질성이라고 했던가? 그녀에게 물어봐. 그녀가 한 단어라도 이해하는지 보라고. 그건 교양이 아니거든. 그렇다니까. 라틴어와 씨름하겠다면, 마틴, 나는 널 존중하지 않겠어."

토론을 줄곧 흥미롭게 들었지만 마틴은 한편으로 지겹기도 했다. 기초적인 지식을 배우기 위한 공부와 수업에 관한 그 토론의 치기 어린 논조는 그의 내면에서 요동치는 큰 것들 ─ 그 순간에도 그로 하여금 손가락을 독수리의 발톱처럼 움키게 만드는 생에 대한 집착과 그를 앓게 하는 우주적 전율, 그리고 모든 걸 해낼 수 있으리라는 초기적 각성 ─ 과 맞지 않았다. 그는 자신이 배가 난파되어 낯선 섬의 해안으로 떠내려온 시인과 같다고 생각했다. 미적 능력으로 충만하지만 말을 더듬고 웅얼대면서, 그 새로운 땅의 형제들의 거칠고 야만적인 언어로 노래하려고 헛되이 애를 쓰는 시인에 자신을 빗대었다. 그는 거대한 우주의 만물을 생생하게, 고통스럽도록 생생하게 느꼈다. 그럼에도 치기 어린 논제들로 노닥거리고 자기가 라틴어를 배워야 하느냐 마느냐로 티격태격해야 했다.

"라틴어가 도대체 무슨 상관이야?" 그 밤 거울 앞에서 그는 자문했다. "죽은 사람들은 죽은 채로 가만있으면 좋겠어. 나와 내 안의 아름다움이 왜 죽은 사람들한테 지배당해야 해? 아름다움은 살아 있는 것이고 영원한 거야. 언어는 왔다가 가는 것이고. 언어는 죽은 자들의 먼지일 뿐이야."

다음에 든 생각은, 자신이 제 견해를 제법 잘 표현하고 있다는 것이었다. 루스와 있을 때는 왜 자기가 비슷한 방식으로 말하지 못했는지 의아해하면서, 그는 잠자리에 들었다. 그녀 앞에서 그는 서투른 말밖에 못 하는 치기 어린 청소년일 따름이었다.

"시간을 줘." 그는 큰 소리로 말했다. "다만 내게 시간을 줘."

시간! 시간! 시간! 그의 끊임없는 불평은 그것이었다.

14장

올니 때문은 아니었다. 루스와 그녀를 향한 사랑에도 불구하고, 그는 라틴어를 배우지 않기로 결정했다. 그에게는 돈이 곧 시간이었다. 라틴어보다 중요한 것은 많고, 관심을 가지라고 아우성치는 공부 거리도 많았다. 그리고 그는 글을 써야 했다. 돈을 벌어야만 했다. 그의 작품은 하나도 수락되지 않았다. 40편의 원고가 잡지사들을 끝없이 떠돌고 있었다. 다른 작가들은 어떻게 했을까? 그는 자유 열람실에 오래 머물며 잡지에 실린 다른 작가들의 작품을 검토했고, 자신의 것과 철저하게 비교했다. 그들이 터득한 작품 판매의 비결을 찾고 또 찾았다.

고리타분한 작품들이 지면에 그렇게 많이 실린다는 사실이 놀라웠다. 빛도, 생명도, 나름의 색채도 없었다. 삶의 숨결이 없는데도 그런 작품들은 단어당 2센트씩 천 단어에 20달러 가격으로 팔렸다 — 이전 신문 기사에 난 평균가에 따르면 그랬다. 경쾌하고 재치 있게 쓰였다는 걸 인정해도, 생동감도 현실성도 없는 단편 소설들이 숱하게 많아서 당혹스러웠다. 삶은 엄청난 문제와 꿈과 영웅적인 고투로 가득 찬 이상하고도 경이로운 것이건만, 이들 단편은 일상사만 조몰락거리고 있었다. 그는 삶의 압박과 긴장을, 그 열기와 땀과 거역의 충동을 느꼈다. 이것이야말로 진짜 쓸거리였다! 그는 막막한 희망을 포기하지 않는 지도자들, 미친 연인들, 공포에 짓눌리고 비극에 시달리면서도 분투하여 삶을 제 자신의 노력으로 채우는 거인들을 찬양하고 싶었다. 그런데 잡지에 실린 단편 소설들은 버틀러 씨 같은 사람들, 돈만 좇는 구두쇠들, 그리고 평범한 남녀 간의 진부한 연애 사건을 미화하는 데 열을 내고 있었다. 잡지의 편집자들이 평범하기 때문일까? 그는 자문했다. 아니면, 이 작가들과 편집자들과 독자들이 삶을 두려워하기 때문일까?

무엇보다 큰 문제는 아는 편집자나 작가가 없다는 것이었다. 작가는커녕 글을 써 보려 했던 사람조차 알지 못했다. 경험을 얘기해 주고, 요령을 알려 주고, 최소한의 충고라도 해 줄 사람이 없었다. 그는 편집자들이 진짜 사람이긴 한지 의심이 들기 시작했다. 그들은 기계 속 톱니바퀴의 톱니 같은 존재들이었다. 그랬다, 그가 상대하고 있는 것은 기계였다. 자기 영혼을 쏟아부은 단편 소설과 기사와 시를 기

163

계에게 맡긴 꼴이었다. 그는 원고를 잘 접어서 기다란 봉투에 적당한 우표와 함께 넣고, 봉투를 봉하고, 겉면에도 우표를 붙여서, 우체통 속에 떨어뜨렸다. 그러면 원고는 대륙을 가로질러 가서, 어느 정도 시간이 흐른 후에 다른 기다란 봉투에 담긴 채로 우체부의 손에 들려 돌아왔는데, 봉투 겉면에는 그가 동봉한 우표가 붙어 있었다. 저쪽 끝에 있는 편집자는 사람이 아니라, 원고를 원래 봉투에서 꺼내 다른 봉투에 넣고 우표를 붙이는 교묘한 톱니바퀴 장치였다. 동전을 넣으면 기계가 돌아갈 때 나는 쇳소리와 함께 껌이나 초콜릿이 나오는 자동판매기와 같았다. 초콜릿을 얻느냐 껌을 얻느냐가 어느 구멍에 동전을 넣느냐에 달렸듯이, 편집자라는 기계도 마찬가지였다. 수표가 나오게 하는 구멍이 있고 거절 쪽지가 나오게 하는 구멍이 있는데, 여태까지 그에게는 후자만 보였던 것이다.

그 지독히도 기계적인 절차는 거절 쪽지로 완결되었다. 상투적인 양식으로 인쇄된 이런 쪽지를 그는 수백 장이나 — 이전에 쓴 원고 한 편당 열 장 이상씩 — 받았다. 그중 단 하나의 쪽지에 단 한 줄이라도 개인적인 말이 적혀 있었다면 그는 기운이 났을 것이다. 그런데 편집자 중에 자기가 존재한다는 증거를 보여 준 이는 단 한 명도 없었다. 그로서는 저쪽 끝에 따뜻한 피가 흐르는 인간이 아닌, 잘 기름칠 되어 멋지게 돌아가는 톱니바퀴가 있다고 결론짓지 않을 수 없었다.

그는 전투욕이 충만한 강인하고 훌륭한 투사여서 몇 년이라도 기꺼이 그 기계에 원고를 공급해 줄 수도 있었다. 하지만 출혈로 죽어가고 있는지라 몇 년이 아니라 몇 주 안에 싸움을 끝내야 했다. 매주 하숙비가 파산을 앞당기고 있는 마당에 40편의 원고에 붙이는 우표는 그 못잖게 심각한 출혈이었다. 그는 더 이상 책을 사지 않았고 몇 푼이라도 아끼면서 필연적인 결말을 유예하려 했다. 그러나 돈을 절약하는 방법을 몰랐고, 누이동생 매리언에게 옷을 사 입으라고 5달러를 주는 바람에 파국을 한 주 앞당겼다.

그는 어둠 속에서 아무런 조언도 격려도 없이 무시에 물어뜯기면서 싸웠다. 거트루드조차 탐탁지 않은 기색을 드러내기 시작했다. 처음에 그녀는 동생이 어리석은 짓을 한다고 생각하면서도 누나의 자애로운 마음으로 참았다. 그러나 이제, 그녀는 누나로서 걱정하고 있었다. 그녀에게는 동생의 어리석음이 광증이 되어 가고 있는 것으로 보였다. 마틴은 누나의 이런 마음을 알았고, 버나드 히긴보삼의 공공연한 닦달보다 이로 인해 더 고통스러웠다. 마틴은 제 자신에 대한 믿음이 있었으나, 자기 혼자만의 믿음이었다. 루스마저 믿어 주지 않았다. 그녀는 그가 공부에 전념하기를 바랐고, 글 쓰는 것을 드러내 놓고 반대하지는 않았으나 결코 찬성하지도 않았다.

그는 그녀에게 자신의 작품을 보여 주겠다고 한 적이 없었다. 까다로울 만치 예민한 성격이 용납하지 않았다. 게다가 그녀가 대학에 다니면서 하는 공부의 양이 많기 때문에, 그녀의 시간을 뺏기도 싫었다. 그런데 그녀가 학위를 마치자 상황이 달라졌다. 그가 해 온 작업을 뭐라도 보여 달라고 그녀가 먼저 요청했다. 마틴은 신이 나면서도 걱정이 됐다. 여기 심판관이 있다. 그녀는 문학사다. 전문적인 교수들 밑에서 문학을 공부했다. 편집자들도 유능한 판사이겠으나, 그녀는 다를 것이다. 그에게 틀에 박힌 거절 쪽지를 보내지 않을 것이며, 작품이 선택되지 않았다는 것이 그 작품에 장점이 없다는 뜻은 아니라고 통보하지도 않을 것이다. 그녀는 따뜻한 피가 흐르는 인간으로서 명민한 그녀만의 방식으로 얘기할 것이며, 가장 중요하게는, 진정한 마틴 에덴을 얼핏이나마 볼 것이다. 그의 작품에서 그의 마음과 영혼이 어떻게 생겼는지 알아낼 것이며, 그의 꿈과 강한 힘을 약간이라도, 아주 약간이라도 이해하게 될 것이다.

마틴은 몇 편의 단편 사본을 추리고, 망설이다 『바다 서정시』를 추가했다. 6월 말의 어느 오후 그들은 자전거를 타고 구릉 지대로 나갔다. 그녀와 단둘이 외출하는 건 두 번째였다. 온화한 더위 속을 달리다가 서늘한 바닷바람에 땀이 식을 때, 그는 세상이 매우 아름답고도 질서 정연하며, 살아서 사랑할 수 있다는 것은 좋은 일이라는 사실을 깊이 실감했다. 길가에 자전거를 두고 그들은 탁 트인 언덕으로 올라갔다. 꼭대기의 공터에는 햇볕에 그을린 풀이 씨를 퍼뜨린 후의 만족스러운 숨을 내쉬고 있었다.

"풀은 할 일을 다 했군요." 앉을 자리를 잡자 마틴이 말했다. 그녀는 그의 외투 위에 앉았고, 그는 따뜻하게 데워진 땅 쪽에 가까이 드러누워 황갈색 풀의 달콤한 향기를 맡았다. 풀 향기는 그의 뇌에 파고들어 생각이 개별적인 것에서 보편적인 것까지 소용돌이치도록 만들었다. "풀은 존재의 이유를 완수했어요." 마른 풀을 다정하게 쓰다듬으면서 그는 말을 이었다. "지난겨울 지루한 폭우 아래 생의 욕망으로 되살아나서, 꽃샘추위와 싸웠고, 꽃을 피웠고, 곤충과 벌들을 유혹해 씨를 퍼뜨려, 세상에서 자기가 해야 할 임무를 다 했고, 그리고…"

"왜 당신은 항상 모든 것을 그렇게 무섭도록 현실적인 눈으로 보나요?" 그녀가 문득 물었다.

"내가 진화를 공부하고 있기 때문이겠죠. 사실대로 말하자면, 최근에야 나는 안목을 갖게 됐어요."

"하지만 나한테는 당신이 너무나 현실적으로 보느라 심미안을 잃어버리는 바람에 아름다움을 망가뜨리는 걸로 보여요. 나비를 잡아다 그 날개를 문질러서 아름다운 무늬를 지워 버리는 아이들처럼."

그는 고개를 저었다.

"아름다움에는 의미가 있죠. 하지만 예전에 나는, 그 의미를 알지 못했어요. 아름다움을 아무 목적도 없는 것, 아무런 이유 없이 그저 예쁜 것이라고 단순하게 받아들였죠. 전혀 몰랐던 거죠. 그런데 이제 나는 알아요. 아니, 막 알기 시작했어요. 이 풀은 내게 예전보다 더 아름답게 보여요. 이것이 풀인 이유, 그리고 햇볕과 비와 흙이 이것을 풀로 만들기까지의 과정에 숨겨진 화학 작용을 알기 때문이죠. 풀 한 포기의 일생에도 로맨스가 있어요. 그래요, 모험도 있어요. 그 생각만으로도 나는 흥분이 돼요. 힘과 물질의 유희를, 그리고 풀의 어마어마한 투쟁을 생각하면 풀에 대한 서사시라도 쓸 수 있을 것 같아요."

"당신은 말을 참 잘해요." 그녀가 생각에 빠진 표정으로 말했다. 그는 그녀가 자기를 살펴보고 있음을 알아챘다.

순간 그는 혼란스럽고도 부끄러워서 목과 얼굴이 붉어졌다.

"내가 화법을 익히고 있다면 다행이네요." 그는 말을 더듬었다.

"내 안에는 말하고 싶은 것이 너무 많아요. 그리고 그 이야기들은 모두 거대한 이야기들이죠. 어떻게 해야 내 안에 있는 그대로 말로 표현할 수 있을지 모르겠어요. 가끔은 세상 전부가, 모든 삶과 사물이 내 안에 자리 잡고 살면서 나더러 대변인이 되어 달라고 아우성치는 느낌이죠. 나는 느껴요. 오, 말로 표현할 수가 없어요. 나는 그 이야기의 거대함을 느끼는데, 말로 옮기려면 어린애처럼 혀 짧은 소리를 내요. 감정과 감각을 글이든 말이든 언어로 바꾸고, 읽거나 듣는 사람의 내면에서 그 언어가 다시 동일한 감정과 감각으로 바뀌게 하는 것은 고귀한 과업이에요. 그건 창조주에게나 걸맞은 일이겠죠. 보세요, 내가 이 풀 속에 얼굴을 묻죠. 그러고 나서 코로 숨을 들이쉬면, 수천 가지 생각과 환상이 떠올라 몸이 떨리죠. 내가 들이쉰 것은 우주의 숨결이에요. 노래와 웃음, 성공과 고통, 투쟁과 죽음을 나는 알아요. 풀 향기로부터 어떤 식으로건 내 뇌 속에 떠오르는 장면들을 보고, 당신과 세상에 얘기해 주고 싶어요. 그런데 어떻게 해야 할 수 있을까요? 내 혀는 묶여 있어요. 바로 지금도 풀 향기가 나한테 끼친 영향을 말로 묘사하려고 했지만, 제대로 되지 않았죠. 어색한 말로 어렴풋하게 그려 낸 데 지나지 않았어요. 내 귀에는 내가 횡설수설하는 것처럼 들렸어요. 그런데도 나는 말을 하고 싶어서 숨이 막힐 지경이에요. 오!" 그는 절망적으로 두 손을 들어올렸다. "불가능해요! 이해시킬 수가 없어요! 전달이 안 돼요!"

"그래도 당신은 말을 잘해요." 그녀는 고집했다. "내가 당신을 알고 지낸 짧은 기간 동안 당신이 얼마나 나아졌는지 생각해 봐요. 버틀러 씨는 유명한 연설가예요. 선거운동 시기마다 주 위원회로부터 연단에 서 달라는 부탁을 받는다고요. 그런데 얼마 전 저녁 식사 자리에서 당신은 그분만큼 얘기를 잘했어요. 다만 그분이 더 침착했죠. 당신은 너무 쉽게 흥분해요. 하지만 그건 연습하면 극복될 거예요. 그래요, 당신은 뛰어난 연사가 될 거예요. 당신은 훌륭한 인물이 될 수 있어요. 당신이 원한다면 말이죠. 당신은 대성할 자질이 있어요. 지도자가 될 수 있다고 나는 확신해요. 당신이 문법을 통달해 냈듯이 뭐라도 손에 잡으면 해내지 못할 이유가 없어요. 당신은 좋은 변호사가 될 거예요. 정치계에서도 빛날 거고요. 그 무엇도 당신이 버틀러 씨처럼 크게 성공하는 걸 막을 수는 없어요. 그 성공에서 소화불량은 빼고요." 그녀는 미소 지으며 덧붙였다.

그들은 대화를 이어 갔다. 부드럽고도 집요한 자기만의 방식으로 그녀는 교육의 기초를 철저히 닦는 일의 필요성과 어느 직업을 위해서건 기반의 일환이 되는 라틴어의 유용성을 거듭 강조했다. 그녀에게는 성공한 남자에 대한 나름의 이상형이 있었는데, 제 아버지와 대단히 비슷한 모습이었고, 거기에 버틀러 씨의 것임이 분명한 색채의 선과 붓질이 덧입혀져 있었다. 그는 귀를 열고 경청했다. 땅바닥에 누워 올려다보는 그녀 입술의 움직임은 즐거운 볼거리였다. 그러나 그의 뇌는 열리지 않았다. 그녀가 그리는 그림에는 끌릴 만한 구석이 전혀 없어서, 그는 실망의 둔중한 고통과 그녀를 향한 사랑이 유발하는 날카로운 통증을 느꼈다. 그녀는 얘기하는 내내 그의 글쓰기에 대해서는 한마디도 하지 않았고, 그가 읽어 주려고 가져온 원고는 잊힌 채로 땅바닥에 놓여 있었다.

말이 끊긴 틈을 타서 마침내 그는 태양을 힐끗 보았고, 고도로 시간을 가늠하고는, 원고를 집어 들어 은근히 그녀의 주의를 끌었다.

"잊고 있었네요." 그녀가 재빨리 말했다. "너무나 듣고 싶어요."

그는 단편 한 편을 그녀에게 읽어 주었다. 내심 잘 썼다고 손꼽는 것으로, 제목은 『생명의 술』이었다. 그가 쓰는 동안 그의 뇌로 스며들었던 그 작품의 술이, 이제 그 작품을 읽자 그의 뇌로 다시금 스며들었다. 원래의 발상에도 마법적인 측면이 있었고, 그는 문장과 문투의 마법을 더해 그 면을 더욱 두드러지게 했다. 집필 당시의 열정과 도취가 내면에서 되살아났고, 그는 너무나 도취되어 그 작품의 결함을 보지도 듣지도 못했다. 그러나 루스는 달랐다. 그녀의 훈련된 귀는 약점을 탐지했고, 초보자가 지나친 욕심 탓에 저지르는 실수인 과장을 집어냈다. 문장의 리듬이 막히거나 꼬일 때마다 즉각 알아채기도 했다. 리듬에 거의 신경 쓰지 않다가도 리듬이 과도해질 때면 그 미숙함에 부정적인 인상을 받았다. '미숙하다.' 그것이 그 단편 전반에 대한 그녀의 최종 평가였다. 그러나 그녀는 그렇게 말하지 않았다. 대신, 그가 읽기를 마쳤을 때, 사소한 흠을 지적한 뒤 그 단편이 마음에 든다고 말했다.

그럼에도 그는 실망했다. 그녀의 비판은 정당했다. 그건 인정하는 바였다. 하지만 그가 그녀에게 작품을 보여 준 목적이 작문 수업에서 교정을 받기 위해서는 아니라는 생각이 들었다. 자잘한 것들은 중요하지 않았다. 그건 저절로 나아질 수 있는 것들이었다. 그가 손볼 수 있고, 손보는 법을 배울 수 있었다. 그는 삶으로부터 뭔가 커다란 것을 포획하여 이야기에 가둬 넣으려 했다. 그녀에게 읽어 준 것은 삶에서 나온 거대한 것이지, 문장 구조나 세미콜론이 아니었다. 그는 자기의 것인 이 거대한 것을, 그가 제 눈으로 보았고, 제 두뇌로 붙잡았고, 제 손으로 종이에 타자 쳐 넣은 그것을 그녀가 자기와 함께 느껴 주기를 바랐다. 하지만, 그래, 실패했다. 그게 그가 속으로 내린 결론이었다. 편집자들이 옳은 모양이었다. 그는 거대한 것을 느꼈으나 언어로 바꾸는 데는 실패했다. 그가 실망을 감추고 그녀의 비판에 너무 순순히 동조했기에 그녀는 그의 마음속 깊은 곳에서 세차게 흐르는 반발의 저류를 알아채지 못했다.

"이다음 건 내가 『단지』라는 제목을 붙였어요." 그는 원고를 펼치며 말했다. "지금껏 네다섯 군데 잡지사에서 퇴짜를 맞았지만, 나는 여전히 이게 좋다고 생각해요. 사실 내가 여기서 뭔가를 포착했다는 것 말고는, 나도 어떻게 생각해야 할지 모르겠어요. 아마도 당신은 나만큼 감동하지는 않겠죠. 짧은 이야기예요. 이천 단어밖에 안 됩니다."

"지독해요!" 그가 읽기를 마치자 그녀는 외쳤다. "끔찍해요! 말할 수 없이 끔찍해요!"

그녀의 창백한 얼굴, 크게 벌어져 긴장이 가득한 눈, 꽉 쥐어진 손을 그는 은밀한 만족감으로 바라보았다. 성공했다. 그는 제 두뇌에서 나온 상상과 감정의 산물을 전달한 것이다. 그것은 가야 할 곳에 갔다. 그녀가 좋아하든 싫어하든, 그것은 그녀를 사로잡고 굴복시켜서, 거기 앉아 세세한 사항을 잊고 듣게 만들었다.

"이게 삶이죠." 그는 말했다. "그리고 삶은 항상 아름답지만은 않아요. 그런데도, 내가 이상하게 생겨 먹은 탓인지, 나는 그 삶에서 아름다운 것을 발견하죠. 아름다움은 그런 삶 속에 있기 때문에 열 배로 증폭되는 것 같아요…"

"하지만 왜 그 불쌍한 여자가…." 그녀가 뜬금없이 말했다. 그러고 자신의 반감을 설명하지 않은 채 소리쳤다. "오! 그건 모멸적이에요! 적절하지 않아요! 추잡하다고요!"

순간 그는 심장이 멈춰 버리는 듯했다. 추잡하다니! 그런 반응은 꿈에도 생각지 못했다. 그는 추잡한 것을 의도하지 않았다. 그 단편의 전체적인 줄거리가 글자마다 타오르며 떠올랐고, 그 환한 빛 속에서 그는 추잡함을 찾아보려 했지만 찾을 수 없었다. 그러자 그의 심장이 다시 뛰기 시작했다. 그는 죄가 없었다.

"왜 점잖은 주제를 택하지 않았나요?" 그녀가 얘기하고 있었다.

"우리는 세상에 추잡한 일들이 있다는 걸 알고 있지만, 그렇다고 해서…."

그녀는 분개한 투로 말을 이어 갔으나 그는 듣고 있지 않았다. 그녀의 청순한, 너무나도 순수한, 예리하도록 순수한 얼굴을 바라보며 자신에게 미소 지었다. 그녀의 순수함은 늘 그의 내면으로 진입하여 불순물을 몰아내고, 별빛처럼 서늘하고 부드럽고 매끄러운 천상의 광휘에 그를 잠기게 했다. '우리는 세상에 추잡한 일들이 있다는 걸 알고 있지만!' 그는 그녀가 안다는 말의 의미를 포용했으며, 그 말이 사랑의 농담인 양 소리 없이 웃어넘겼다. 다음 순간, 수많은 장면들이 머릿속에 번뜩이며, 그는 자기가 익히 알았고 속속들이 헤매고 다녔던 삶의 추잡함이라는 바다를 보았다. 그리고 그녀가 그 단편을 이해하지 못한 것을 용서했다. 그녀가 이해할 수 없는 것은 그녀의 잘못이 아니었다. 그는 그녀가 그토록 순진하게 살아도 될 만한 환경에서 태어나 보호받은 데 대해 신께 감사했다. 그러나 그는 삶을 알았다. 삶의 공정함만이 아니라 가증스러움을 알았고, 진흙으로 뒤덮였음에도 삶이 위대하다는 걸 알았다. 세상에 대고 이에 관해 하고 싶은 말을 반드시 하고야 말 것이다. 천국에 있는 성자들, 어떻게 그들이 공정하고 순수하지 않을 수 있겠는가? 그들을 찬양하지 않으리. 그러나 진창 속에 있는 성자들, 아, 그들의 존재야말로 영원한 경이가 아닌가! 그것이야말로 삶을 가치 있게 만드는 것이다. 악의 구렁텅이에서 떠오르는 도덕적 장관을 본다는 것, 자신을 들어 올려 진흙이 뚝뚝 떨어지는 눈으로 멀고도 희미하게 아름다움을 처음 본다는 것, 나약함과 사악함, 그리고 모든 참담한 야만성으로부터 솟아나는 힘과 진리와 드높은 정신적 자질을 본다는 것….

  그는 그녀가 하는 말의 일부를 맥락 없이 듣게 되었다.

  "그 소설은 전반적으로 질이 낮아요. 품위 있는 것들도 많잖아요. 『인 메모리엄』을 보면…."

  그는 『록슬리 홀』로 응대하고 싶었고, 그녀에게 시선이 고정된 채다시 상념에 사로잡히지 않았다면 그렇게 했을 것이다. 그녀, 보글대는 원초적 점액에서 나와 수억 년을 광대한 생명의 사다리를 구물대고 꿈틀거리며 기어오른 끝에 맨 꼭대기 층에 다다라서, 루스라는 순수하고 아름답고 성스러운 존재가 된, 그와 마찬가지로 인간인 여성. 그에게 사랑을 알게 하고, 순수함과 신성의 맛을 갈망하게 하는 힘을 가진 그녀.

  그, 마틴 에덴 역시 끝없는 창조 과정에서 무수한 실수와 유산(流産)을 통과하고 밑바닥의 진창을 거쳐 놀라운 형태를 지니게 되었다. 거기 로맨스와 경이와 영광이 있었다. 그가 적절한 언어를 찾기만 한다면 쓸 수 있을 글감이 거기 있었다. 천국의 성자들! 그들은 성자일 뿐 다른 것일 수가 없었다. 그러나 그는 인간이었다.

"당신에게는 힘이 있어요." 그는 그녀의 말소리를 들었다. "하지만 길들지 않은 힘이에요."

"도자기 가게에 황소가 있는 꼴이죠." 그가 먼저 이렇게 말했고, 그녀는 미소 지었다.

"그리고 당신은 분별력을 길러야 해요. 작풍과 기품과 격조에 유의해야 해요."

"난 함부로 덤비죠." 그는 중얼거렸다.

그녀는 동의의 뜻으로 미소를 짓고, 다음 작품을 들을 자세를 취했다.

"당신이 이걸 어떻게 생각할지 모르겠어요." 그는 변명조로 말했다. "이상한 이야기입니다. 내 역량을 넘어 너무 무리한 게 아닌지 걱정됩니다만, 의도는 좋았어요. 세세한 데 신경 쓰지 말고, 이 이야기 속에 있는 거대한 것을 당신이 잡아낼 수 있는지만 보세요. 이 이야기는 거대해요. 그리고 진실하죠. 이해할 수 있게끔 쓰는 데 실패했을지도 모르지만."

그는 읽었고, 읽으면서 그녀를 관찰했다. 마침내 그녀의 심중에 닿았다는 생각이 들었다. 그녀는 꼼짝 않고 앉아 그를 뚫어지게 쳐다보면서, 그의 창작물의 마력에 사로잡혀 자신을 잊었고 숨 쉬는 것마저 거의 잊었다. 그에게는 그렇게 보였다. 그 단편은 제목이 『모험』으로 모험의 — 이야기책 속에 나오는 모험이 아니라 실제 모험 — 극치가 담겨 있었다. 모험이란, 징벌은 가혹하게 하고 보상은 쥐꼬리만큼 해 주는 무자비한 감독관과도 같았다. 신의 없고 변덕스러우며, 극심한 인내와 심장이 터지도록 혹독한 노역의 낮과 밤을 요구했다. 최정상의 영예로운 성취를 향해 하찮은 우연의 긴 사슬을 따라, 피 땀을 흘리고 벌레에게 쏘이면서 갈증과 기아, 열병으로 인한 지지부진하고 기괴한 섬망을 견딘 끝에 제공받는 것은 햇빛 찬란한 영광일 수도, 캄캄한 죽음일 수도 있었다.

이것을, 이 모든 것을, 이보다 많은 것을 그는 제 이야기에 집어넣었다. 그리고 이것이, 그가 믿기에, 옆에 앉아서 듣는 그녀를 열광케 했다. 눈은 크게 벌어졌고, 창백한 뺨이 붉어졌으며, 그가 읽기를 마칠 즈음에는 헐떡이고 있을 지경이었다. 실로 그녀는 격앙되었다. 그러나 이야기 때문이 아니라 그 때문이었다. 그녀는 이야기에 대해서는 그다지 생각하지 않았다. 마틴의 농밀한 힘, 너무 오래 축적된 과도한 힘이 그에게서 쏟아져 나와 그녀에게 퍼부어지는 듯싶었다. 그의 힘을 날라 온 것이 이야기였다는 것, 그의 힘이 그녀에게 쏟아지는 통로가 이야기였다는 것이 역설이었다. 그녀는 매체 말고 그 힘만 의식했다. 그가 쓴 것에 가장 빠져들었을 때, 사실 그녀는 그 이야기에 없는 어떤 것 — 그녀의 두뇌 속에 호출 없이도 절로 형성된 끔찍하고 위험한 생각 — 에 빠져 있었다. 그녀는 결혼이 어떤 것일지 곰곰 생각하는 자신을 발견했고, 그 생각의 방자함과 열기를 깨닫자 겁에 질렸다. 처녀로서 해서는 안 될 생각이었다. 그녀답지 않은 일이었다. 그녀는 자신의 여성성 때문에 괴로워한 적이 없었으며, 테니슨 시의 꿈같은 세계에서 살아왔다. 그 교묘한 시의 대가가 여왕과 기사 사이에 발생하는 불상사에 대한 섬세한 암시를 아무리 의미심장하게 해 놓아도 알아채지 못했다. 그녀는 늘 잠들어 있었다. 그런데 이제 삶이 그녀의 문을 천둥소리로 두드렸다. 정신적 공황에 빠진 그녀가 자물쇠를 잠그고 빗장을 지르려 했으나, 방종한 본능은 문을 활짝 열고 그 이방인을 기꺼이 맞아들이라고 채근했다.

마틴은 흡족해하며 그녀의 평결을 기다렸다. 그게 어떤 것일지 전혀 의심치 않았는데, 막상 이 말을 듣자 깜짝 놀랐다.

"아름다워요."

그녀는 잠시 후에 재차 강조했다. "아름다워요."

물론 그 이야기는 아름다웠다. 그러나 거기에는 단순히 아름다운 것보다 더한 것, 아름다움을 시녀로 둔, 훨씬 눈부시게 빛나는 장렬한 것이 있었다. 그는 묵묵히 땅바닥에 누워 눈앞에 떠오르는 거대한 의심의 무시무시한 형상을 바라보았다. 실패했다. 그는 언어로 표현하지 못했던 것이다. 세상에서 가장 위대한 것들 가운데 하나를 보았으나, 그것을 표현하지는 못했다.

"어떻게 생각해요?" 그는 낯선 단어를 처음으로 써 보기가 쑥스러워서 머뭇거렸다. "모티브에 대해서 말이에요." 그는 물었다.

"혼란스러워요." 그녀는 답했다. "작품 전반에 대해 나는 이렇게 평할 수밖에 없어요. 줄거리를 따라갔지만, 이질적인 것들이 너무 많은 것 같았어요. 너무 장황해요. 당신은 무관한 제재들을 너무 많이 등장시켜 행위를 둔화시켰어요."

"그게 주요 모티브였어요." 그는 다급히 설명했다. "보이지 않게 흐르는 거대한 모티브, 우주적이고 보편적인 것 말이에요. 나는 모티브와 줄거리를 맞추었는데, 줄거리 자체로는 피상적일 수밖에 없기 때문이죠. 나는 실마리를 옳게 잡긴 했으나 제대로 써내지는 못한 것 같네요. 내가 무엇을 지향하는지 드러내 보이지 못했어요. 하지만 시간이 지나면 배우게 되겠죠.”

그녀는 알아듣지 못했다. 그녀가 문학사이기는 하지만, 그녀의 한계를 그는 넘어섰다. 이를 그녀가 이해하지 못했으므로, 자신의 몰이해를 그의 말이 앞뒤가 맞지 않는 탓으로 돌렸다.

“당신은 말이 너무 많아요.” 그녀는 말했다. “그래도 이 작품은 군데군데 아름다워요.”

그는 그녀의 목소리를 멀리서 들려오는 듯 어렴풋하게 들었는데, 『바다 서정시』를 그녀에게 읽어 줄지 고민 중이었기 때문이다. 그는 둔탁한 절망감을 느끼며 누워 있었고, 그녀는 그를 찬찬히 바라보며 결혼이라는, 불청객과도 같은 방종한 생각에 빠져 있었다.

“당신은 유명해지고 싶나요?” 그녀가 갑자기 물었다.

“네, 약간은요.” 그는 솔직히 말했다. “그것이 모험의 일부죠. 유명해지는 것 말고, 유명해지는 과정이 중요하겠죠. 유명해지는 것은, 내게는 말이죠, 결국 다른 뭔가를 위한 수단일 뿐이에요. 그 뭔가를 이루기 위해서, 나는 꼭 유명해지고 싶어요.”

‘당신을 위해서’라고 그는 덧붙이고 싶었다. 그녀가 자기가 읽어 준 작품에 열광했더라면, 아마 그렇게 했을 것이다.

그러나 그녀는 그가 성취 가능할 진로를 머릿속에 새겨 보느라 그가 암시한 궁극적인 무언가의 정체를 묻지도 않았다. 문학에 관한 한 그는 장래가 없었다. 그녀는 확신했다. 오늘 그는 미숙하면서도 주제넘은 산물로 그걸 입증했다. 그는 그럭저럭 말은 잘했지만, 자신을 문학적인 방식으로 표현할 만한 능력은 없었다. 그녀는 테니슨과 브라우닝, 또 자기가 좋아하는 산문의 대가들을 그와 비교해 보았으며, 그는 전혀 가망이 없음을 확인했다. 그래도 그런 생각을 털어놓지는 않았다. 그에게는 이상하게 마음이 끌려 말을 조심하게 되었다. 글을 쓰려는 그의 욕망은, 따지고 보면, 시간이 가면 극복될 작은 약점이었다. 그는 인생에서 보다 중대한 일에 몰입하게 될 것이다. 또한 성공할 것이다. 그녀는 알았다. 그는 너무나 강인해서 실패할 리가 없었다. 글쓰기만 그만둔다면 말이다.

"나한테 당신의 작품을 전부 보여 주면 좋겠어요, 에덴 씨." 그녀는 말했다.

그는 기뻐서 얼굴이 빨개졌다. 그녀가 관심을 갖고 있다는 것만은 분명했다. 적어도 거절 쪽지는 주지 않았다. 그녀는 어쨌든 그의 글이 일정 부분 아름답다고 했으며, 그 말은 그가 누군가로부터 처음 받아 본 격려였다.

"그럴게요." 그는 열정적으로 말했다. "그리고 약속할게요, 모스 양, 나는 끝내주게 해낼 거예요. 내가 훨씬 나아졌다는 걸 알아요. 그리고 나는 훨씬 더 나아져야 해요. 손과 무릎으로 기어서 나아가야만 한다면, 그렇게 해서라도 나아갈 거예요." 그는 한 뭉치의 원고를 집어 들었다. "이건 『바다 서정시』예요. 당신이 한가할 때 읽을 수 있도록, 이따 당신 집에 도착하면 줄게요. 그리고 읽고 난 뒤 당신의 생각을 있는 그대로 나한테 말해 줘야 해요. 내게 필요한 것은, 아시다시피, 무엇보다 비평이에요. 그러니 부디 나한테 솔직하게 얘기해 줘요."

"전적으로 솔직하게 얘기할게요." 그에게 솔직하지 않았다는 불편한 자각과 다음에도 아주 솔직할 수 있을지 모르겠다는 의문을 품은 채, 그녀는 약속했다.

15장

"첫 번째 전투, 열심히 싸웠고 끝났어." 열흘 뒤에 마틴은 거울 앞에 서서 말했다. "그런데 두 번째, 세 번째 전투가 있을 거고, 그 후로도 수없이 전투를 치러야 할 거야. 아마도⋯."

그는 말을 맺지 않고 자신의 초라하고 작은 방을 둘러보았다. 여전히 기다란 봉투에 든 채 방구석에 쌓여 있는, 반송된 원고 더미에 그의 눈길이 슬프게 머물렀다. 우푯값이 없어 일주일째 원고가 쌓이고 있었다. 내일도, 모레도, 글피에도 더 많은 원고가 돌아올 것이며, 결국 다 돌아올 것이다. 그리고 그는 그 원고들을 다시 보낼 수 없을 것이다. 타자기 대여비도 한 달 밀려 있었다. 남은 돈으로 그 주일의 하숙비와 직업소개소의 소개료를 내기에도 빠듯했다.

그는 앉아서 탁자를 골똘히 바라보았다. 탁자에는 잉크 자국이 남아 있었다. 문득 그는 자기가 그 탁자를 좋아한다는 걸 깨달았다.

"이봐, 탁자." 그는 말했다. "너와 행복한 시간을 보냈지. 내 말은, 네가 정말 좋은 친구였다는 거야. 나를 거부한 적도, 낙제 통보인 거절 쪽지를 보낸 적도, 야근을 불평한 적도 없었지."

그는 탁자에 두 팔을 얹고 그 안에 얼굴을 묻었다. 목구멍이 아파지며 울고 싶어졌다. 여섯 살 때 치른 첫 번째 싸움이 떠올랐다. 그때 그는 눈물을 줄줄 흘리며 주먹을 휘둘렀고, 두 살 위인 상대방이 그가 뻗어 버릴 때까지 두들겨 팼다. 그는 둘을 에워싸고 야만인들처럼 짖어 대는 소년들을 보았다. 그 속에서 여섯 살의 자신은 끝내 쓰러져, 구역질해 대며 몸부림쳤으며, 코피가 흐르고 멍든 눈에서 눈물이 쏟아지고 있었다.

"가엾은 어린 녀석." 그는 중얼거렸다. "지금 너는 그때만큼 심하게 당한 거야. 곤죽이 되도록 맞았어. 완전히 뻗어 버렸어."

여전히 그의 눈앞에 머물던 첫 번째 싸움의 장면은 녹아서 이후 이어진 일련의 싸움 장면들로 바뀌었다. 반년 후에 치즈 페이스(첫 번째 싸움의 그 소년)가 다시 그를 때렸다. 그런데 그때는 그도 치즈 페이스의 눈을 멍들게 했다. 꽤 해낸 것이다. 싸움에서 싸움으로 장면은 이어졌으며, 그는 늘 맞았고 치즈 페이스는 기고만장했다. 그래도 그는 절대로 도망치지 않았다. 그 사실을 기억하니 힘이 났다. 그는 늘 싸움을 마다하지 않고 버티며 그 모진 경험을 참고 견뎌냈다. 치즈 페이스는 싸울 때 작은 악귀 같았고, 한 번도 그를 봐주지 않았다. 그래도 그는 버텼다! 버텨 냈다!

다음으로, 그는 쓰러질 듯 골조만 앙상한 건물들 사이 좁은 골목을 보았다. 골목 끝은 단층의 벽돌 건물로 막혀 있고, 건물 안에서 「인콰이어러」지의 첫판을 찍어 내는 인쇄기 소리가 규칙적으로 울려 나오고 있었다. 그는 열한 살이고 치즈 페이스는 열세 살, 둘 다 그 신문을 배달하는 일을 했다. 신문을 받기 위해 거기 있었던 것이다. 물론 치즈 페이스는 다시 그를 찍었고, 또 한 차례 벌어진 싸움은 승부가 나지 않았다. 4시 15분 전에 인쇄실의 문이 열리자 소년들이 제 몫의 신문을 접으려고 몰려들었기 때문이다.

"내일 너를 결딴내겠어." 그는 치즈 페이스가 으르대는 소리를 들었고, 눈물을 참느라 높고 떨리는 자신의 음성이 내일 거기 다시 오겠다고 받아치는 소리를 들었다.

다음 날 그는 늦지 않으려고 학교에서 서둘러 왔고, 치즈 페이스보다 2분 먼저 도착했다. 다른 아이들이 그가 괜찮은 놈이라며 싸움꾼으로서 그의 결점을 지적해 주었고, 자기들의 지시대로 하면 이기리라고 장담했다. 이 아이들은 치즈 페이스에게도 조언을 했다. 그들이 얼마나 그 싸움을 즐겼는지! 그는 한동안 회상에 잠겼다. 자신과 치즈 페이스가 제공한 대단한 볼거리를 즐긴 그들이 부러웠다. 둘은 싸우고, 싸우고, 인쇄실의 문이 열릴 때까지 30분 동안 라운드도 없이 쉬지 않고 싸웠다.

그는 자신의 어린 시절 환영이 날이면 날마다 학교에서 「인콰이어러」지의 골목으로 서둘러 가는 것을 지켜보았다. 그는 그리 빠르게 걷지 못했다. 잇단 싸움 탓에 몸은 뻣뻣했고 다리를 절며 걸었다. 무수한 타격을 팔뚝으로 막아 내느라 손목부터 팔꿈치까지가 시퍼렇게 멍들었으며, 몸 여기저기에 난 상처는 곪아 가고 있었다. 머리와 팔과 어깨가 아팠고, 등허리도 아팠다. 안 아픈 데가 없었다. 머리는 무겁고 띵했다. 그는 학교에서 놀지 못했다. 공부도 하지 못했다. 온종일 제 책상에 가만히 앉아 있는 것만으로도 고통스러웠다. 싸움이 일과가 된 지 수 세기는 지난 듯했고, 시간은 악몽과 무한한 싸움의 미래로 뻗어 갔다. 왜 치즈 페이스를 이길 수 없을까? 그는 자주 생각했다. 승리는 그를, 마틴을, 난관에서 꺼내 줄 것이다. 하지만 싸우지 않고 그냥 굴복하겠다는 생각은 한 번도 떠오르지 않았다.

그래서 그는 몸과 영혼은 병들었지만 끈질긴 인내를 배우면서, 영원한 적수 치즈 페이스와 맞서기 위해 제 자신을 질질 끌고 그 골목으로 갔다. 치즈 페이스도 마틴만큼이나 아팠고, 새로 몰려와 구경하는 아이들 앞에서 자존심을 지켜야 할 필요만 없다면 싸움을 그만두고 싶어 했다. 어느 오후, 발차기와 벨트 아래 때리기, 넘어졌을 때 공격하기를 금지한 규칙 아래, 20분간 서로 상대를 제압하기 위해 안간힘을 쓴 끝에 치즈 페이스가 헐떡대고 비틀거리면서 비긴 걸로 하자고 제안했다. 두 팔 안에 얼굴을 묻은 마틴은 오래전 그 오후의 그 순간 자신의 모습을 떠올리며 전율했다. 그는 숨을 헐떡대고 비틀거렸으며, 터진 입술에서 나온 피가 입에 고였다가 목구멍을 막는 통에 꺽꺽대고 있었다. 그런데도 그는 치즈 페이스에게 비칠대며 다가가 입안에 가득한 피를 뱉어내고 소리쳤다. 자기는 비긴 걸로 하지 않겠다고, 네가 원한다면 항복하라고. 치즈 페이스는 항복하지 않았고, 싸움은 계속되었다.

다음 날도 그다음 날도, 구경꾼들에 둘러싸인 오후의 싸움은 끝없이 이어졌다. 날마다 싸움을 시작하려고 두 팔을 들어 올리면 격렬한 통증이 느껴졌다. 갈기고 맞는 첫 몇 방에 영혼은 메말라 버렸다. 그 후로는 무감각해져서, 꿈속에서처럼 춤추고 흔들리면서, 치즈 페이스의 넓적한 얼굴과 짐승처럼 이글거리는 눈을 쳐다보며 무턱대고 싸웠다. 그는 그 얼굴에 집중했다. 수시로 위치를 바꾸는 다른 부위는 허공이나 마찬가지였다. 저 얼굴 말고는 세상에 아무것도 없으며, 저 얼굴을 자기의 피 흐르는 주먹으로 때려 곤죽으로 만들어 버릴 때까지는, 아니면 저 얼굴에 속한 피 흐르는 주먹이 자기를 때려 곤죽으로 만들어 버릴 때까지는, 휴식이란, 행복한 휴식이란 없을 것이다. 그때서야, 어느 쪽이 되든지, 그는 쉴 수 있을 것이다. 비긴다는 것, 그, 마틴에게 있어서 비긴다는 것은 있을 수 없는 일이었다!

그날이 왔다. 골목에 나갔으나 치즈 페이스는 없었다. 그는 아예 오지 않았다. 아이들은 그가 치즈 페이스를 이겼다고 축하했다. 하지만 마틴은 만족하지 않았다. 그는 치즈 페이스를 이기지 않았으며 치즈 페이스도 그를 이기지 않았다. 문제는 해결되지 않았다. 바로 그날, 치즈 페이스의 아버지가 갑자기 돌아가셨음을, 그들은 나중에야 알게 되었다.

마틴의 기억은 몇 년을 건너뛰어 강당 맨 꼭대기 관람석에 앉았던 그 밤으로 갔다. 그는 열일곱 살이고 항해에서 막 돌아온 참이었다. 소란이 일었다. 누가 누군가에게 시비를 걸고 있었다. 마틴은 끼어들었고, 활활 타는 눈의 치즈 페이스와 대면하게 되었다.

"쇼가 끝나면 손봐 주겠어." 그의 숙적이 씩씩거리며 말했다.

마틴은 머리를 끄덕였다. 꼭대기 층 경비원이 소란을 잠재우러 오고 있었다.

"마지막 막이 끝나면 바깥에서 만나지." 마틴은 속삭였다. 그의 얼굴은 무대 위 탭댄스에 흠뻑 빠져 있는 것처럼 보였다.

경비원은 매섭게 노려보고 가 버렸다.

"같이 온 패거리가 있나?" 탭댄스가 끝나자 그는 치즈 페이스에게 물었다.

"물론."

"그렇다면 나도 불러 모아야겠어." 마틴이 말했다.

막간에 그는 제 패거리를 소집했다. 못 공장에서 알게 된 세 명, 기관차 화부 한 명, 부우 패거리에서 여섯 명, 무시무시한 18번가 시장 패거리에서 그보다 더 많이 끌어모았다.

공연이 끝나자 양측은 길을 가운데 두고 각기 아무 일 없는 듯 느슨히 줄지어 걸었다. 조용한 모퉁이에 이르러 양측은 모여서 전쟁에 관한 회의를 열었다.

"8번가 다리가 최적이야." 치즈 페이스 쪽에 속한 붉은 머리 녀석이 말했다. "너희 둘은 다리 중간 전기 가로등 아래서 싸우면 돼. 짭새가 어느 쪽에서 오든 우린 다른 쪽으로 내뺄 수 있어."

"찬성이야." 마틴은 제 패거리의 우두머리들과 상의한 다음 말했다.

샌 안토니오 강의 어귀, 한 지류를 가로지르는 8번가 다리는 길이가 세 블록 정도였다. 양 끝과 한가운데에 전기 가로등이 있어서, 경찰은 어느 쪽 끝의 불빛에든 모습을 드러내지 않을 수 없었다. 마틴의 눈앞에 되살아나는 그곳은 전투에 안성맞춤이었다. 그는 사납게 인상 쓰며 갈라져서 각기 자기네 전사의 뒤에 늘어서는 두 패거리를 보았다. 옷을 벗는 자신과 치즈 페이스를 보았다. 몇 명은 좀 떨어져서, 다리 양단의 가로등 아래를 감시하고 있었다. 부우 패거리가 마틴의 외투를 받아 들었고, 그리고 셔츠와 모자를 받아, 경찰이 나타날 경우 그 옷가지를 갖고 튈 수 있도록 챙겨 두었다. 마틴은 가운데로 걸어 나가 치즈 페이스와 마주 서는 자신을 보았으며, 자신이 손을 들어 올리면서 경고하는 말소리를 들었다.

"이 일에 화해 같은 건 없어. 알겠어? 오직 싸움뿐이야. 기권도 없어. 원한 때문에 싸우는 거니까 결판이 나야 해. 알겠어? 누군가는 작살날 거야."

치즈 페이스는 내심 주저했지만 ― 마틴은 알 수 있었다 ― 두 패거리 앞에서 자존심이 걸려 있는 일이었다.

"그래, 덤벼." 그는 대꾸했다. "잔소리가 왜 그렇게 많아? 얼른 끝내자고."

그들은 젊은 혈기로 어린 황소들처럼 서로에게 달려들었다. 상대를 다치게 하고, 망가뜨리고, 파괴하려는 욕망과 증오에 가득 차 맨주먹을 휘둘렀다. 인간이 창조된 이후 수천 년 동안 고통스럽게 쌓아 온 모든 성과가 일시에 상실되었다. 인간의 위대한 여정에 전기 가로등만이 기념비로 남아 있었다. 마틴과 치즈 페이스는 움집에 살면서 나무로 도망치던 석기 시대의 두 야만인이었다. 질퍽한 나락까지 깊이 더 깊이 가라앉아, 생명이 발생한 원재료 상태로 되돌아갔다. 원자들이 작동하듯, 우주의 별 무리가 작동하듯, 맹목적으로 화학반응을 일으켰고, 충돌했고, 움츠러들다가 다시 충돌하기를 영원히 거듭했다.

"맙소사! 우리는 짐승이었어! 잔혹한 야수!" 기억 속 싸움의 진전을 지켜보면서 마틴은 큰 소리로 중얼거렸다. 뛰어난 상상력 덕분에 영사기를 들여다보는 듯했다. 그는 구경꾼이자 참가자였다. 수개월이나 익힌 교양과 품위가 그 광경에 경련을 일으켰다. 현재는 그의 의식에서 지워지고 과거의 유령들이 그를 사로잡았다. 그는 항해에서 막 돌아와 8번가 다리에서 치즈 페이스와 싸우는 마틴 에덴이었다. 그는 괴로웠고, 안간힘을 썼고, 땀과 피를 흘렸으며, 맨주먹이 목표물을 맞히면 환희를 느꼈다.

그들은 증오로 서로를 휘감는 쌍둥이 소용돌이였다. 시간이 흐르자 적대적인 두 패거리는 매우 조용해졌다. 이토록 치열한 싸움은 본 적이 없었으므로 그들은 경외감을 느꼈다. 두 싸움꾼은 그들보다 위대한 야수들이었다. 젊음으로 인해 멋지고 민첩했던 싸움의 첫 단계가 지나자, 둘은 보다 경계하며 용의주도하게 싸웠다. 어느 쪽도 기선을 잡지 못했다. "승부를 모르겠는걸." 마틴은 누군가 그렇게 말하는 소리를 들었다. 그러고 거짓 시늉으로 한 번 속인 다음 오른쪽, 왼쪽으로 파고들었는데, 호된 반격을 당해 뺨이 거의 뼈까지 찢어지는 것을 느꼈다. 맨주먹에 그렇게 될 수는 없었다. 그 지독한 손상에 놀라 구경꾼들이 중얼거리는 소리를 들었고, 그는 제 피에 젖었다. 그러나 아무렇지도 않은 체했다. 그런 종류의 저속한 잔꾀와 비열한 반칙을 익히 아는 터라, 마틴은 매우 신중해졌다. 그는 상대를 관망하며 기다리다가 거칠게 달려드는 체했으며, 도중에 멈추었다. 금속의 반짝임을 보았기 때문이다.

"손 멈춰!" 그는 소리 질렀다. "쇠가락지잖아. 너 그걸로 나를 친 거지?"

양쪽 패거리가 앞으로 몰려나와 으르렁거렸다. 까딱하면 서로 아무나 치고받는 난투극이 벌어져, 그가 복수할 기회를 놓칠 판이었다. 그는 제정신이 아니었다.

"너희들은 가만있어!" 그는 목이 터져라 외쳤다. "알겠어? 응? 알겠어?"

　그들은 그로부터 물러섰다. 그들은 야수였으나 그는 최고의 야수, 저 위에서 그들을 지배하는 공포의 존재였다.

　"이건 내 싸움이야. 아무도 간섭하지 못해. 그 빌어먹을 쇠가락지를 내놔."

　차분해지고 약간 겁도 먹은 치즈 페이스가 순순히 그 반칙 무기를 내놓았다.

　"너 빨간 머리, 저 패거리 뒤에 몰래 숨어서 이걸 건네준 거지?" 쇠가락지를 강물에 던져 버리면서 마틴은 말을 이었다. "내가 봤거든. 네가 무슨 짓을 꾸미나 했어. 다시 이따위 짓을 하려 하면, 나한테 죽을 때까지 얻어터질 거야. 알겠어?"

　그들은 탈진할 때까지, 그 상태를 넘어 탈진이라고도 할 수 없는 상태가 될 때까지 싸웠다. 피에 대한 욕구를 채우고도 남은 야수의 무리는 이제 그 광경에 질려서 양쪽 다 싸움을 그만두라고 했다. 하도 맞아 얼굴의 원래 모습을 잃고 괴물 같은 꼴이 된 치즈 페이스는 쓰러져 죽거나 선 채로 죽을 지경이라, 머뭇거리며 우물쭈물했다. 그러나 마틴은 뛰어들어 그를 갈기고 또 갈겼다.

　한 세기쯤이 흐른 듯했다. 이윽고 치즈 페이스가 급격히 약해졌다. 난타전 와중에 순간 뚝 하는 소리가 크게 들리더니, 마틴의 오른팔이 밑으로 처졌다. 뼈가 부러진 것이다. 모두가 그 소리를 들었고 사태를 파악했다. 치즈 페이스도 마찬가지였다. 곤경에 처한 상대방에게 호랑이처럼 달려들어 주먹을 퍼부었다. 마틴의 패거리가 끼어들려고 나섰다. 연타를 당해 멍했으나, 마틴은 그들에게 가장 지독하고 노골적인 욕설을 날렸다. 물러서라는 경고였다. 그 욕설은 극도의 외로움과 절망감에 간간이 끊겼고 분명치 않았다.

남은 왼손으로 그는 계속 쳤다. 의식이 반쯤만 남은 채로 집요하게 치는데, 멀리서 무리가 겁에 질려 중얼거리는 소리가 들렸다. 한 명은 떨리는 목소리로 말했다. "이건 싸움이 아니야, 친구들. 이건 살인이라고. 우리가 말려야 해."

그러나 누구도 말리지 않았고, 그는 그게 좋았다. 지루하도록 끝도 없이 그는 한 팔로 주먹질을 했다. 이제는 얼굴이 아니라 공포뿐인, 자기 앞의 피범벅인 뭔가를 두들겨 팼다. 좌우로 오락가락하고, 가증스럽고, 알아들을 수 없는 말을 지껄이는 그 이름 없는 뭔가는 그의 흔들리는 시야에서 나가 버리지 않고 버텼다. 그는 치고 또 치면서, 수 세기와 영겁의 세월 동안 치면서 서서히 느려졌고, 마지막으로 젖 먹던 힘까지 짜냈다. 어렴풋하게 그 이름 없는 뭔가가 가라앉는 것이 보였다. 다리의 나무판자 바닥으로, 그것은 천천히 가라앉았다. 다음 순간 그는 떨리는 다리로 서서 휘청대면서, 쓰러지지 않으려고 허공을 끌어안으면서, 제 것이 아닌 듯한 목소리로 그것에게 을러대고 있었다.

"더 하고 싶어? 응? 더 하고 싶냐고!"

그의 패거리가 그를 붙잡고 등을 두드리면서 외투를 입히려고 할 때도, 마틴은 여전히 그 말 — 상대방더러 더 하고 싶으냐는, 질문이자 부탁이자 위협인 그 말 — 을 되뇌고 있었다. 그리고 갑작스런 암흑과 망각이 덮쳐 왔다.

탁자 위의 양철 자명종 시계가 째깍거리며 가는 소리를, 두 팔 안에 얼굴을 묻은 마틴 에덴은 듣지 못했다. 그는 아무 소리도 듣지 않았고, 생각도 하지 않았다. 수년 전 과거를 온전히 다시 체험했고, 그때 8번가 다리에서 그랬던 것처럼 기절했다. 일 분간 암흑과 공백이 지속되었다. 다음 순간, 죽었다 살아난 사람처럼, 그는 곧추 일어서서 땀이 줄줄 흐르는 얼굴로 눈을 빛내며 소리쳤다.

"내가 너를 때려눕혔어, 치즈 페이스! 11년이 걸렸지만, 너를 때려눕혔다고!"

무릎이 덜덜 떨렸다. 그는 기절할 것 같아서 비틀대며 침대로 돌아가 무너지듯 가장자리에 앉았다. 아직도 과거에 사로잡혀 있었다. 자기가 어디에 있는지 몰라 당황스럽고 불안하게 두리번거리다가, 방구석의 원고 더미에 눈길이 멈추었다. 그제야 기억의 바퀴가 4년이라는 시간을 미끄러지듯 굴러 그는 현재, 자기가 펴 들었던 책들과 그 책장에서 얻었던 우주, 제 꿈과 야망, 그리고 정령처럼 창백한 한 여인을 향한 사랑을 머릿속에 되살려 냈다. 천계에서 곱게 자라 민감한 그 여인은 그가 방금 겪었던 과거의 한순간 — 그가 헤쳐온 쓰레기 같은 인생의 한순간 — 이라도 보게 된다면 공포에 질려 죽어 버릴 것이다.

그는 일어서서 거울에 비친 자신을 마주 보았다.

"그러니 너는 진창에서 일어나는 거야, 마틴 에덴." 그는 엄숙히 말했다. "위대한 광명에 눈을 씻고, 위대한 인물들 사이에서 어깨를 펴. 모든 인생이 해 온 일을 해. 네 안에서 원숭이와 호랑이는 죽어 버리고, 모든 권능에서 최고의 유산을 쟁취해."

그는 거울 속의 자신을 더 가깝게 들여다보고는 웃었다.

"좀 신경질적이고 감상적이지, 응?" 그는 물었다. "그래, 괜찮아. 너는 치즈 페이스를 때려눕혔으니, 11년의 두 배가 걸린다 해도 편집자들을 때려눕힐 거야. 여기서 그만둘 수는 없어. 계속해야만 해. 끝을 봐야 한다고, 너도 알잖아."

16장

자명종 시계가 울려 마틴을 잠에서 확 끌어냈다. 어찌나 급작스러웠는지 그만큼 체력이 대단하지 않은 사람이었다면 두통을 느꼈을 정도였다. 깊이 잤지만 그는 고양이처럼 재빠르게, 또한 적극적으로 깨어났다. 무의식의 다섯 시간이 가버린 것을 기뻐하면서. 잠의 망각은 싫었다. 할 일이 너무 많았고, 살아 내며 겪어야 할 일도 너무 많았다. 그는 잠이 삶에서 훔쳐 가는 매 순간이 아까웠다. 자명종 소리가 멈추기도 전에 머리를 찬 세숫물에 귀까지 담갔고, 살을 에는 한기에 떨었다.

그러나 평소 일정을 따르지는 않았다. 마무리 지어야 할 미완성 작품도, 글로 옮겨야 할 새로운 구상도 없었다. 지난밤 늦게까지 공부한 데다 아침 식사 시간도 다가왔다. 그는 피스크의 책을 읽으려 했으나 정신이 산만해서 책을 덮었다. 오늘 새로운 전투가 시작될 터이며, 그 전투를 하는 동안은 글을 쓰지 못할 것이다. 고향과 가족을 떠나는 사람이 느낄 법한 슬픔을 그는 느꼈다. 방구석의 원고들을 쳐다보았다. 바로 그것이었다. 어디에서도 환영받지 못한 가엾은 천덕꾸러기 자식들을 두고 그는 떠나려는 것이다. 방구석으로 가서 원고들을 이리저리 뒤적이며 좋아하는 부분들을 읽기 시작했다. 『단지』를 큰 소리로 읽어 그 작품에 경의를 표했고, 『모험』에게도 그리했다. 그리고 전날 완성되었으나 우표가 없어 방구석에 던져진 최신작 『환희』에게 가장 열렬한 칭송을 바쳤다.

"난 이해가 안 돼." 그는 중얼거렸다. "아니면 편집자들이 이해를 못 하든지. 이 글에 잘못된 건 없어. 그들은 매달 내 글보다 못한 글들을 잡지에 신잖아. 그들이 신는 것들은 죄다… 거의 모두가 이보다 못하단 말이야."

아침 식사 후에 그는 타자기를 케이스에 넣어 오클랜드로 갔다.

"한 달 치 대여비가 밀렸어요." 그는 상점의 점원에게 말했다. "하지만 내가 일을 해서 한두 달 안에 꼭 갚겠다고 매니저에게 전해 주세요."

그는 페리를 타고 샌프란시스코로 건너가 직업소개소를 찾아갔다. "장사만 아니면 어떤 일이든 좋습니다." 그들의 대화는 꽤 멋을 부린 사람이 사무실에 나타나는 바람에 중단되었다. 노동자긴 하지만 세련된 감각을 타고난 듯한 남자였다. 소개인은 어두운 표정으로 고개를 저었다.

"안 된 모양이죠?" 그 남자가 말했다. "그래도 난 오늘 사람을 구해야 합니다."

그는 돌아서서 마틴을 빤히 쳐다보았고, 마틴 역시 그를 쳐다봤다. 마틴은 마르고 잘생겼으나 창백하게 부은 그의 얼굴을 보고는, 그가 야간 노동을 한다는 것을 알아차렸다.

"일을 찾고 있소?" 상대방이 물었다. "뭘 할 줄 알죠?"

"막일, 뱃일을 할 수 있고 속기는 못 하지만 타자도 칠 줄 압니다. 말도 탑니다. 어떤 일이든 하고 싶습니다. 뭐든지 부딪쳐 볼 생각입니다." 마틴의 답변은 이랬다.

상대방은 끄덕였다.

"좋아요. 나는 도슨, 조 도슨이오. 세탁부를 구하고 있소."

"그건 심한데요." 마틴은 여자들이 입는 하얗고 나풀나풀한 옷가지를 다리는 자신의 모습이 떠올랐다. 하지만 상대방이 마음에 들어서 덧붙였다. "그냥 빨래라면 할 수 있습니다. 배를 타면서 배웠어요." 조 도슨은 잠시 생각에 잠겼다.

"이봐, 함께 일할 조건을 상의해 보자고. 들어 보겠나?"

마틴은 끄덕였다.

"작은 세탁소이고, 교외에 있는 셸리 핫 스프링스 호텔에 딸려 있네. 사장과 조수, 둘이서 일하고, 내가 사장이야. 자네는 나와 함께 일하는 게 아니라 내 밑에서 일하는 거야. 일을 배울 생각이 있나?"

마틴은 잠시 생각해 보았다. 솔깃한 얘기였다. 그 일을 하는 몇 달 동안 공부할 수 있는 시간이 생길 것이다. 일도 공부도 열심히 할 수 있을 것이다.

"푸짐한 식사에 따로 방을 주지." 조가 말했다.

그것으로 결정이 되었다. 혼자 쓰는 방이 있으면 구박받지 않고도 한밤에 등잔불을 밝힐 수 있을 것이다.

"그런데 일은 지옥 같아." 상대방이 덧붙였다.

마틴은 우람한 어깨 근육을 보란 듯이 쓰다듬었다. "일로 얻어진 거죠."

"그러면 본론으로 들어가지." 조는 손을 머리에 대고 잠시 가만히 있었다. "이런, 그래도 이게 기찬 머리인데, 지금은 거의 먹통이야. 어젯밤 모든 걸 순서대로 정리해 뒀지. 모든 걸. 자, 조건은 이거야. 우리 두 사람의 임금은 100달러에 숙식 제공이야. 여태까지는 내가 60달러를 빼먹고 조수에게는 40달러를 줬네. 그런데 그는 경력자였어. 자네는 경험이 없잖나. 내가 자네를 훈련시켜야 하니까, 초반에는 내가 자네 일까지 많이 해 줘야 하거든. 그러니 자네 급여는 30달러로 시작해서, 차차 40달러까지 올려 가자고. 나는 공평하게 할 거야. 자네가 제 몫을 하게 되면 바로 40달러를 주지."

"당신 말대로 하죠." 마틴은 손을 내밀어 상대방과 악수하며 말했다. "선금은 없나요? 기차 삯이나 그 밖에 경비라도?"

"다 마셔 버렸어." 조는 서글프게 답하면서 아픈 머리에 또 손을 얹었다. "돌아갈 기차표밖에 없어."

"그런데 나는 하숙비를 내고 나면 빈털터리예요."

"떼먹어." 조가 조언했다.

"그럴 순 없어요. 누나한테 진 빚이라."

조는 난처해서 휘파람을 길게 불고는 머리를 쥐어짰으나, 대안이 나오지 않았다.

"술 한 잔 살 돈은 있어." 그는 절망적으로 말했다. "가지. 우리가 뭔가 생각해 낼 수도 있지."

마틴은 따라나서지 않았다.

"술 끊었나?"

마틴이 끄덕이자 조는 탄식했다. "내가 술을 끊어야 하는데. 그런데 나는 웬일인지 그게 안 된다네." 그는 지친 듯이 말했다. "한 주 내내 지옥에 있는 것처럼 일하고 나면, 그냥 술 마시러 가게 돼. 그러지 않으면 내 목을 자르든지 세탁소에 불을 질러 버리게 될 테니까. 그래도 자네가 술을 안 마신다니 다행이야. 앞으로도 마시지 말라고."

마틴은 이 사람과 자신 사이의 어마어마한 간극을 알았다. 그건 책이 만들어 낸 간극이었다. 그래도 그 격차를 도로 넘어가는 데 아무런 어려움이 없었다. 평생을 노동 계급의 세상에서 살아온 그에게 노동자에 대한 동지애는 제2의 천성이었다. 상대방이 아픈 머리로 감당하지 못하는 교통 문제를 그가 해결했다. 조의 기차표에 제 트렁크를 얹어서 셸리 핫 스프링스로 부치고, 자기는 자전거를 타고 가기로 한 것이다. 70마일 거리이니, 일요일에 자전거를 타고 가면 월요일 아침부터 일할 수 있을 것이다. 그전에 집에 돌아가 짐을 꾸려야 했다. 작별 인사를 할 사람은 없었다. 루스와 그녀의 가족은 시에라 산맥의 타호 호수에서 긴 여름휴가를 보내고 있었다.

일요일 밤 그는 지치고 먼지를 뒤집어쓴 채로 셸리 핫 스프링스에 도착했다. 조는 열렬히 그를 맞이했다. 아픈 머리에 젖은 수건을 두르고 하루 종일 일했던 것이다.

"자네를 데려오느라고 지난주의 빨랫거리가 밀려 있었어." 그는 설명했다. "자네 트렁크는 잘 도착해서 자네 방에 있다네. 그런데 그거 트렁크라 하기에는 너무 무겁더라고. 안에 뭐가 들어 있나? 금덩어리라도 있는 거야?"

마틴이 짐을 푸는 동안 조는 침대에 걸터앉아 있었다. 그 상자는 원래 아침 식사용 인스턴트식품 상자였는데, 히긴보삼은 그에게 그걸 내주면서 반 달러를 물렸다. 마틴이 재주껏 못을 박고 손잡이로 밧줄을 두 개 둘러, 짐수레에 싣기 좋게끔 개조했다. 몇 장의 셔츠와 갈아입을 속옷 다음에 나오는 책들을, 그리고 계속 나오는 책들을 보면서 조는 눈이 휘둥그레졌다.

"밑바닥까지 다 책이야?" 그가 물었다.

마틴은 끄덕이고, 그 방에 세면대 대용으로 놓여 있는 식탁에 책들을 정리해 놓았다.

"허!" 조는 내뱉은 다음, 머릿속으로 이 사태를 파악하며 묵묵히 있다가, 마침내 말했다.

"이봐, 자네는 여자한테 관심이 별로 없지?" 그는 물었다.

"없어요." 답변은 이랬다. "예전에는 여자를 쫓아다녔지만 책에 매달리게 됐거든요. 그 후로는 시간이 없어요."

"여기서도 시간은 없을 거야. 일하고 자는 게 다지."

마틴은 다섯 시간에 불과한 제 수면 시간을 생각하고 미소 지었다. 그 방은 세탁실 바로 위층이었고, 발동기가 있는 곳과 같은 층이었다. 그 발동기는 물을 길어 올려 전기를 만들고 세탁기를 돌렸다. 옆방의 기술자는 새 일꾼에게 인사하러 왔다가, 마틴의 전구 설치 작업을 도와주었다. 전구는 선을 늘여서 침대까지 올 수 있도록 했다.

다음 날 아침, 마틴은 6시 15분에 일어나서 6시 45분에 아침 먹을 채비를 했다. 세탁소 건물에는 종업원들을 위한 욕조가 있는데, 그는 냉수 목욕을 하여 조를 기절할 만큼 놀라게 했다.

"어라! 자넨 참 걸물이군!" 호텔 주방 구석에 앉아 아침을 먹으면서 그는 말했다.

식탁에는 그 둘과 기술자 외에도, 정원사와 그의 조수, 그리고 축사에서 일하는 두세 명의 일꾼이 함께 앉아 있었다. 그들은 말도 거의 없이 침울하고 급하게 먹기만 했다. 마틴은 자신이 그들의 상태로부터 얼마나 멀리 왔는지를 실감했다. 그들의 빈한한 정신적 용량에 맥이 빠져서 벗어나고만 싶었다. 그래서 쿰쿰하고 질척거리는 아침 식사를 그들만큼이나 빨리 해치웠고, 주방 문을 나서며 안도의 한숨을 내쉬었다.

작은 증기 세탁소는 장비가 완벽하게 구비되어, 최신식 기계가 기계로서 할 수 있는 모든 일을 해냈다. 몇 마디 지침을 들은 후 마틴은 산더미 같은 빨랫거리를 분류했으며, 조는 비누 으깨는 기구를 돌려 연질 비누를 만들었다. 연질 비누에 함유된 독한 화학약품 탓에 조는 미라처럼 입과 코와 눈에 목욕 수건을 칭칭 감아야 했다. 분류를 마친 마틴이 탈수를 도왔는데, 분당 수천 번 돌아가는 회전 용기에 빨래를 던져 넣으면 원심력으로 물기가 짜졌다. 그런 뒤 마틴은 건조기와 탈수기 사이를 오가며 중간중간 양말과 스타킹을 털어 말렸다. 오후에 다리미가 데워지는 동안 한 사람은 압착 롤러에 양말과 스타킹을 집어넣어 짜고, 다른 한 사람은 물기가 빠진 그것들을 쌓아 놓았다. 그다음 다림질을 하고 속옷들을 빨았다. 6시가 되자 조가 안되겠다는 듯 머리를 저었다.

"아직 멀었어." 그가 말했다. "저녁 먹고 일해야 해." 저녁 식사 후 그들은 작열하는 전깃불 아래 10시까지, 마지막 속옷가지를 다리고 개어 분류함에 넣을 때까지 일했다. 캘리포니아의 밤은 더웠다. 빨갛게 달아오른 다리미용 난로의 열기까지 더해져, 창문을 활짝 열어 놓아도 용광로와 다름없었다. 마틴과 조는 속내의만 입은 채 맨팔로 일하면서도 땀범벅이 되어 헐떡거렸다.

"열대에서 뱃짐 지는 것 같군요." 위층으로 올라가면서 마틴은 말했다.

"자네 일 좀 하는데." 조가 답했다. "일솜씨가 제법이야. 그런 속도로 배워 나가면 30달러는 한 달만 받아도 되겠어. 다음 달부터 40달러를 받게 될 거야. 그런데 전에 다림질을 해 본 적 없다고 말하지 마. 난 보는 눈이 있다고."

"평생 헝겊 쪼가리 하나 다려 본 적 없어요." 마틴은 항의했다.

방에 들어가자 급격히 느껴지는 피로에 그는 놀랐다. 열네 시간 동안 선 채로 잠시도 쉬지 않고 일했다는 사실을 잊고 있었다. 자명종을 6시에 맞춰 놓았다. 거기서부터 다섯 시간을 거꾸로 계산하면 1시, 그때까지는 책을 읽을 수 있었다. 신발을 벗어 부은 발을 풀어 놓은 다음 책을 들고 탁자에 앉았다. 피스크의 책에서 읽다 만 곳을 열었다. 하지만 잘 읽히지 않아 다시 읽기 시작했다. 잠시 후 그는 딱딱하게 굳은 근육의 통증을 느끼며 잠에서 깨어났고, 창문으로 불어 들어오는 산바람은 선선했다. 시계를 보니 2시였다. 네 시간이나 잔 것이다. 그는 옷을 벗고 침대에 기어들어 베개가 머리에 닿는 순간 곯아떨어졌다.

화요일도 전날보다 덜하지 않은, 끊임없는 노역의 날이었다. 조가 일하는 속도에 마틴은 탄복했다. 일에 관한 한 그는 한 다스의 악마

197

와 맞먹었다. 최고조를 유지했고, 긴 하루 동안 단 한 순간도 허투루 놓치지 않았다. 일에 전념하고 시간 절약에 집중했으며, 세 번만 움직여 할 수 있는 일을 마틴이 다섯 번에 걸쳐 한다거나 두 번으로 될 걸 세 번씩이나 한다고 지적했다. 그를 지켜보고 따라 하면서 마틴은 '무용한 동작 제거'를 염두에 두었다. 그는 빠르고 솜씨 좋게 일하는 훌륭한 일꾼으로서, 누구도 자기 일을 덜어 주거나 자기보다 잘할 수 없다는 자부심이 있었다. 이로 인해 그는 비슷한 목적의식 하나로, 동료가 툭툭 던지는 암시나 제안을 탐욕스럽게 잡아챘다. 칼라와 소맷부리의 '문질러 닦아 내기'는 다림질할 때 기포가 생기지 않도록 천이 두 겹으로 접혀 생긴 틈에서 물풀을 문질러 없애는 작업인데, 조의 입에서 칭찬이 나올 만큼 빠른 속도로 해냈다.

　손이 놀 틈이라고는 결코 없었다. 조는 아무것도 기다리지 않았고, 어떤 것 때문에도 지체하지 않았으며, 이 일에서 저 일로 계속 건너다녔다. 그들은 흰 셔츠 2백 장에 풀을 먹였는데, 단 한 번에 셔츠 한 장을 소맷단, 목깃, 어깨, 가슴 부위만 밖으로 나오도록 오른손으로 몰아 쥐고 왼손으로는 다른 부위가 노출되지 않도록 감싸면서, 뜨거운 풀에 담가 빙빙 돌렸다. 그 풀이 어찌나 뜨거운지 그걸 짜내려면 손을 연신 찬물에 담갔다 꺼내야 했다. 그날 밤 그들은 주름지고 하늘거리는 섬세한 여성 의류를 '고급 풀'에 담그느라 10시 반까지 일했다

　"열대의 더위는 참아도 뜨거운 옷가지는 못 참겠군요." 마틴은 웃었다.

　"내가 그러면 실업자가 돼." 조는 진지하게 답했다. "세탁일밖에

모르니까."

"그래도 세탁일은 잘 알잖아요."

"그럴 수밖에. 열한 살에 오클랜드의 콘트라 코스타에서 옷을 털어 압착 롤러에 넣는 일로 시작했어. 그게 18년 전인데, 그 후로 다른 일은 손대 본 적도 없거든. 그래도 여기 일이 내가 해 본 일 중에 제일 힘들어. 적어도 한 사람은 더 있어야 해. 우린 내일 밤도 일해야 해. 매주 수요일 밤에 압착 롤러를 돌리거든. 다림질 대신으로 칼라와 소맷단을 넣는단 말이야."

마틴은 자명종을 맞춰 놓고 탁자에 다가앉아 피스크를 펼쳤다. 첫 문단도 다 읽지 못했다. 글줄이 흐릿해지더니 뒤엉켰고, 그의 머리가 끄덕거렸다. 그는 주먹으로 머리를 세게 치면서 서성였으나, 졸음을 이길 수 없었다. 책을 눈앞에 세워 놓고 손가락으로 눈꺼풀을 받쳐 봤지만, 눈을 뜬 채로 잠들고 말았다. 마침내 굴복한 그는 자기가 뭘 하는지도 모르는 채 옷을 벗고 침대에 누웠다. 7시간을 짐승처럼 깊이 자고 나서 자명종 소리에 깼으나, 여전히 잠이 모자란 느낌이었다.

"독서 많이 해?" 조가 물었다.

마틴은 고개를 절레절레 저었다.

"걱정 마. 오늘 밤에는 압착 롤러를 돌려야 하지만, 목요일에는 6시에 일을 마칠 거야. 그럼 자네가 책 읽을 시간이 있겠지."

그날 마틴은 모직물을 빨았다. 커다란 통에 빨래를 넣은 뒤 독한 비누를 풀었고, 머리 위 용수철 막대와 연결된 피스톤 막대에 마차 바퀴를 꽂아 손으로 돌리는 식으로 빨래를 저었다.

"내 발명품이야." 조가 자랑스럽게 말했다. "빨래판에 문지르거나 자네 손으로 주무르는 것보다 나은 데다, 일주일에 적어도 15분은 절약하게 해 주거든. 이 일에는 15분도 허투루 새 나가면 안 돼."

칼라와 소맷단을 압착 롤러로 누르는 것도 조의 아이디어였다. 그날 밤 전깃불 아래 일하면서 그는 설명했다.

"여기 말고 다른 세탁소에서 이렇게 하는 데는 없어. 토요일 오후 3시에 일을 마치려면 나는 이러는 수밖에 없는데, 그 방법을 안다는 거지. 그게 차이야. 적당한 온도에 적당한 압력으로 세 번을 돌리는 거야. 이거 보라고!" 그는 소맷단 하나를 치켜들었다. "손으로 다려도, 타일장이가 한다 해도 이보다 빳빳하게 만들 수는 없을 거야."

목요일, 조는 격노했다. '고급 풀' 한 꾸러미가 들어온 것이다.

"이 짓을 때려치우겠어!" 그는 선언했다. "더 이상은 못 참아. 딱 집어치우겠어. 일주일 내내 몇 분을 아껴 가며 노예처럼 일해 봤자 무슨 소용이야? 그들이 남는 고급 풀을 나한테 계속 떠안기는데! 여기는 자유 국가고, 난 그 뚱뚱한 네덜란드 놈에게 내가 그자를 어떻게 생각하는지 똑똑히 말해 주겠어. 프랑스어로 하지도 않을 거야. 평범한 미국 말로도 난 할 말 다 할 수 있어. 그 자식이 남는 고급 풀을 계속 떠맡기다니!"

다음 순간 운명에 복종하여 제 판단을 번복하면서, 그는 말했다. "오늘 밤 일해야 되겠어."

그 밤 마틴은 책을 읽지 않았다. 한 주 동안 신문도 전혀 보지 않았는데, 그답지 않게 보고 싶은 욕구조차 들지 않았다. 그는 뉴스에 관심이 없었다. 무엇에 관심을 가지기엔 너무 지치고 물려 있었다. 그럼에도 토요일 오후 3시에 일이 끝나면 자전거를 타고 오클랜드에

갈 생각이었다. 70마일 거리를 자전거로 달려가서, 일요일에 그만큼
의 거리를 달려오면, 남는 시간은 다음 주의 근무를 위해 쉴 수밖에
없을 것이다. 기차로 다녀오면 훨씬 낫겠으나 왕복 차비가 무려 2달
러 50센트에 달했다. 그는 돈을 모아야 했다.

17장

마틴은 많은 것을 배웠다. 첫 주의 어느 오후, 그와 조는 2백 장의
흰 셔츠를 처리해야 했다. 압력 기능이 있는 강철 줄에 뜨거운 다리
미가 부착된 기계인 타일러를 조가 가동시켰다. 이 기계로 셔츠의
어깨 부위와 소맷단, 목깃 등을 다렸는데, 특히 목깃은 셔츠와 직각
이 되게 만들었고, 마무리로 가슴 부위에 광택을 더했다. 이 과정이
끝나자마자 그는 셔츠를 자신과 마틴 사이에 있는 선반에 집어 던졌
고, 마틴은 그걸 잡아채서 작업을 '보강'했다. 셔츠의 풀 먹이지 않은
모든 부위를 다리는 일이었다.

사람의 진을 빼는 그 일은 몇 시간이나 초고속으로 쉼 없이 계속
되었다. 호텔의 널찍한 베란다에서는 시원해 보이는 흰색 옷차림의
남녀들이 찬 음료수를 홀짝거리면서 몸을 식혔다. 그러나 세탁소는
푹푹 쪘다. 거대한 난로는 뜨겁게 달아올라 빨갛다 못해 흰색에 가
까운 빛을 낼 정도였고, 다리미는 축축한 옷가지를 타고 다니며 증
기를 구름처럼 피워 올렸다. 이들 다리미는 주부들이 쓰는 것과 열

기가 달랐다. 젖은 손가락을 대 볼 수 있는 수준이라면 조와 마틴에게는 너무 미지근한 것이라서, 그런 일반적인 측정 방식은 소용이 없었다. 그들은 다리미를 뺨에 가까이 대어 어떤 신비로운 정신적 과정으로 열기를 쟀는데, 마틴은 그 신비한 과정에 놀랐지만 그걸 이해할 수는 없었다. 새로 데운 다리미가 너무 뜨거울 경우에는 쇠막대에 걸어 찬물에 담갔다. 이 작업 역시 정밀하고도 미묘한 판단이 필요했다. 물에 담그는 시간이 몇 분의 1초만 길어져도 적절한 온도의 섬세하고 우아한 예각이 무뎌지기 때문에 마틴은 자신이 구사하는 정확성, 즉 기계 같은 무오류의 기준에 입각한 무의식적 정확성에 경이를 느끼게 되었다.

그런데 경이롭게 여길 새도 없었다. 마틴의 의식 전부가 일에 모아져 있었다. 그는 끊임없이 머리와 손을 움직이는, 지능을 가진 기계가 되었고, 그라는 사람을 이루는 전부가 그 지능을 제공하는 데 바쳐졌다. 그의 머릿속에는 우주라든가 그런 대단한 문제들이 있을 여지가 없었다. 정신의 널찍한 복도들은 차단되어 완전히 폐쇄되었다. 그의 영혼이 울리던 연주실은 좁은 사령탑이 됐고, 거기서부터 그의 팔과 어깨 근육으로, 민첩한 열 개의 손가락으로, 증기를 뿜어내며 빠르게 움직이는 다리미로 지시가 전달되었다. 그 결과 다리미는 더도 아니고 딱 정해진 횟수, 매번 한 치도 더 나아가지 않고 딱 정해진 만큼만 밀고 나아갔다. 그는 셔츠의 소매, 옆구리, 등짝, 뒷자락을 연달아 다린 다음 구겨지지 않게 옷걸이에 던져 걸었다. 던지면서도 다음 셔츠를 받을 준비를 하고 있었다. 이런 일을 끝없이 하다 보면, 바깥에서는 세상이 캘리포니아의 태양 아래 까무러치고 있었다. 그러나 과열된 세탁소에서는 까무러치는 일도 있을 수 없었다. 시원한 베란다의 손님들은 깨끗한 리넨 옷가지가 필요했다.

마틴은 땀을 쏟아 냈다. 물을 엄청나게 마셨지만 더위와 노동이 워낙 혹독하여 온몸의 틈새와 땀구멍으로 물이 도로 흘러나왔다. 바다에서 일할 때는 휴식 시간이 아니어도 언제나 자신과 교감할 수 있는 빈 짬이 있었다. 배를 통제하는 선장이 마틴의 시간도 통제했다. 그러나 여기에서는 시간만이 아니었다. 호텔 매니저는 마틴의 생각마저 통제하는 주인이었다. 마틴은 신경을 너덜거리게 하고 몸을 망치는 격무 외에는 어떤 생각도 하지 않았다. 그 밖의 것을 생각하기란 불가능했다. 그는 자기가 루스를 사랑한다는 것을 느끼지 못했다. 그녀는 존재하지조차 않았는데, 그의 혹사당한 영혼이 그녀를 기억할 시간이 없기 때문이었다. 다만 밤에 침대로 기어들어 갈 때, 또는 아침에 기어 나와 식사를 하러 갈 때, 스쳐 가는 기억 속에 그녀가 얼핏 모습을 드러낼 뿐이었다.

"여기는 지옥이지, 안 그래?" 한번은 조가 말했다.

마틴은 끄덕였으나 짜증이 났다. 그것은 너무나 당연해서 말할 필요가 없는 말이었다. 일하는 동안 그들은 말을 하지 않았다. 대화는 일의 흐름을 흐트러뜨렸다. 이번에도 그랬다. 마틴은 다림질 한 번을 놓쳤고 정상 속도를 되찾기 위해 두 번의 추가 동작을 해야 했다.

금요일 아침에는 세탁기가 돌아갔다. 일주일에 두 번 그들은 호텔의 모든 리넨 ─ 침대보와 베갯잇, 침대 커버, 식탁보, 냅킨 ─ 을 빨아야 했다. 이 일이 끝나면 '고급 풀'에 달려들었다. 시간이 오래 걸리고, 까다롭고, 세심한 주의가 필요한 작업이라서 마틴은 쉽사리 배우지 못했다. 게다가 위험을 무릅쓸 수도 없었다. 실수는 막대한 피해를 초래할 터였다.

"이거 봐." 한 손에 몰아 쥘 수 있을 만큼 얇은 코르셋 커버를 들고 조는 말했다. "이걸 눋게 하면 자네 봉급에서 20달러를 까야 해."

마틴은 그것이 눋지 않게 하려고 신경을 극도로 곤두세운 반면 근육의 긴장은 늦추면서, 조가 내뱉는 욕설을 동감하며 들었다. 제 손으로 빨래할 필요가 없는 여자들이 입는 예쁜 옷가지들 때문에 자신도 고생하고 있으니 말이다. '고급 풀'은 마틴의 악몽이자 조의 악몽이었다. 그들이 애써 아낀 시간을 그것이 다 빼앗아 갔다. 그들은 하루 종일 씨름했다. 저녁 7시에 호텔의 리넨들을 압착 롤러로 말리느라 잠시 '고급 풀' 작업에서 손을 떼었던 두 세탁부는 호텔 손님들이 잠자리에 든 10시에도 그 작업으로 땀을 빼고 있었다. 자정에도, 1시에도, 2시에도 마찬가지였다. 2시 반에야 그들은 작업을 마쳤다.

토요일 아침에 다시 '고급 풀' 작업과 잡다한 일이 있었고, 오후 3시에 한 주의 일과가 끝났다.

"이 상태에서 오클랜드까지 70마일을 자전거로 가려는 건 아니겠지?" 계단에 앉아 승리의 담배를 한 대 피우면서 조가 물었다.

"가야 해요." 마틴의 답변이었다.

"뭐 하러 가는데? 여자 만나러?"

"아니요. 자전거를 타고 가면 2달러 50센트의 기차 삯을 아낄 수 있어요. 도서관에서 빌린 책의 대출 기한을 연장해야 해요."

"책들을 속달로 부쳐서 다시 받지 그래? 편도에 25센트밖에 안 들어."

마틴은 그 방법을 고려해 보았다.

"내일은 쉬라고." 조는 강권했다. "넌 휴식이 필요해. 나도 그렇고. 난 완전히 기진맥진이야."

조는 그렇게 보였다. 한 주 내내 불굴의 의지로 잠시도 쉬지 않고 일분일초를 다투던, 지연을 교묘히 피하고 장애를 돌파해 온, 마르지 않는 힘의 원천이자 고성능 인간 동력기이며 일벌레이던 그가, 과업을 달성한 지금 무너지고 있었다. 그는 핼쑥하고 초췌했으며, 잘생긴 얼굴이 맥없이 늘어져 있었다. 담배도 힘없이 빨았고, 목소리는 이상하리만치 메마르고 단조로웠다. 모든 활력과 열정이 그로부터 빠져나가 버렸다. 그의 승리는 슬픈 승리였다.

"다음 주에 우리는 이 모든 일을 반복해야 해." 그는 서글프게 말했다. "그런데 그래 봤자 무슨 소용일까, 응? 가끔 난 내가 부랑자였으면 좋겠다는 생각이 들어. 그들은 일하지 않고도 먹고 살잖아. 아! 맥주를 한잔하고 싶구먼. 하지만 맥주 마시러 마을로 내려갈 기운이 없어. 그냥 여기 머물고 책은 속달로 보내라고. 그러지 않으면 넌 바보야."

"그럼 난 일요일에 여기서 하루 종일 뭘 하죠?" 마틴이 물었다.

"쉬어. 넌 자신이 얼마나 피곤한지 몰라. 난 일요일에 너무나 피곤해서 신문조차 읽을 수가 없어. 한 번 아픈 적이 있었지. 장티푸스였어. 두 달 반 병원에 입원해 있는 동안 일이란 건 손도 대지 않았어. 아주 좋았어."

1분쯤 후에 그는 꿈을 꾸듯이 되풀이했다. "아주 좋았어."

마틴이 목욕을 하고 나니 그의 상관은 사라지고 없었다. 필시 그가 맥주를 마시러 갔으리라는 생각이 들었지만, 그를 찾으러 마을까지 반 마일이나 가 본다는 건 너무 먼 걸음인 듯싶었다. 마틴은 신발을 벗고 침대에 누워 뭘 할지 고민했다. 그는 책 쪽으로 손을 뻗치지 않았다. 너무 피곤해서 졸리지도 않았다. 그는 저녁 식사 시간이 될 때까지 거의 아무 생각 없이 반쯤 혼수상태로 있었다. 조는 저녁 식사에도 오지 않았고, 정원사는 그가 술집을 거덜 내고 있을 거라고 말했다. 마틴은 이해가 됐다. 식사 후에 그는 바로 잠자리에 들었고, 이튿날 아침 일어나 많이 쉬었다고 판단했다. 조는 여전히 보이지 않았고, 마틴은 일요일자 신문을 사서 나무 그늘진 구석에 누웠다. 오전이 어떻게 갔는지 모르게 지나갔다. 그는 잠을 자지 않았고 방해하는 사람도 없었는데 신문을 다 읽지 못했다. 그는 오후에 신문을 다시 읽기 시작했고, 저녁 식사 후에도 읽었으나, 결국 신문을 펼친 채로 잠들어 버렸다.

그렇게 일요일이 지났고, 월요일 아침 그는 빨랫감을 분류하는 일에 매달렸다. 이마에 수건을 질끈 묶은 조는 끙끙대고 욕지거리를 해대면서 세탁기를 돌리고 연질 비누를 섞었다.

"어쩔 수가 없어." 그는 해명했다. "토요일 밤이 돌아오면 난 술을 마셔야만 해."

또 한 주가 지나갔다. 매일 밤 전깃불 아래 치러지는 격렬한 전투는 토요일 오후 3시에 완결되었으며, 조는 시들한 승리를 맛본 다음 다 잊기 위해 마을로 내려갔다. 마틴의 일요일은 지난주와 같았다. 나무 그늘에서 낮잠을 잤고, 별 뜻 없이 신문을 읽으려고 애쓰다가, 아무것도 하지 않고 아무 생각도 없이 몇 시간 동안 그저 누워

만 있었다. 그런 자신이 마음에 들지 않았으나 생각을 하기에는 머리가 너무 멍했다. 자신이 퇴화 과정을 거치고 있거나, 아니면 원래부터 형편없었으리라는 자기혐오에 빠졌다. 그의 안에 있던 신과도 같았던 모든 것들이 흐릿해져 버렸다. 야망의 박차는 무디어졌다. 그 쑤시는 자극을 느낄 활력이 그에게는 없었다. 그는 죽은 거나 다름없었다. 영혼이 죽어 버린 듯했다. 그는 짐승, 일하는 짐승이었다. 초록 잎사귀 사이로 비쳐 드는 햇살에서 어떤 아름다움도 보지 못했고, 푸르른 천구도 예전처럼 속삭이지 않았다. 우주의 광대함과 탄로 날까 봐 떨고 있는 비밀들을 암시해 주지도 않았다. 인생은 참을 수 없을 만치 따분하고 어리석은 것이라서, 그는 입맛이 썼다. 그의 내면적 통찰의 거울에 검은 막이 드리워졌고, 상상력은 빛줄기 하나 들지 않는 캄캄한 병실에 누워 있었다. 마을로 내려가서 기세등등하게 술집을 거덜 내고 있을, 술김에 별별 생각을 다 하면서 감상적인 일들에 감상적인 방식으로 기뻐하면서, 멋지고도 영광스럽게 취한 채 다가오는 월요일과 한 주간의 진 빠지는 노역을 잊고 있을 조가, 그는 부러웠다.

세 번째 주가 지나자 마틴은 자기 자신에게 신물이 났고, 인생에도 신물이 났다. 실패했다는 생각에 짓눌렸다. 편집자들이 그의 원고를 거절한 이유가 있었다. 이제 그는 명백히 알 수 있었고, 자신과 자신이 꾸었던 꿈을 비웃을 수 있었다. 루스는 그의 『바다 서정시』를 우편으로 되돌려 주었다. 그녀는 자기가 그 시들을 매우 좋아하며 그 시들이 아름답다고 말하려고 최선을 다했다. 그러나 그녀는 거짓말을 할 수 없었고, 제 눈에 보이는 진실을 스스로 가릴 수도 없었다.

그녀는 그 시들이 실패작임을 알았으며, 그는 그녀 편지의 형식적이고 열의 없는 글줄 하나하나에서 그녀의 불만을 읽어 냈다. 그녀가 옳았다. 그는 그 시들을 다시 읽으며 그 점을 확실히 납득했다. 아름다움과 경이가 이미 떠난 뒤, 그는 그 시들을 읽으면서 자기가 그것들을 쓸 때 도대체 무슨 생각을 했는지 알 수 없었다. 이제 문장의 대담함은 기괴함으로, 탁월하다고 생각했던 표현은 기형적으로 보였다. 모든 것이 터무니없고, 비현실적이며, 불가능했다. 그가 의지만 강했다면 『바다 서정시』를 당장 불태워 버렸을 것이다. 기관실이 있었으나, 화로까지 그 원고를 들고 가느라고 기운 쓸 까닭도 딱히 없었다. 그의 기운은 다른 이들의 옷을 세탁하는 데 다 쓰였다. 개인적인 일에 쓸 여력이 없었다.

그는 일요일이 되면 정신을 차리고 루스에게 답장을 쓰리라고 마음먹었다. 그런데 토요일 오후, 일을 마친 뒤 목욕을 하고 나자, 다 잊어버리고 싶은 욕망이 그를 압도했다. "마을에 내려가서 조가 어쩌고 있는지 봐야겠어." 그는 이렇게 혼잣말했다. 그리고 그 순간 자기가 거짓말을 하고 있음을 알았다. 하지만 그 거짓말에 대해 생각해 볼 기력도 없었다. 기력이 있었다 해도 잊기를 원하기 때문에 생각하지 않았을 것이다. 그는 느긋하게 마을을 향해 출발했고, 술집에 가까워질수록 자신도 모르게 걸음이 빨라졌다.

"자네 술 끊은 줄 알았는데." 조의 환영사였다.

마틴은 변명 따위는 하지 않고 위스키를 시켜서 잔에 가득 따른 다음, 병을 넘겼다.

"밤새 그 얘기를 하지는 말아요." 그는 거칠게 말했다.

상대방은 병을 받고 뜸을 들였다. 마틴은 기다리지 않고 제 잔을 단숨에 들이켠 뒤 다시 채웠다.

"이제 기다려 줄게요." 그는 매섭게 말했다. "하지만 서둘러요."

조가 급히 잔을 비웠고, 둘은 함께 마시기 시작했다.

"일 때문이지, 응?" 조가 물었다.

마틴은 그 문제를 거론하고 싶지 않았다.

"정말로 지옥이야, 내가 알지." 상대방은 계속했다. "그래도 난 네가 다시 술 마시는 꼴을 보기가 어쩐지 싫어, 마트. 그래, 이렇게 됐어!"

마틴은 묵묵히 술을 마시면서 주문을 하거나 상대에게 술을 권하는 말만 내뱉었다. 촉촉한 푸른 눈에 가운데 가르마를 탄 나약한 시골뜨기 청년 바텐더는 쩔쩔맸다.

"그놈들이 우리가 비참해지도록 부려먹는 게 괘씸해." 조가 얘기하고 있었다. "내가 취하지 않았다면 꼭지가 돌아서 세탁소를 불 질러 버렸을 거야. 내가 취한 덕분에 그놈들이 무사한 거라고. 이건 정말이야."

그러나 마틴은 응대하지 않았다. 몇 잔 더 들이켜자, 그의 뇌에서 취기로 인한 별난 생각들이 꿈틀거리기 시작했다. 아, 이것이 사는 것이지, 3주 만에 처음 호흡하는 생명의 숨이었다. 그의 꿈들이 그에게 돌아왔다. 캄캄한 방에서 나온 상상이 이글거리는 빛이 되어 그를 유혹했다. 그의 통찰의 거울은 깨끗한 은빛으로, 눈부시게 번쩍이는 여러 겹의 영상들을 비추었다. 경이와 아름다움이 그와 함께 손에 손을 잡고 걸었으며, 모든 힘이 그의 것이었다. 그는 그 얘기를 조에게 하려고 애썼으나, 조는 제 나름의 전망에, 노예와 같은 세탁부 신세를 벗어나서 자신이 커다란 증기 세탁소의 주인이 된다는 빈틈없는 구상에 빠져 있었다.

"내가 분명히 말하지, 마트, 내 세탁소에서는 어린애들에게 일을 시키지 않을 거라고. 절대로 그러지 않을 거야. 그리고 저녁 6시 이후에는 일하는 사람이 아무도 없을 거야. 내 말 들으라고! 기계도 충분히, 일손도 충분히 있어서 정상적인 근무 시간에 일이 다 끝날 거야. 그러니 마트, 나를 도와줘. 내가 자네를 세탁소의 총감독 자리에 앉히겠어. 일 전반을, 모든 일을 자네한테 맡긴다고. 자, 이게 계획이야. 내가 술을 끊고 2년 동안 돈을 모아서, 모은 다음에…"

하지만 마틴은 조를 외면하고 그가 바텐더에게 계속 얘기하도록 내버려 두었다. 그러고 두 농부에게 술을 사겠다고 바텐더에게 알렸고, 농부들은 술집에 들어서다 술을 받았다. 마틴은 모든 이에게, 농장 일꾼들, 마부, 호텔 정원사의 조수, 바텐더, 그리고 그림자처럼 미끄러져 들어와 술집 끝에서 얼쩡대는 엉큼한 부랑자에게 한껏 선심을 썼다.

18장

월요일 아침, 조는 세탁기로 밀고 갈 첫 번째 수레에 빨랫거리를 채우면서 신음했다.

"정말이지…" 그는 시작했다.

"나한테 하소연하지 마요." 마틴은 으르렁거렸다.

점심을 먹기 위해 일을 중단한 정오에 그는 말했다. "미안해요, 조."

조의 눈에 눈물이 고였다.

"괜찮아, 이 친구야." 그는 말했다. "우린 지옥에 있으니 어쩔 수가 없어. 너도 알지? 내가 널 무척 좋아한다는 거. 그래서 마음이… 아팠어. 난 처음부터 너한테 정이 가더라고."

마틴은 쑥스러워 손을 저었다.

"우리 이 짓 그만두자." 조는 제안했다. "집어치우고 떠돌며 살자고. 시도해 본 적은 없지만 어려울 리가 없어. 아무것도 할 일이 없을 테니까. 생각해 봐, 할 일이 아무것도 없다고. 내가 한 번 아파 봤는데, 장티푸스에 걸려서 병원에 있었단 말이야. 아주 좋았어. 다시 아팠으면 좋겠어."

그 주는 질질 늘어졌다. 호텔은 만원이고 여분의 '고급 풀'이 그들에게 쏟아졌다. 그들은 용맹스럽게 임했다. 매일 밤 전기 불빛 아래 늦게까지 전투를 치렀으며, 끼니를 순식간에 해치웠고, 심지어 아침 식사 전에 반 시간 더 일했다. 마틴은 더 이상 냉수욕을 하지 않았다. 매 순간 돌진, 돌진, 돌진이었고, 조는 순간들을 양떼처럼 모는 뛰어난 목자였다. 조심스럽게 몰았고, 단 한순간도 잃어버리지 않았다. 구두쇠가 금덩어리를 세듯 순간들을 하나하나 알뜰히 세었다. 조는 미친 듯이 일하는 열성적인 기계였으며, 한때 자신이 마틴 에덴이라는 인간이었다고 생각하는 또 다른 기계의 능숙한 도움을 받고 있었다.

마틴이 생각을 할 수 있는 순간은 매우 드물었다. 생각의 집은 닫혔고, 창문들은 판자로 막혔으며, 그는 그 집의 그림자 같은 관리인이었다. 그는 망령이었다. 조가 옳았다. 그들은 둘 다 망령이었고, 여기는 끝없는 노동의 지옥이었다. 아니면 이것은 꿈인가? 가끔, 증기를 뿜어 대며 지글거리는 열기 속에서, 그가 무거운 다리미를 앞뒤로 밀어 흰 옷가지를 다릴 때, 이건 꿈이라는 생각이 들었다. 잠시 후에, 아니 어쩌면 천 년쯤 후에, 그는 잉크로 얼룩진 탁자가 있는 제작은 방에서 깨어 그 전날 쓰다 만 글을 이어서 쓸 것이다. 아니 어쩌면 그것 또한 꿈이라서, 그는 일어나 근무를 교대할 것이다. 덜컥한쪽으로 쏠리는 선원실의 침대에서 뛰어내려 갑판으로 올라가, 적도의 별들 아래 타륜을 잡고 몸속으로 파고드는 서늘한 무역풍을 맞을 것이다.

토요일이 왔고, 오후 3시의 공허한 승리가 왔다.

"내려가서 맥주 한잔해야겠어." 주말의 붕괴를 알리는 괴상하도록 단조로운 어조로 조가 말했다.

마틴은 갑자기 정신이 번쩍 드는 것 같았다. 연장 가방을 열어 자전거 바퀴에 기름을 칠하고, 체인에 흑연을 바르고 베어링을 조절했다. 마틴은 자전거 핸들 위로 몸을 숙인 채 술집까지 반쯤 걸어간 조를 지나쳤다. 다리로는 96링크의 기어를 규칙적인 힘으로 돌리면서, 70마일의 거리와 비탈과 먼지를 무릅쓸 준비가 된 표정이었다. 그날 밤 그는 오클랜드에서 자고 일요일에 70마일을 다시 달려 돌아왔다. 월요일 아침, 그는 피곤한 채로 새로운 한 주의 일과를 시작했으나 정신은 말짱했다.

다섯 번째 주가 지나고 여섯 번째 주가 지나는 동안, 그는 기계처럼 일하면서 살았다. 다만 그의 안에 기계 이상의 번득임이, 영혼의 깜박임이 있었다. 그것이 그로 하여금 주말마다 140마일을 질주하게 했다. 그러나 이건 휴식이 아니었다. 기계를 한도 이상으로 돌리는 것과 같은 짓이라서, 이전 삶으로부터 그나마 그에게 남아 있던 영혼의 깜박임을 꺼뜨리는 데 기여할 뿐이었다. 일곱 번째 주말, 그러고 싶다기보다 그러지 않으려고 버틸 힘이 없어서였다. 그는 조와 함께 마을로 내려가 삶을 술로 달랬고, 삶을 되찾았다. 월요일 아침이 될 때까지.

다시, 주말마다 그는 140마일을 내달리면서, 너무 심한 고달픔으로 인한 무감각을 훨씬 더 심한 고달픔의 무감각으로 지웠다. 3개월이 되었을 때 그는 세 번째로 조와 함께 마을로 내려갔다. 그는 잊었고, 다시 살았다. 되살아난 그는 자신이 스스로를 짐승으로 만들고 있음을 명백히 깨달았다. 술이 아니라 일을 통해서. 술은 결과이지 원인이 아니었다. 낮 다음에 밤이 따라오듯, 일 다음에 술이 반드시 따라왔다. 일하는 짐승이 되는 걸로는 정상에 다다를 수는 없다는 것이 위스키가 그에게 속삭이는 메시지였으며, 그는 고개를 끄덕여 시인했다. 위스키는 현명했고, 제가 아는 비밀을 얘기해 주었다.

그는 종이와 연필을 부탁했고, 주위 모두에게 술을 돌렸다. 그러고 그들이 그의 건강을 기원하며 건배하는 동안 바에 바짝 붙어 종이에 휘갈겨 썼다.

"전보예요, 조." 그는 말했다. "읽어 봐요."

조는 그것을 주정꾼의 우스꽝스러운 곁눈질로 읽었다. 그러나 그 내용이 그의 정신을 번쩍 들게 한 것 같았다. 그는 마틴을 원망하는 눈으로 쳐다보았다. 그의 눈에 눈물이 고였다가 뺨으로 흘러내렸다.

"넌 나를 저버리려는 거야, 마트?" 그는 절망적으로 물었다.

마틴은 끄덕였고, 어슬렁대는 사람들 가운데 한 명을 불러 글귀가 휘갈겨진 쪽지를 전신국으로 갖고 가 달라고 부탁했다.

"잠깐." 조는 탁한 목소리로 중얼거렸다. "나도 생각 좀 할게."

다리가 풀려 그는 바를 붙잡았다. 마틴이 팔을 둘러 그가 생각하는 동안 부축해 주었다.

"세탁부 두 명이라고 고쳐." 그는 불쑥 말했다. "이봐, 그렇게 결정했어."

"왜 그만두려는 건데요?" 마틴은 물었다.

"너와 같은 이유야."

"난 배를 탈 거지만, 당신은 그걸 못하잖아요."

"못하지." 조는 대답했다. "그래도 떠돌아다니는 건 잘할 수 있어. 잘할 수 있고말고."

마틴은 잠시 그를 뚫어지게 쳐다보다가 외쳤다.

"정말로, 당신 말이 맞는 것 같아요! 일하는 짐승보단 떠돌이가 나아요. 당신은 이제껏 살아왔던 그 어느 때보다 잘 살 거예요."

"내가 한 번 병원에 입원한 적이 있었어." 조가 정정했다. "그때 아주 좋았다고. 장티푸스. 말했던가?"

마틴이 전보로 보낼 글귀에서 '세탁부 1인'을 '세탁부 2인'으로 바꾸는 동안 조는 말을 이었다.

"병원에 있는 동안 술을 전혀 마시고 싶지 않았어. 웃기지? 그런데 한 주 내내 노예처럼 일하고 나면, 나는 취해야만 해. 요리사들이 죽기 살기로 술 마신다는 걸 너도 알았어? 빵 굽는 사람들도 그렇다는 걸? 일이란 그런 거야. 그들은 그렇게 하지 않을 수가 없어. 어, 전보료의 반을 내가 낼게."

"주사위로 결정해요." 마틴이 제안했다.

"자, 모두 축배를 들자." 축축한 바에 주사위를 던지고, 조는 주위를 향해 소리쳤다.

월요일 아침 조는 잔뜩 기대에 부풀어 있었다. 두통을 아랑곳하지 않았고 일에도 관심이 없었다. 태만한 양치기가 창문으로 햇살과 나무를 바라보는 동안, 시간이 슬슬 새어 나가 사라져 버렸다.

"저걸 봐!" 그는 외쳤다. "저게 다 내 거야! 저게 다 공짜라고. 난 나무 아래 누울 수 있고, 자고 싶으면 천 년이라도 잘 수 있어. 오, 제발, 마트, 우리 집어치우자. 한시라도 지체할 필요가 뭐 있나? 저기 아무 할 일이 없는 세상이 있고, 난 거기로 가는 차표가 있는데. 그리고 그 차표는 왕복표가 아니라고, 하!"

몇 분 후, 빨랫거리를 세탁기로 나르기 위해 수레를 채우다가 조는 호텔 매니저의 셔츠를 알아보았다. 그는 그 셔츠의 상표를 알고 있었다. 문득 자유롭다는 생각에 도취되어 그는 셔츠를 바닥에 내던지고 마구 짓밟았다.

"네가 그 안에 있기를 바랐다, 돼지머리 네덜란드 놈아!" 그는 고래고래 소리 질렀다. "거기서, 바로 거기서 내가 네 놈을 찾아냈지! 맛 좀 봐라! 어떠냐! 맛이 어떠냐고! 빌어먹을 놈아! 누가 나 좀 말려 줘! 말려 줘!"

마틴은 웃었고 그를 다시 일로 끌어다 놓았다. 화요일 밤 새로운 세탁부들이 도착했고, 주말까지 남은 며칠은 그들에게 일과를 가르치느라고 흘러갔다. 조는 옆에 앉아서 일의 체계를 설명할 뿐 일은 더 이상 하지 않았다.

"손도 까딱하지 않겠어." 그는 선언했다. "손 하나 까딱하지 않겠다고. 나를 자르려면 자르라지. 그런데 그들이 자르면, 난 그만둔다고. 내 생애에 다시 일이란 없을 거야, 고맙게도 말이야. 나한테는 화물차를 얻어 타는 것과 나무 그늘에 누워 있는 게 맞아. 시작해, 너희 노예들아! 그래 일해. 노예처럼 땀 뻘뻘 흘리며 일해. 그렇게 일하다 죽으면, 너희도 나와 똑같이 썩을 텐데 어떻게 살든지 무슨 상관이냐고? 응? 말해 봐! 결국 무슨 차이가 있겠어?"

토요일, 그들은 급여를 받고 그곳을 떠나 갈림길에 다다랐다.

"너더러 마음을 바꿔서 나랑 함께 가자고 부탁해 봤자 소용없겠지?" 조가 별 기대 없이 물었다.

마틴은 고개를 저었다. 옆에 세워 둔 자전거는 출발 준비가 돼 있었다. 둘은 악수를 했는데, 조는 마틴의 손을 놓지 않고 잠시 있다가 말했다.

"난 너를 다시 만나게 될 거야, 마트, 너나 내가 죽기 전에. 이건 확실한 예감이야. 난 그냥 알아. 잘 가, 마트, 그리고 잘 지내. 너도 알다시피, 난 널 참 좋아해."

그는 길 한가운데 쓸쓸히 서서 마틴이 굽이를 돌아 시야에서 사라질 때까지 지켜보았다.

"저 녀석은 괜찮은 놈이야." 그는 중얼거렸다. "괜찮은 놈이지."

그는 물탱크 쪽으로 터벅터벅 내려갔다. 거기에는 상행 화물 열차에 이어질 빈 차량들이 대여섯 칸 측선에 늘어서 있었다.

19장

루스와 그녀의 가족들은 휴가지에서 귀가했다. 오클랜드로 돌아온 마틴은 그녀를 자주 만났다. 학위를 딴 후라 그녀는 더 이상 공부를 하지 않았다. 심신이 기진하도록 일한 마틴은 글을 쓰지 않았다. 이런 상황 덕분에 둘은 전에 없이 여유롭게 만날 수 있었고, 친밀감은 빠르게 무르익었다.

처음에 마틴은 아무 일도 하지 않고 쉬기만 했다. 잠을 많이 잤으며, 명상과 사색으로 긴 시간을 보내면서 아무것도 하지 않았다. 끔찍한 역경을 치른 다음 회복하는 사람 같았다. 시큰둥하게 반응하던 일간지에서 흥미를 발견했을 때, 깨어남의 첫 번째 징후가 보였다. 그는 다시 읽기 시작했다. 가벼운 소설과 시가 먼저였다. 며칠 후에는 오랫동안 방치했던 피스크의 책에 완전히 빠져 버렸다. 더할 나위 없는 신체와 건강은 새로운 활력을 만들어 냈고, 그에게는 젊음의 탄력과 복원력이 있었다.

충분한 휴식 후 다시 배를 타겠다고 그가 알리자, 루스는 실망감을 역력히 드러냈다.

"왜 그러고 싶은 거죠?" 그녀가 물었다.

"돈 때문이죠." 그의 대답이었다. "내가 편집자들을 다시 공격하려면 보급품을 쟁여 놓아야 하니까요. 내 경우에 전투력의 원천은 돈이에요. 돈과 끈기."

"하지만 바라는 게 돈뿐이라면, 왜 세탁소 일을 계속하지 않았죠?"

"세탁소가 나를 짐승으로 만들었기 때문이에요. 그런 일을 지나치게 많이 하면 술을 마시게 돼요."

그녀는 공포가 담긴 눈으로 그를 바라보았다.

"그 말은 당신이…?" 그녀의 목소리가 떨렸다.

난처한 질문을 피하는 게 그로서는 쉬운 일이었을 것이다. 그러나 그에게는 솔직해지려는 천성적 충동이 있었다. 그는 어떤 일이 있든 솔직하겠다는 예전의 결심을 기억했다.

"그래요." 그는 답했다. "바로 그거예요. 몇 번 마셨어요."

그녀는 몸을 떨었고 그로부터 물러섰다.

"내가 아는 어떤 남자도 술을 마시지 않았어요. 그런 짓을 하지 않았어요."

"그러면 그들은 셸리 핫 스프링스의 세탁소에서 일한 적이 없는 거겠죠." 그는 씁쓸하게 웃었다. "노동은 좋은 거예요. 모든 설교자들이 얘기하듯 건강 유지를 위해서 필요하고요. 그리고 맹세코 나는 일을 겁내 본 적이 없어요. 그런데 좋은 것도 너무 지나치면 곤란해지는 경우가 있는데, 세탁소가 바로 그렇죠. 그래서 한 번 더 바다로 나가려는 거예요. 내 생각에는 마지막 여행이 될 거예요. 돌아와서는 잡지들을 공략할 테니까요. 난 확신해요."

그녀는 냉담하게 말이 없었다. 지금껏 자기가 무엇을 겪어 왔는지 그녀가 이해하기란 불가능하다는 것을 실감하며, 그는 시무룩하게 그녀를 쳐다보았다.

"언젠가 그 경험을 글로 쓸 거예요. 『노동의 타락』이라든지 『노동 계급 음주의 심리학』이라든지, 그런 제목으로요."

첫 만남 이후 그날처럼 서로가 그렇게 동떨어진 것처럼 느껴진 적은 없었다. 솔직하지만 그 이면에 반발심이 깔린 그의 고백은 그녀를 물러나게 했다. 그러나 그녀는 자기를 물러나게 한 원인보다, 자기가 물러났다는 것 자체에 더 큰 충격을 받았다. 그에게 얼마나 가까이 끌려가 있었는지 알게 됐고, 일단 그렇게 받아들이자, 그 물러남으로 인해 친밀감은 더욱 커지게 되었다. 연민과 더불어, 상대를 개조하고자 하는 순수하고 이상주의적인 생각들도 솟아났다. 여기까지 크게 발전해 온 이 미숙한 젊은이를 그녀는 구할 것이다. 그의 어릴 적 환경이 내린 저주로부터 그를 구할 것이며, 그도 모르게 그를 그 자신으로부터 구할 것이다. 이 모든 생각은 그녀로 하여금 매우 고상한 의식 상태에 머물게 만들었다. 그 이면에, 그리고 그 저변에 사랑의 질투와 욕망이 있는 줄 그녀는 꿈에도 몰랐다.

한창 좋은 가을 날씨에 그들은 자주 자전거를 타고 나갔다. 언덕에 올라 인간의 생각을 드높여 주는 우아하고 고무적인 시들을 이것저것 큰 소리로 읽었다. 절제와 희생, 인내, 근면, 분발이 그녀가 낭독을 통해 간접적으로 설교하는 원칙들이었고, 이런 추상적인 관념들은 그녀의 마음속에서 제 아버지와 버틀러 씨, 그리고 가난한 이민 가정에서 태어나 세계적인 저술가가 된 앤드류 카네기로 구체화되었다. 마틴은 이 모든 것을 기꺼이 헤아렸다. 이제 그는 그녀의 정신의 흐름을 보다 명확하게 이해할 수 있었으며, 그녀의 영혼은 더 이상

봉인된 경이가 아니었다. 지적인 면에서 그는 그녀와 동등했다. 의견
이 다른 지점들이 있었지만 그렇다고 그의 사랑이 조금이라도 달라
지지는 않았다. 오히려 그의 사랑은 그 어느 때보다 열렬했다. 그녀
를 있는 그대로 사랑하기 때문이었다. 그녀의 신체적 허약함조차 그
에게는 매력을 추가하는 요소로 보였다. 그는 병약한 엘리자베스 배
럿(빅토리아 시대의 영국 시인, 연하의 시인이자 남편인 로버트 브라우닝과
의 러브스토리로도 유명함 - 옮긴이), 수년간 침대에서 나오지도 못하다
가 사랑의 불길에 휩싸여 브라우닝과 함께 도망친 날 제 발로 땅을
디디고 열린 하늘 아래 똑바로 선 브라우닝의 연인에 관해 읽었다.
그리고 브라우닝이 그녀에게 해 준 일을 자기가 루스에게 해 주리라
고 결심했다. 하지만 먼저 그녀가 그를 사랑해야 했다. 나머지는 쉬
우리라. 그가 그녀에게 힘과 건강을 줄 것이다. 그는 장래에 모든 것
이 갖추어진 환경에서 일과 안락을 누리며 살아가는 자기들의 모습
을 언뜻 보았다. 시를 읽고 토론하는 자신과 루스를 보았는데, 그녀
는 바닥에 쿠션을 여러 개 받치고 앉아 그에게 시를 낭독해 주고 있
었다. 둘이 살아갈 삶에서 이것이 핵심이었으며, 그는 늘 그 특정한
장면을 보았다. 때로 그녀는 그의 어깨에 머리를 올려놓고 기대어 있
었으며, 그는 그녀에게 한 팔을 두른 채 시를 읽어 주고 있었다. 둘이
함께 어느 아름다운 글이 인쇄된 지면을 열중하며 들여다보고 있기
도 했다. 그녀가 자연을 사랑하므로, 그는 너그러운 상상력으로 둘
이 독서하는 장면의 배경을 바꾸었다. 깎아지른 듯한 절벽으로 둘러
싸인 계곡에서, 높은 산의 초지에서, 파도가 발치에 넘나드는 회색
모래 언덕에 앉아서, 또는 멀리 적도의 어느 화산섬, 쏟아지는 폭포

수가 물안개를 피워 올리고, 물안개는 바다에 드리워진 증기의 막이 되어 정처 없는 바람결에 흔들리고 떨리는 그런 곳에서 그들은 시를 읽었다. 그러나 항상 전경의 맨 앞자리는 그와 루스, 영원토록 시를 읽고 공유하는 아름다움의 주인들 차지였다. 그리고 배경, 자연 그 너머의 어렴풋한 배경에는 언제나, 세상과 세상의 보물들을 마음껏 가질 수 있게 해 주는 일과 성공과 돈이 있었다.

"내 어린 딸에게 주의하라는 말을 해야만 하겠구나." 어느 날 그녀의 어머니가 경고했다.

"무슨 말씀인지 알아요, 하지만 그런 일은 일어날 수가 없어요. 그는… 아니에요."

루스는 얼굴을 붉혔다. 처음으로 인생의 성스러운 사안을, 마찬가지로 성스러운 존재인 어머니와 상의하려는 처녀가 얼굴에 띨 법한 홍조였다.

"너랑 같은 부류가 아니지." 어머니가 그녀가 못다 한 말을 채웠다.

루스는 끄덕였다.

"그런 말을 하고 싶지는 않았지만, 그는 아니에요. 그는 거칠고, 야만적이고, 강해요. 너무 강해요. 그는 그다지….."

그녀는 더 말하지 못하고 머뭇댔다. 이런 문제를 어머니와 얘기하는 것은 새로운 경험이었다. 다시 그녀의 어머니가 딸 대신 딸의 생각을 표현했다.

"그가 깨끗하게 살아오지 않았다는 게, 네가 하고 싶은 말이구나."

다시금 루스는 끄덕였고, 얼굴에 홍조가 다시 떠올랐다.

"바로 그래요." 그녀는 말했다. "그의 잘못은 아니었지만, 그는 살면서…."

"해서는 안 될 짓도 많이 했다고?"

"네, 해서는 안 될 짓을요. 그리고 그는 나를 놀라게 해요. 가끔 그가 자기가 한 짓들을 거리낌 없이, 아무런 문제도 아니라는 듯이 말할 때는 정말 그에게 두려움을 느껴요. 그런 짓을 한다는 건 문제 잖아요?"

그들은 서로 팔을 끼고 앉았다. 잠시 동안 어머니는 딸의 손을 토닥거리며 딸이 말을 잇기를 기다렸다.

"그런데도 나는 그에게 몹시 관심이 쏠려요." 그녀는 말을 이어 갔다. "어떤 면에서 그는 내 제자예요. 그리고 내 첫 남자 친구이기도 하죠. 엄밀히는 그냥 친구라기보다는 제자이자 친구라고 하는 게 더 맞겠죠. 가끔 그가 나를 놀라게 할 때면, 그는 마치 내가 장난삼아 데리고 있는 불도그 같아요. 남학생 사교 클럽에 낀 여학생 같다고 할까요. 그는 세게 물고 늘어지고, 이빨을 드러내고, 줄을 풀어 버릴 것처럼 위협하죠."

어머니는 다시 기다렸다.

"그가 내 흥미를 끌어요. 그래요, 불도그처럼. 그에게는 훌륭한 점도 아주 많아요. 하지만 정반대로 내가 좋아하지 않는 점도 많죠. 그러니까, 많이 생각해 봤어요. 그는 욕하고, 담배 피우고, 술 마시고, 주먹질도 해 왔어요. 그가 제 입으로 얘기했고, 그는 그걸 좋아해요. 그렇게 얘기했다고요. 그는 내가 원하는…." 그녀의 목소리가 가라 앉았다. "내가 원하는 남편감이 될 수가 없는 사람이에요. 그리고 그는 너무 강해요. 나의 왕자님은 키가 크고 호리호리하고 얼굴이 적당히 그을고… 우아하고 매력적이어야 해요. 절대로, 내가 마틴 에덴과 사랑에 빠질 위험은 없어요. 그건 나한테 닥칠 수 있는 최악의 운명일 거예요."

"내가 얘기하려는 건 그런 문제가 아니란다." 그녀의 어머니는 말끝을 흐렸다. "생각해 봤니? 너도 알다시피, 그는 어느 모로나 부적절한 사람이야. 그런데 그가 너를 사랑하게 된다면?"

"하지만 그는 이미 나를 사랑하는걸요!" 그녀는 소리쳤다.

"그럴 줄 알았다." 모스 부인은 부드럽게 말했다. "너를 아는 남자라면 어떻게 사랑하지 않을 수가 있겠니?"

"올니는 나를 미워해요!" 그녀는 격하게 외쳤다. "나도 올니가 싫고요. 그가 얼쩡거리면 나는 고양이처럼 앙칼지게 돼요. 그에게 심술을 부려야만 될 것 같아요. 내가 그러지 않더라도, 그는 나한테 심술을 부려요. 그런데 마틴과 있으면 행복해요. 전에는 어느 누구도 나를 사랑한 적이 없었어요. 어느 남자도 그런 식으로 나를 사랑하지는 않았다고요. 감미롭더라고요, 그런 식으로 사랑받는다는 건. 어머니, 내가 무슨 말을 하는지 아실 거예요. 자신이 진정으로 여자임을 느끼는 건 감미로워요." 그녀는 얼굴을 어머니의 무릎에 묻고 흐느꼈다. "어머니는 내가 끔찍하다고 생각하시겠죠, 나도 알아요, 하지만 나는 내가 느끼는 대로 솔직하게 얘기하는 거예요."

모스 부인은 슬프면서도 행복한, 묘한 감정을 느꼈다. 문학사인 순진한 자신의 딸은 사라졌다. 그 자리에 성숙한 여인이 된 딸이 있었다. 실험은 성공했다. 루스의 본성에 있던 기이한 공백은 위험을 무릅쓰거나 대가를 치르지 않고 채워졌다. 그 거친 뱃사람이 실험 도구였고, 루스가 그를 사랑하지 않을지라도, 그가 그녀의 여성성을 일깨워 주었다.

"그의 손이 떨려요." 수치심으로 여전히 얼굴을 어머니 무릎에 묻은 채 루스는 고백을 이어 갔다. "그게 가장 재밌고도 우스꽝스러워요. 하지만 그를 생각하면 안됐기도 해요. 그의 손이 너무 떨리고 눈이 너무 반짝일 때면, 나는 그의 인생과, 그가 자기 인생을 고친답시고 동원하는 잘못된 방법들에 대해 훈계해요. 그런데 그는 나를 추앙하거든요, 나는 알아요. 그의 눈과 손은 거짓말을 못 해요. 그가 나를 추앙한다는 생각이, 바로 그 생각이 나로 하여금 어른이 됐다고 느끼게 해요. 당연히 나의 것인 뭔가를 갖게 됐다고 느껴요. 다른 여자애들처럼, 그리고 젊은 여자들처럼 말이에요. 예전에는 내가 다른 여자들과 같지 않았다는 것도 알아요, 그래서 어머니를 걱정시켰다는 것도요. 어머니는 걱정하는 내색을 하지 않았다고 생각하시겠지만 알고 있었어요. 그래서 '끝내주게 해내고' 싶었어요. 마틴 에덴이 말하는 식으로 표현하자면요."

어머니와 딸에게 성스러운 시간이었다. 석양을 받으며 얘기하는 모녀의 눈이 젖었다. 루스는 한 치의 숨김도 없이 털어놓았으며, 어머니는 이해하고 공감했다. 그러면서 차분히 설명하고 이끌었다.

"그는 너보다 세 살 아래지." 그녀는 말했다. "이 사회에서 발붙일 곳이 없는 사람이야. 지위도 수입도 없으니까. 그는 현실적이지 못해. 너를 사랑한다면, 상식적으로, 자기가 쓴 소설이나 유치한 꿈으로 얼버무릴 게 아니라, 너랑 결혼할 조건을 이룰 만한 무슨 일인가를 해야만 해. 내가 보기에 마틴 에덴은 끝내 성숙해지지 못할 것 같구나. 그는 사회에서 남자가 할 일을 하려 하지 않고 남자가 져야 할 책임을 지려 하지 않아. 너희 아버지는 하셨고, 이를테면 버틀러 씨 같은 우리의 친구들은 다 했는데 말이야. 마틴 에덴은, 내가 보기에, 돈벌이를 제대로 할 수 없을 거야. 이 사회는 질서가 잡혀 있어서 행복해지려면 돈이 있어야만 해. 오, 아니, 어마어마한 재산을 말하는 게 아니라, 평범한 안락을 누리고 체면을 유지할 만큼의 재력은 있어야 한다는 거야. 그는… 그가 사랑을 고백하지는 않았지?"

"그런 얘기는 한마디도 하지 않았어요. 그는 엄두도 내지 못했어요. 그런데 만약 하려고 했다면, 내가 막았을 거예요. 그를 사랑하지 않으니까요."

"그 말을 들으니 기쁘구나. 나는 내 딸이, 이렇게 청순한, 단 하나뿐인 내 딸이 그런 남자를 사랑하는 꼴을 보고 싶지 않구나. 세상에는 깨끗하고 진실 되면서도 남자다운, 버젓한 남자들이 많단다. 그런 사람을 기다려라. 언젠가 그런 사람을 만나 네가 그를 사랑하고, 또 그에게 사랑받을 테니. 네 아버지와 내가 함께 행복하게 살아왔듯, 너도 그 사람과 함께 행복하게 살아갈 테니. 그리고 네가 항상 명심해야 할 것이 있단다…."

"네, 어머니."

모스 부인의 목소리는 낮고 은근해졌다. "아이들 말이다."

"난… 그 문제를 생각해 봤어요." 예전에 자신을 곤혹스럽게 했던 방종한 생각들을 기억해 내고 루스는 고백했다. 자기가 하는 말이 부끄러워 처녀답게 얼굴이 다시 붉어졌다.

"마틴이 네 배필이 절대로 될 수 없는 건 바로 아이들 때문이란다."
모스 부인은 신랄하게 말을 이어 갔다. "자식들에게 이어질 핏줄은
깨끗해야만 해. 그런데 그는 깨끗하지 않은 것 같구나. 네 아버지께
서 선원들이 사는 방식을 얘기해 준 적이 있는데, 그런데… 무슨 말
인지 알겠지?"

루스는 안다는 뜻으로 어머니의 손을 꼭 잡았다. 자신이 정말로
안다고 느끼고 있었으나, 그녀가 머릿속에 떠올린 것은 상상의 경지
를 넘어선 모호하고 아련하고 끔찍한 어떤 것이었다.

"난 어머니께 말씀드리지 않고는 어떤 짓도 하지 않잖아요." 그녀
는 얘기하기 시작했다. "그래도, 가끔씩은 이번처럼 물어봐 주셔야
해요. 어머니께 말씀드리고 싶었지만, 어떻게 말씀드려야 할지 모르
겠더라고요. 그건 잘못된 수줍음이죠. 알아요. 그런데 어머니가 제
말문을 열어 주실 수 있어요. 가끔은 이번처럼, 물어봐 주셔야 해요.
어머니께 말씀드릴 기회를 주셔야 해요."

모녀가 일어섰을 때, 그녀는 석양빛 속에서 어머니의 두 손을 꼭
잡고 얼굴을 마주 보면서 기쁘게 외쳤다. "어머니, 어머니도 여자로
군요!" 두 사람이 동등하다는, 낯설지만 감미로운 깨달음을 그녀는
얻었다. "이런 대화를 나누지 않았다면, 어머니를 그런 식으로 생각
해 보지는 못했을 거예요. 나는 어머니도 여자라는 걸 깨닫기 위해,
내가 여자라는 걸 깨달아야 했던 거예요."

"우리는 여자란다, 너도 나도." 어머니는 딸을 끌어당겨 입 맞추며
말했다. 서로 허리에 팔을 두르고 방을 나가면서 어머니는 거듭 말
했다. "우리는 둘 다 여자야" 모녀의 가슴은 새로운 동지애로 부풀

고 있었다.

"우리 어린 딸이 여자가 됐어요." 한 시간 뒤 모스 부인은 자랑스럽게 남편에게 말했다.

"그 말은…." 그는 아내를 한참 쳐다보고 말했다. "그 애가 사랑에 빠졌다는 뜻인가?"

"아뇨, 그 애가 사랑받는다는 거예요." 미소와 함께 답변이 돌아왔다. "실험은 성공했어요. 그 애가 마침내 깨어났거든요."

"그럼 그를 제거해야겠군." 모스 씨는 활달하지만 사무적인 어조로 말했다.

그러나 아내는 머리를 저었다. "그럴 필요 없어요. 그가 며칠 뒤면 바다로 나갈 거라고 루스가 말했어요. 그가 돌아올 때쯤, 그 애가 여기 없게 합시다. 클라라 아주머니 댁으로 보내요. 기후도 사람도 생각도, 모든 것이 다른 동부에서 일 년 정도 지내 보는 게 그 애한테 필요하기도 하고요."

20장

글을 쓰고 싶다는 욕구가 마틴의 내면에 다시 일었다. 머릿속에 소설과 시들이 떠올라 스스로 완성되었고, 그는 훗날 그것들에 표현을 부여할 때에 대비해 메모해 두었다. 그러나 쓰지는 않았다. 지금은 조촐한 휴가 중이었다. 그는 이 기간을 휴식과 사랑에 바치기로 했으며 둘 다 성공적이었다. 곧 그는 활력에 넘쳐서 매일 루스를 만났고, 만날 때마다 루스는 이전처럼 그의 힘과 건강에 충격을 받았다.

"조심해야 한다." 그녀의 어머니는 다시 한번 경고했다. "마틴 에덴을 너무 자주 만나는 것 같구나."

하지만 루스는 끄떡없다는 듯이 웃었다. 자신에 대한 믿음이 있는데다, 며칠 후면 그는 바다로 나갈 것이다. 그리고 그가 돌아올 때쯤 그녀는 여기 없고 동부에서 체류하고 있을 것이다.

그런데 마틴의 힘과 건강은 신통했다. 그녀의 동부 체류 계획을 통보받자 그는 서둘러야 한다고 느꼈다. 루스 같은 여자에게 어떻게 사랑을 고백해야 할지 그는 몰랐다. 그녀와 완전히 다른 수많은 아가씨들이나 여인들과의 경험은 도리어 장애가 됐다. 그 여자들은 사랑과 인생과 연애 행각을 알았던 반면, 루스는 아무것도 몰랐다. 그녀의 기막힌 순진함은 그를 긴장하게 만들어서, 말은 딱딱하게 얼어붙고 자기가 할 수 있는 일이 하나도 없는 듯했다. 다른 문제도 있었다. 그 역시 이전에 사랑해 본 적이 없었던 것이다. 방만하게 지내던 과거에 그는 여자들을 좋아했고 그 중 몇몇에게는 홀리기도 했으나, 사랑한다는 것이 무엇인지는 몰랐다. 내키는 대로 능숙하게 휘파람을 불기만 하면 여자들이 그에게 왔다. 그 연애들은 기분 전환용이었고, 부수적인 것이었다. 남자들이 하는 놀이의 일부, 그것도 작은 일부에 지나지 않았다. 그런데 지금 처음으로, 그는 애걸하는 심정이었다. 과민하고 소심하며 확신이 없었다. 사랑의 방식도 언어도 모르는 채 그는 사랑하는 이의 해맑은 순수함에 겁을 먹고 있었다.

사는 동안 다양한 세계를 접하고 급변하는 국면에 휘말리면서, 그는 생소한 게임을 하게 될 때면 상대방이 먼저 공격하게 해야 한다는 행동 규칙을 배웠다. 이 규칙은 허다한 경우에 매우 유용했으며 그를 관찰자로 단련시키기도 했다. 그는 낯선 상황을 관찰할 줄 알았고 상대가 스스로 약점을, 그가 파고들 수 있는 빈틈을 보일 때까지 기다릴 줄 알았다. 본격적인 주먹질 전에 상대가 빈틈을 보이도록 가볍게 쳐 보는 식이었다. 빈틈이 보이는 순간이 오면, 그는 노련하게 그 순간을 최대한 활용하여 밀어붙였다.

그래서 그는 루스를 지켜보면서 기다렸다. 사랑을 고백하고 싶었지만 감히 할 수 없었다. 그녀에게 충격을 줄까 봐 두려웠고, 스스로 확신도 없었다. 자신이 그녀와 함께 제대로 가고 있다는 것을 그가 알았더라면! 사랑은 인간이 말을 또렷하게 하기도 전에 세상에 출현했고, 미숙한 채로 제 방식과 수단을 찾아냈으며 결코 잊지 않았다. 이런 오래되고 원시적인 방식으로 마틴은 루스에게 구애하고 있었다. 나중에 알기는 했지만, 처음에는 자기가 그러는 줄도 몰랐다. 그녀의 손에 그의 손이 스치는 것이 그가 구사할 수 있는 어떤 말보다 강력했으며, 그녀의 상상을 이끄는 그의 감화력이 수천 세대 동안 연인들이 읊고 쓴 연모의 미사여구보다 매력적이었다. 그가 무슨 말을 하든 그녀의 판단에 얼마간 영향을 미치기는 했을 것이다. 하지만 손의 스침, 그 찰나의 접촉은 그녀의 본능에 바로 가 닿았다. 그녀의 판단력은 그녀 자신처럼 미숙했으나, 그녀의 본능은 인간 종족만큼이나, 아니 그보다 더 노숙한 것이었다. 사랑이 어리면 본능도 어리게 마련이지만, 그래도 관습과 견해, 인류 역사에 새로 태어난 모든 것들보다는 현명했다. 따라서 그녀의 판단력은 작동하지 않았다. 그녀는 판단하려 하지 않았고, 제 연애 본능에 마틴이 시시각각 가하는 자극의 강도를 깨닫지 못했다. 반면 그가 그녀를 사랑한다는 것은 훤히 보였다. 그에게서 내비치는 사랑의 징후들, 다정한 빛을 뿜어내는 눈, 떨리는 손, 햇볕에 그을린 얼굴에 어김없이 떠오르는 거뭇한 홍조를 그녀는 의식적으로 즐겼다. 심지어 더 나아가서, 조심스럽게 그를 충동질했다. 하지만 워낙 교묘했기 때문에 그는 전혀 알아채지 못했고, 그녀가 반쯤 무의식적이기도 해서 그녀 자신조차 거의 알아채지 못했다. 자신이 여자임을 분명히 보여 주는 그 힘이 입증되자 그녀는 전율했고, 그를 고통스럽게 하고 또 갖고 놀면서 태초의 이브와도 같은 기쁨을 누렸다.

경험 부족과 열정 과잉 탓에 말문이 막혀 버린 마틴은 신체 접촉이라는 자신도 의도하지 않은 어색한 방식으로 구애했다. 그의 손이 닿을 때 그녀는 기분이 좋았다. 좋은 것 이상의 느낌이었다. 마틴은 그런 줄 몰랐으나 그녀가 싫어하지 않는다는 건 알았다. 만나고 헤어지면서 하는 악수 외에 둘의 손이 맞닿을 기회는 많지 않았다. 자전거를 몰 때, 언덕에 갖고 오를 시집들을 끈으로 묶을 때, 나란히 앉아 시집의 지면을 정독할 때 어쩌다 둘의 손이 스쳤다. 그녀의 머리카락이 그의 뺨에 스치거나 아름다운 시에 끌려 함께 상체를 숙일 때 어깨와 어깨가 맞닿기도 했다. 그의 머리카락을 헝클어뜨리고 싶다는 충동이 뜬금없이 솟구쳐 그녀는 혼자 미소 지었다. 책 읽기가 지겨워지면 그는 그녀의 무릎을 베고 눕기를 간절히 원했다. 그렇게 누워 눈을 감고 둘의 것이 될 미래를 꿈꾸고 싶었다. 예전에 그는 셸마운드 공원이나 슈에첸 공원으로 토요일 소풍을 갔을 때 여러 여자들의 무릎을 베고 눕곤 했다. 그가 자고 싶은 만큼 실컷 자는 동안, 여자들은 그의 얼굴에 비치는 해를 가려 줬고, 그의 얼굴을 내려다보며 그를 사랑했고, 사랑에 아랑곳하지 않는 그의 거만함에 감탄하기도 했다. 이제껏 여자의 무릎을 베고 눕는 것은 그에게 세상에서 가장 쉬운 일이었지만 루스의 무릎은 달랐다. 거기에 다가가는 것조차 불가능했다. 그런데 이렇게 삼가는 태도가 바로 그의 구애가 지닌 강점이었다. 이런 태도는 그녀로 하여금 경계심을 품지 않게 할수 있었다. 까다롭고 소심한 그녀지만 만남이 위험한 쪽으로 흐르고 있음을 전혀 깨닫지 못했다. 자기도 모르게 조금씩 그를 향한 마음을 키웠고, 그에게 다가갔다. 그녀가 다가옴을 느끼자, 그는 과감해지고 싶었지만 두려웠다.

한번은 그가 용기를 냈다. 어느 오후 그가 찾아갔을 때 그녀는 심한 두통에 시달리며 어두운 거실에 틀어박혀 있었다.

"무슨 수를 써도 소용이 없어요." 그의 질문에 그녀는 답했다. "게다가 난 두통약을 먹지 않아요. 의사가 허락하지 않았거든요."

"약을 쓰지 않고도 내가 고쳐 줄 수 있어요." 마틴은 제안했다. "물론 확신할 수는 없지만 시도해 보고 싶어요. 단순한 마사지예요. 일본인들한테 처음 이 기술을 배웠어요. 그들은 마사지에 능한 종족이죠. 그 뒤에 다양한 변형 마사지를 하와이인들에게 다시 배웠어요. 그들은 이 기술을 '로미-로미'라고 불러요. 약이 낼 수 있는 효과는 대개 다 낼 수 있고, 약이 낼 수 없는 효과까지 몇 가지 내죠."

그의 손이 머리에 닿자마자 그녀는 깊은 한숨을 내쉬었다.

"참 좋네요." 그녀는 말했다.

반 시간 후에 그녀는 이 말을 다시 하면서 물었다. "당신, 피곤하지 않아요?"

돌아올 답변이 어떨지 뻔히 알면서 형식적으로 해 보는 말이었다. 그녀는 그의 힘이 발휘하는 진정 효과에 몸도 마음도 나른해졌다. 그의 손가락 끝에서 생명력이 쏟아져 나와 그녀의 통증을 몰아냈다. 적어도 그녀에게는 그렇게 느껴졌다. 통증이 가라앉자 그녀는 잠이 들었고 그는 살며시 빠져나왔다.

그날 저녁 그녀는 전화로 감사의 뜻을 전했다.

"저녁 식사 시간까지 잤어요." 그녀는 말했다. "당신이 나를 완전히 치료해 줬어요, 에덴 씨. 어떻게 감사해야 할지 모르겠어요."

그는 후끈 달아올라 버벅거리며 답변했고, 매우 만족스러웠다. 전화로 대화하는 내내 그의 머릿속에서 브라우닝과 병약한 엘리자베스 배럿의 기억이 춤을 췄다. 한 번 일어난 일은 다시 일어날 수 있으며, 그가, 마틴 에덴이 그 일을 해낼 수 있을 것이고, 루스 모스를 위해 해낼 것이다. 그는 제 방으로 돌아가 침대에 펼쳐져 있던 스펜서의 『사회학』을 다시 읽으려 했지만, 그럴 수 없었다. 사랑이 그를 괴롭히고 그의 의지를 능가하는 바람에, 아무리 마음을 굳혀도 어느덧 그는 잉크 자국으로 얼룩진 작은 탁자에 앉아 있는 것이었다. 그날 밤에 지은 소네트가 이후 두 달 동안 완성된, 50편에 달하는 연애시 연작의 첫 번째 편이었다. 그 연작을 쓰면서 그는 엘리자베스 배럿의 『포르투갈 연애시의 번역』을 염두에 두고 있었다. 걸작이 쓰일 수 있는 최상의 조건하에서 인생의 전환기에 자기 자신의 달콤한 사랑의 광기를 지독히 앓으면서, 그는 썼다.

루스와 함께 있지 않을 때는 연애시 연작 집필과 집이나 도서관에서의 독서에 전념했다. 도서관 자유 열람실에서 그는 당대 잡지들의 편집 방향과 내용을 더욱 상세히 알게 되었다. 루스와 함께 있는 동안에는 미칠 것 같았다. 가망은 있으나 결론은 없는 상태가 지속됐다.

노먼이 달밤에 메리트 호수에서 뱃놀이를 하자고 제안하고 아서와 올니가 찬성한 것은 그가 루스의 두통을 고쳐 준 지 일주일이 지나서였다. 마틴이 배를 몰 줄 아는 유일한 인물이라 뱃놀이에 끌려 들어갔다. 루스는 뱃고물에 그와 가까이 앉았고, 다른 세 청년은 배 한가운데 편히 앉아 남학생 클럽에 관해 떠들어 댔다.

달은 아직 뜨지 않았다. 마틴과 주고받는 말도 없이 별이 가득한 창공을 바라보기만 하던 루스는 급작스런 외로움을 느꼈다. 그녀는 그를 힐끔 쳐다보았다. 한 줄기 바람이 배를 흔들어 갑판에 물이 들어오자, 한 손에 키를 쥐고 다른 손으로는 아딧줄을 잡은 그가 뱃머리를 바람이 불어오는 방향으로 살짝 돌림과 동시에 눈을 들어 가까운 북쪽 해안을 살폈다. 그는 그녀의 눈길을 알아채지 못했다. 그녀는 그를 유심히 쳐다보면서, 전도유망한 젊은이로 하여금 평범하거나 실패작일 수밖에 없는 소설과 시를 쓰느라 허송세월하게 하는, 묘하게 뒤틀린 영혼에 대해 이런저런 생각에 잠겼다.

그녀의 눈길은 별빛에 어렴풋이 보이는 그의 튼튼한 목을 따라 굳게 서 있는 머리 위로 더듬어 올라갔고, 그의 목에 손을 대고 싶은 예전의 욕망이 되살아났다. 그녀를 질색하게 했던 그의 강함이 이제는 그녀의 마음을 끌었다. 외롭다는 느낌은 보다 뚜렷해졌고 그녀는 지쳐 갔다. 기우뚱대는 배의 고물에 앉아 있기란 피곤한 일이라서, 그녀는 그가 고쳐 준 두통과 그에게 내재한 위로의 안식을 상기하게 됐다. 그는 그녀 옆에, 바로 옆에 앉아 있었고, 기울어진 배가 그녀를 그에게 미는 듯했다. 그러자 그녀 안에서 그에게 기대고 싶다는 충동이 솟아났다. 그 충동은 막연하고 반쯤만 형태를 갖추었으나 그녀가 그것을 깨달은 순간 그녀를 지배해 그에게 기대도록 만들었다. 아니면 배가 기울었기 때문일까? 그녀는 알지 못했다. 결코 알지 못했다. 자기가 그에게 기대고 있으며 그 편안함과 위로가 정말 좋다는 것만 알았다. 아마 일이 그렇게 된 것은 기울어진 배 탓이었겠지만, 그녀는 자신의 행동을 돌이키려 하지 않았다. 그녀는 그의 어깨에 살짝, 하지만 분명히 기대고 있었으며, 더 편하게 기댈 수 있도록 그가 자세를 바꿀 때도 계속 기대고 있었다.

미친 짓이었으나, 그녀는 그런 생각을 물리쳤다. 더 이상 예전의 자신이 아니라 한 여자, 의존의 욕구를 가진 여자였다. 그리고 아주 살짝 기대고 있음에도 그 욕구는 충족되는 것 같았다. 그녀는 더 이상 피로하지 않았다. 마틴은 아무 말도 하지 않았다. 말을 했다면 주술이 깨졌을 것이다. 그의 과묵함이 주술을 연장시켰다. 그는 아찔하고 어지러웠다. 무슨 일이 일어나고 있는지 알 수 없었다. 정신 착란 증세라기에는 너무나 멋졌다. 키와 아딧줄을 놓고 그녀를 부둥켜안고 싶은, 미칠 듯한 욕망을 그는 억눌렀다. 직감이 그런 짓을 해서는 안 된다고 알려 주었다. 그는 배의 키와 아딧줄이 제 손을 묶어 두어 유혹에 넘어가지 않게끔 해 주는 것을 다행으로 여겼다. 그는 배를 일부러 덜 정교하게 몰았다. 돛에서 바람이 마구 새어나가게 방치하며 북쪽 해안에 도착하는 시간을 지연시켰다. 해안에 닿으면 그가 분주해지고 둘의 접촉은 깨질 것이다. 그는 노련하게 배를 몰았고, 떠들썩한 패거리의 주의를 끌지 않고도 운항을 지체시켰다. 그리고 이 경이로운 밤을 가능하게 해 준 자신의 모질기 그지없었던 항해들을 마음속으로 용서했다. 그녀를 옆에 앉히고 자기에게 기댄 그 소중한 몸의 무게를 느끼며 뱃놀이를 할 수 있게 된 것은, 바다와 배와 바람에 정통하도록 만들어 준 그런 경험 덕분이었다.

달이 떠올라 돛을 비추고 진주 빛깔 광채로 배를 밝히기 시작하자 루스는 그로부터 몸을 떼었다. 그러면서 그가 몸을 떼는 것을 느꼈다. 다른 이들의 눈을 피하고 싶다는 생각은 둘이 같았다. 이 일은 둘만의 암묵적인 비밀이었다. 떨어져 앉는 그녀의 뺨이 뜨겁게 달아올랐는데, 그 일이 의미하는 바를 그녀가 철저히 깨닫고 있기 때문이었다. 동생들이나 올니에게 드러내지 못할 어떤 짓을 저지르고 만 것이다. 왜 그랬을까? 예전에도 달밤에 청년들과 뱃놀이를 한 적이 있으나 이런 짓은 절대 하지 않았다. 하고 싶은 적도 없었다. 그녀는 수치심과 함께, 움트는 제 여성성의 신비에 압도당했다. 그녀는 돛의 방향을 바꾸느라 바쁜 마틴을 힐끗 훔쳐보았다. 자신에게 정숙하지 못한 부끄러운 짓을 하게 했으니 그를 미워할 수도 있을 터였다. 게다가 그 많은 남자들 중에 하필 그라니! 어머니 말씀이 맞는 모양이었다. 그녀는 그를 너무 자주 만났다. 그런 일은 두 번 다시 일어나지 않을 것이며, 앞으로 그를 그렇게 자주 만나지도 않을 것이다. 그녀는 다음번에 그와 둘만 있게 됐을 때 이 일을 그에게 해명한다는, 즉 달이 떠오르기 직전 갑자기 현기증이 일어 정신이 없었다고 대수롭지 않은 듯 거짓말을 한다는 턱없는 생각을 해 보기도 했다. 하지만 달빛에 들통나기 전에 서로 똑같이 떨어져 앉은 장면을 떠올렸고, 거짓말을 해 봤자 그가 뻔히 알 것이라는 사실을 그녀도 뻔히 알았다.

빠르게 지나가는 며칠 동안 그녀는 더 이상 그녀가 아니라 생각이 오락가락하는 이상한 사람이었다. 판단력에 완강히 저항하고 자기 분석을 비웃었으며, 미래를 바라보기를 거부했다. 자신에 대해서나 자기가 어디로 흘러가는지에 대해 생각하는 것도 거부했다. 그녀는 알 수 없는 열기 속에서 두려운 느낌과 홀린 기분을 오가며 내내 당혹스러워했다. 하지만 자신의 안정을 보장하는 한 가지 생각은 굳혀 놓았다. 마틴이 사랑을 고백하도록 놔두지 않을 것이다. 그 일을 막는 한 모든 것이 괜찮을 것이다. 며칠 후면 그는 바다로 나갈 것이다. 설사 그가 사랑을 고백하더라도 모든 것이 괜찮을 것이다. 괜찮지 않을 도리가 없는 건 그녀가 그를 사랑하지 않기 때문이다. 물론 그에게는 고통스러운 30분이 될 것이다. 청혼을 처음으로 받는 그녀에게도 당황스런 30분이 될 것이다. 그녀는 그 생각에 짜릿함을 느꼈다. 그녀는 남자의 청혼을 받을 만큼 원숙한 여자였다. 이를 계기로 그녀의 타고난 성별에 내재한 모든 것이 발현되었다. 그녀 인생의 얼개 자체가, 그녀를 이루는 모든 것이 진동했고, 진동은 점차 강해졌다. 불빛에 끌린 불나방처럼 그 생각이 그녀의 머릿속에서 퍼덕였다. 그녀는 청혼하는 마틴을 상상하면서 마틴이 할 청혼사를 자기가 지어내 보기에 이르렀다. 거절도 연습했다. 친절로 그 거절을 완곡하게 누그러뜨리며 그에게 번듯한 진짜 남자가 되라고 훈계할 것이다. 특히 담배를 끊어야 한다고도 말할 것이다. 그 점을 꼭 지적할 것이다.

아니, 그게 아니지. 그녀는 그가 어떤 말도 하지 못하게 해야만 했다. 그녀는 그를 막을 수 있을 것이며, 어머니께 그러겠다고 말씀드린 적도 있었다. 확 달아오른 상태로 그녀는 자신이 자초한 상황을 아쉬운 마음으로 떨쳐 버렸다. 그녀가 받을 첫 번째 청혼은 보다 좋은 시기의 보다 적격한 구혼자를 위해 유예되어야 했다.

21장

아름다운 가을날이 왔다. 따뜻하고 나른하며, 계절의 바뀜으로 잔잔히 설레었다. 태양은 뿌옇고, 부드러운 바람결이 대기의 선잠을 깨우지 않으면서 어슬렁거리는, 캘리포니아의 인디언 서머였다. 잘 짜인 직물 같은 자줏빛 안개의 막이 구릉지의 계곡을 가리고, 샌프란시스코는 고지에 몽롱한 연기처럼 누워 있었다. 그 사이에 가로놓인 만은 용해된 금속의 둔한 광택을 띠었으며, 물에 떠 있는 선박들은 움직임이 없거나 느린 조류에 게으리 밀려갔다. 멀리 타말페이 산이 은빛 아지랑이 속에 거대한 자태를 어렴풋이 드러냈고, 그 옆에 금문교는 저물어 가는 태양 아래 옅은 금빛 오솔길처럼 뻗어 있었다. 그 너머, 겨울의 거친 첫 날숨을 경고하며 내륙으로 넘실대며 밀려오는 구름을, 흐리고 드넓은 태평양이 수평선 위로 밀어 올렸다.

소거될 때가 임박했으나 여름은 꾸물거렸다. 언덕에서 서서히 바래져 갔으며, 계곡의 자줏빛을 짙게 했고, 기우는 기력과 충분히 즐기고도 남은 황홀로 아지랑이의 수의를 자아내다가, 다 살았고 잘 살았다는 차분한 만족감으로 죽어 갔다. 구릉지에서 가장 마음에 드는 둔덕에 마틴과 루스가 나란히 앉아 책을 함께 굽어보고 있었다. 브라우닝을 사랑한 여인의 연시를, 마틴은 큰 소리로 읽었다. 그토록 사랑받은 남자는 드물 것이기에.

그러나 낭독은 시들해졌다. 주위를 지나쳐 가는 아름다움의 마법이 너무 강했다. 황금 같은 한 해가 시들어 갔고, 후회 없이 아름다웠던 방탕한 삶과 황홀경의 추억이, 그리고 만족감이 대기에 무겁게 실려 있었다. 마법에 걸린 그들 또한 꿈을 꾸는 것 같았으며 정신력이 느슨해졌다. 그들의 도덕관념이나 판단력을 아지랑이와 자줏빛 안개가 뒤덮어 버렸다. 마틴은 노곤하게 녹아내리는 듯했으며 이따금 열기에 휩싸였다. 그의 머리는 그녀의 머리에 아주 가까이 있어서, 어슬렁대는 산들바람의 정령이 흐트러뜨린 그녀의 머리카락이 뺨에 닿으면 눈앞에 있는 책의 활자들이 헤엄을 쳤다.

"당신이 지금 읽고 있는 내용이 당신의 머릿속에는 한마디도 들어가지 않는 것 같네요." 그가 읽을 곳을 놓치자 그녀는 말했다.

그는 타는 듯한 눈으로 그녀를 쳐다보았다. 어색해지려는 순간에 그의 입이 반박했다.

"당신도 그런 것 같은데요? 방금 읽은 소네트가 무슨 내용이었죠?"

"모르겠어요." 그녀는 솔직하게 웃었다. "벌써 잊어버렸어요. 우리 그만 읽어요, 날이 너무 아름다워요."

"한동안 이 언덕에 다시 올 수 없을 거예요." 그가 진지하게 말했다. "저기 해수면에 폭풍우가 일고 있어요."

그의 손에서 책이 흘러 바닥에 떨어졌다. 그들은 하는 일 없이 묵묵히 앉아서 몽환적인 만을 바라보았다. 그들의 눈은 보는 것이 아니라 꿈을 꾸고 있었다. 루스는 그의 목을 곁눈질했다. 그녀가 그에게 기댄 것이 아니었다. 그녀는 중력보다 강한, 운명만큼이나 강한 외부의 어떤 힘에 이끌렸다. 단 1인치밖에 안 되는 그와의 간격만큼 그녀의 몸이 의지와 무관하게 기울어졌다. 그녀의 어깨가 살짝, 나비가 꽃에 닿듯 그의 어깨에 닿았으며, 마주 오는 압력도 마찬가지로 가벼웠다. 그녀는 제 어깨를 누르는 그의 어깨와, 그의 전신을 관통하는 전율을 느꼈다. 이제 그녀가 어깨를 떼야 할 순간이었다. 그러나 그녀는 자동인형이 되어 버렸다. 동작이 의지의 통제를 따르지 않았다. 그녀는 제게 드리운 감미로운 광기 속에서 그것을 통제할 생각조차 없었다. 그의 팔이 슬며시 그녀의 등을 돌아 그녀를 감쌌다. 그녀는 기쁨의 고통 속에서 타는 듯이 메마른 입술로 할딱대면서, 자신이 뭘 기다리는 줄도 모른 채 그 느린 진행을 기다렸다. 가슴이 두근거리고 기대의 열기로 피가 뜨거웠다. 등허리를 감싼 팔이 위로 올라와 그녀를 천천히 달래며 끌어당겼다. 그녀는 더 이상 기다릴 수 없었다. 지친 한숨을 토하면서, 제 자신의 충동으로 움직여, 즉각적이고도 돌발적으로 그의 가슴에 머리를 얹었다. 그의 머리가 급히 숙여졌으며, 다가오는 그의 입술을 맞으러 그녀의 입술이 날아올랐다.

이건 사랑이 틀림없다고, 제게 주어진 분별의 일순간 그녀는 생각했다. 사랑이 아니라면 너무나 부끄러운 일이었다. 사랑일 수밖에 없을 것이다. 그녀는 자신을 팔로 감싸 안고 입술로 자신의 입술을 누르는 남자를 사랑했다. 그녀는 제 몸을 더욱 밀착시켜 그의 품을 파고들었다. 그리고 다음 순간, 그의 품에서 반쯤 몸을 떼고 급작스럽고도 의기양양하게 두 손을 뻗어 마틴 에덴의 그을린 목을 잡았다. 사랑과 충족된 욕망의 고통이 너무나 섬세해서 그녀는 낮게 신음했으며, 두 손을 놓고 그의 팔 안에서 반쯤 기절했다.

한참이나 한마디 말도 없었다. 그는 두 번 머리 숙여 그녀에게 입맞춤했고, 매번 그녀의 입술이 그의 입술을 수줍게 맞았으며 그녀의 몸은 행복한 듯 기꺼이 호응했다. 그녀는 그에게 꼭 달라붙은 제 몸을 도무지 떼어 낼 수가 없었다. 그는 그녀를 반쯤 떠받치고 앉아서만 저편 거대한 도시의 흐릿한 윤곽을 망연히 바라보았다. 이번만은 그의 머릿속에 아무런 환영도 떠오르지 않았다. 오직 그 순간처럼 따뜻하고 자신의 사랑처럼 뜨거운 색채와 빛, 열기만이 고동치고 있었다. 그는 몸을 숙여 그녀가 하는 말을 들었다.

"언제부터 나를 사랑했나요?" 그녀는 속삭였다.

"처음부터, 당신을 처음으로 본 바로 그 순간부터, 그때 나는 당신에 대한 사랑으로 미쳐 버렸고, 그 후로 점점 더 미쳐갔어요. 지금 나는 최고로 미쳐서, 거의 정신 이상이에요. 너무 좋아서 머리가 돌아버렸어요."

"내가 여자라서 기뻐요, 마틴, 내 사랑." 길게 한숨을 쉬고 나서 그녀는 말했다.

그는 그녀가 으스러지도록 다시, 또다시 껴안았다. 그러고 물었다. "당신은? 언제 처음 알았어요?"

"오, 나는 내내 알고 있었어요. 거의 처음부터."

"그럼 나는 눈뜬장님이었군요!" 소리치는 그의 목소리에는 일말의

분한 감정이 섞여 있었다. "방금 전 내가 당신에게… 당신에게 입을 맞추기 전까지는 꿈에도 몰랐어요."

"내 말은 그게 아니에요." 그녀는 몸을 일부 일으켜 그를 쳐다보았다. "당신이 나를 사랑하는 줄 내가 거의 처음부터 알았다는 거예요."

"그럼 당신은 언제부터 사랑했나요?" 그는 물었다.

"갑자기 그렇게 됐어요." 그녀는 아주 천천히 말했다. 다정하게 떨리는 눈동자는 녹아내릴 듯하고, 뺨에는 홍조가 연하게 어려 가시지 않았다. "방금 당신이… 내게 팔을 두를 때까지 나는 전혀 몰랐어요. 당신과 결혼하겠다는 생각도 없었고요, 방금 전까지는. 어떻게 내가 당신을 사랑하게끔 만들었죠?"

"당신을 사랑했다는 것밖에는 모르겠어요." 그는 웃었다. "나는 당신처럼 살아 숨 쉬는 여자의 심장은 말할 것도 없고, 돌의 심장도 녹일 만큼 열렬히 당신을 사랑했으니까요."

"이건 내가 사랑이 어떨 거라고 생각했던 것과 아주 다르네요." 그녀가 뜬금없이 말했다.

"어떨 거라고 생각했는데요?"

"이럴 것이라고는 생각하지 않았어요." 그 순간 그녀는 그의 눈을 들여다보았으나, 시선을 내리며 말을 이었다. "그래요, 이게 어떤 것인 줄 몰랐어요."

그는 다시 그녀를 끌어당기려다, 그녀의 허리에 조심스럽게 팔을 두르는 것으로 그쳤다. 지나친 욕심을 부리게 될까 봐 두려워서였다. 그러나 그녀의 몸이 순응하는 것을 느꼈고, 그녀는 다시 한번 그에게 안겼으며, 두 입술은 포개졌다.

"우리 가족들이 뭐라고 할까요?" 잠시 키스를 멈춘 틈에 그녀가 돌연 걱정스럽게 물었다.

"모르겠어요. 마음만 먹으면 아주 쉽게 알 수 있겠죠."

"하지만 어머니가 반대하시면? 나는 어머니께 말씀드리기가 두려워요."

"내가 말씀드리죠." 그는 대담하게 자원했다. "당신 어머니는 나를 좋아하지 않는 것 같지만, 내가 설득해낼 수 있어요. 당신의 마음을 얻을 수 있는 사람은 뭐든 해낼 수 있죠. 만약 우리가 설득해내지 못한다면…."

"그러면?"

"그래도 우리에겐 서로가 있어요. 어쨌거나 우리 결혼식에 당신 어머니가 오시지 않을 위험은 없어요. 그분은 당신을 너무나 사랑하니까요."

"어머니의 가슴이 찢어지게 하고 싶지 않아요." 그녀가 침통하게 말했다.

그는 어머니들의 가슴이 그리 쉽게 찢어지지는 않는다는 것을 그녀에게 납득시키고 싶었으나, '세상에서 사랑이 가장 위대하다'는 말로 대신했다.

"당신이 가끔 나를 겁먹게 한다는 걸 아나요, 마틴? 당신을, 그리고 이제껏 당신이 어떤 사람이었는지를 생각하면, 나는 지금도 겁이 나요. 당신은 내게 정말, 정말 잘해 줘야만 해요. 무엇보다도 내가 어린애에 불과하다는 걸 명심해야 해요. 나는 전에 사랑해 본 적이 없거든요.”

“나도 없어요. 우리는 둘 다 어린애예요. 서로에게 첫사랑이니, 우린 대부분의 사람들보다 운이 좋은 거죠.”

“그럴 리가!” 그녀는 그로부터 급히 몸을 떼면서 외쳤다. “당신이 그럴 리가 없잖아요. 당신은 선원이었고, 내가 듣기로 선원들은… 그러니까….”

그녀는 머뭇거리며 말을 흐렸다.

“항구마다 현지처를 두기 마련이라고요?” 그가 떠보았다. “그 뜻인가요?”

“네.” 그녀는 낮게 답했다.

“하지만 그건 사랑이 아니죠.” 그는 위엄 있게 말했다. “나는 많은 항구에 가 봤지만 사랑의 기미조차 느껴본 적이 없어요. 처음 당신을 만난 그 밤까지는. 그 밤에 작별 인사를 하고 가다가 내가 체포될 뻔했다는 걸 아나요?”

“체포되다뇨?”

“경찰이 내가 술에 취한 줄 알았던 모양이에요. 맞아요, 나는 취해 있었어요… 당신에 대한 사랑에.”

“그런데 당신은 우리가 둘 다 어린애라고 얘기했고, 나는 당신은 그럴 리가 없다고 했죠. 우리는 초점을 벗어났어요.”

“내가 당신 외에는 그 누구도 사랑한 적이 없다고 했죠.” 그는 답했다. “당신이 나의 첫사랑, 제일 첫 번째 사랑이죠.”

“그렇지만 당신은 선원이었잖아요.”

“그렇다고 내가 처음으로 사랑한 사람이 당신이 아니란 법은 없죠.”

"그렇다면 여자들이 있기는 했다는 거죠? 다른 여자들… 오!"

마틴 에덴은 깜짝 놀랐다. 그녀가 난데없이 울음보를 터뜨려, 여러 번이나 입맞추고 애무를 거듭하면서 달래야 했다. 그러는 동안 그의 머릿속에는 키플링의 시구가 지나갔다. '대령의 부인과 주디 오그레이디는 옷 밑은 별다를 게 없는, 같은 여자들이었다.' 맞는 말이라고 그는 판단했다. 여태까지 달리 생각했던 것은 소설들 탓이었다. 소설을 읽으면서 그는 상류층에서는 공식적인 청혼만 행해지는 줄 알았다. 그가 자라난 저 밑바닥에서는 청춘 남녀가 신체적 접촉으로 친밀해져도 아무런 문제가 없었다. 그러나 저 위 꼭대기 신사 숙녀들이 비슷한 식으로 연애한다는 것은 감히 생각조차 해 볼 수 없었다. 그런데 소설들이 틀렸다. 여기 증거가 있었다. 말 없는 포옹과 애무, 노동계급의 아가씨들에게 효과적인 그 방법이 노동계급 위에 있는 아가씨들에게도 똑같이 효과적이었다. 그들은 다 같이 여자의 몸을 가진, 옷 밑은 같은 여자들이었다. 그가 스펜서의 책 내용을 명심했더라면 그 정도는 깨우쳤을 것이다. 루스를 안고 진정시키면서, 대령의 부인이나 주디 오그레이디나 옷 밑은 마찬가지로 예쁘다는 생각에 그는 크나큰 안도감을 느꼈다. 그렇게 생각하자 루스가 더욱 친밀하게 느껴졌고, 사랑할 수 있는 상대로 여겨졌다. 그녀의 소중한 육신은 다른 사람들의 육신과 마찬가지였고, 그의 육신과도 마찬가지였다. 둘의 결혼을 가로막는 장벽은 없었다. 계급이 다르다는 것이 유일한 차이지만, 계급은 본질적인 것이 아니었다. 떨쳐 낼 수 있는 것이었다. 어떤 노예는 로마 황제의 지위까지 올라갔다고 책에서 읽은 적이 있었다. 그러니 그는 루스가 있는 위치까지 올라갈 수 있을 것이다. 그녀의 순수함, 성스러움, 교양, 천사 같은 영혼의 아름다움 밑으로는, 그녀도, 인간의 기본적인 면에서 리지 코놀리와 같았다. 리지 코놀리를 비롯한 모든 아가씨들과 별다를 게 없었다. 그들이 할 수 있는 모든 것을 그녀도 할 수 있었다. 그녀는 사랑하고 미워할 수 있을 것이다. 신경질을 부릴 수도 있을 것이다. 그리고 질투도 할 수 있을 것이다. 지금 그의 팔에 안긴 그녀가 질투심으로 훌쩍거리고 있듯이.

"게다가 나는 당신보다 나이가 많아요." 그녀가 갑자기 눈을 뜨고 그를 쳐다보면서 말했다. "세 살이나 많다고요."

"쉿, 당신은 어린애일 뿐이에요. 경험으로 치면 내가 당신보다 사십 살은 많아요."라고 그는 답했다.

실은 사랑에 관해서는 둘 다 어린애였다. 한 쌍의 소년과 소녀처럼 사랑을 표현하는 데 어수룩하고 미숙했다. 그녀는 대학 교육을 넘치도록 받았고 그의 머리는 과학 철학과 인생의 냉혹한 현실로 가득 차 있음에도 그러했다.

하루가 영광스럽게 저물어 갈 때까지, 둘은 연인의 대화를 나누며 앉아 있었다. 사랑의 경이와, 이상한 방식으로 둘을 함께하게 만든 운명에 대해 감탄했다. 또 자기들은 이전의 어떤 연인들도 도달한 적이 없는 정도로 사랑한다고 독단적으로 믿었다. 그리고 그들은 집요하게 서로의 첫인상을 다시금 반추했으며, 서로에 대해 어떤 감정을 얼마나 느끼고 있는지 상세히 분석하려는 가망 없는 시도를 멈추지 않았다.

서쪽 지평선의 구름이 저무는 해를 받아들였고, 하늘을 둥그렇게 둘러싼 가장자리는 장밋빛으로 물들었다. 천구의 꼭짓점도 똑같이 따스한 색으로 빛났다. 주위를 온통 감싼 장밋빛이 그들 또한 물들일 때, 그녀는 노래했다.

"잘 가요, 감미로운 날이여."

그녀는 요람 같은 그의 품에 기대어 그의 손을 제 손으로 꼭 잡고 부드럽게 노래했다. 둘의 심장은 서로의 손바닥에서 뛰고 있었다.

22장

모스 부인이 귀가한 딸의 얼굴에 씌어 있는 사랑의 징후를 읽는데는 어머니로서의 직감이 필요치 않았다. 루스의 뺨에서 가시지 않은 홍조만 보아도 간단히 알 수 있었지만, 내면의 기쁨을 고스란히 반영하는 크고 빛나는 눈은 더욱 분명하게 사연을 말해 주었다.

"무슨 일이니?" 루스가 잠자리에 들 때까지 기다렸다가 모스 부인은 물었다.

"아셨어요?" 루스가 떨리는 입술로 되물었다.

대답 대신 어머니는 팔로 딸을 감싸고 머리카락을 부드럽게 쓰다듬어 주었다.

"그는 고백하지 않았어요." 그녀는 불쑥 말했다. "내가 그 일이 일어나기를 바란 건 아니었어요. 그가 고백하려 했다면 나는 막았을 거예요…. 그렇지만 그가 고백하지 않았어요."

"그가 고백하지 않았다면, 그럼 아무 일도 일어날 수 없었던 거 아니겠니?"

"그런데 일어났어요. 그런데도요."

"얘야, 도대체, 무슨 소리를 하는 거니?" 모스 부인은 헷갈렸다. "결국 무슨 일이 있었다는 건지 난 모르겠구나. 무슨 일이야?"

루스가 놀라서 어머니를 쳐다보았다.

"어머니가 아시는 줄 알았어요. 저, 우리가, 마틴과 내가 약혼했어요."

모스 부인은 어처구니가 없어서 웃었다.

"아뇨, 그가 고백한 게 아니에요." 루스는 해명했다. "그는 단지 나를 사랑했고, 그게 다예요. 지금 어머니가 놀라듯이 나도 놀랐어요. 그는 한마디도 하지 않았어요. 그저 내게 팔을 둘렀죠. 그러자… 그러자 나는 제정신이 아니었어요. 그가 나한테 입을 맞췄고, 나도 그에게 입을 맞췄어요. 그러지 않을 수가 없었어요. 그래야만 했어요. 그러고 나서 나는 내가 그를 사랑하고 있음을 알았어요."

그녀는 말을 멈추고 어머니가 축복의 입맞춤을 해 주기를 기다렸다. 그러나 모스 부인은 싸늘하게 침묵했다.

"날벼락이죠, 나도 알아요." 루스는 가라앉은 목소리로 다시 말문을 열었다. "어머니는 나를 용서하기가 많이 힘드실 거예요. 하지만 난 그러지 않을 수가 없었어요. 그 순간까지 내가 그를 사랑하는 줄 꿈에도 몰랐어요. 어머니가 아버지께 나 대신 말씀드려 주셔야 해요."

"아버지께는 말씀드리지 않는 게 낫지 않겠니? 내가 마틴 에덴을 만나서 설명하마. 그는 이해하고 너를 놓아줄 거야."

"안 돼요! 안 돼!" 그녀는 펄쩍 뛰었다. "나는 놓여나고 싶지 않아요. 그를 사랑하고, 사랑한다는 건 아주 감미로워요. 그 사람이랑 결혼할래요…. 물론, 어머니가 허락하신다면요."

"우리는 너를 위해 다른 계획이 있단다, 루스, 내 딸아, 네 아버지와 나는… 오, 아니, 아니, 네 신랑감으로 어떤 남자를 구해 놨다든지 하는 그런 얘기가 아니야. 우리 계획은 너를 네 지위에 맞는 남자, 네가 사랑해서 스스로 선택한 훌륭하고 영예로운 신사와 결혼시킨다는 것일 따름이야."

"하지만 나는 이미 마틴 에덴을 사랑한다니까요." 애처로운 항의가 돌아왔다.

"우리는 어떤 식으로든 너의 선택에 영향력을 행사하진 않을 거다. 하지만 너는 우리 딸이고, 우리는 네가 이런 결혼을 하는 꼴을 보고 있을 수만은 없어. 그는 너의 세련되고 섬세한 모든 것을 받겠지만, 네게는 거칠고 조야한 것밖에 줄 수 없어. 어느 모로 보나 그는 네게 어울리지 않아. 너를 부양하지도 못할 거야. 우리가 재산만 바랄 만큼 어리석지는 않지만, 생활의 안정은 다른 문제야. 우리 딸은 적어도 안정된 생활을 보장할 수 있는 남자와 결혼해야 해. 돈 한 푼 없는 모험가, 선원, 카우보이, 밀수업자, 또 뭐였는지 알 수 없는 데다 무모하고 무책임한 사람 말고 말이야."

루스는 말이 없었다. 어머니 말씀이 구구절절 옳았다.

"그는 글을 쓰겠답시고 허송세월하고 있는데, 글로 성공하는 건 대학을 졸업한 드문 천재들도 간혹 해낼 수 있는 일이야. 결혼을 생각하는 사람이라면 결혼할 준비를 해야만 해. 그런데 그는 그렇지 않아. 내가 전에도 말했듯이, 그리고 너도 동의하리라고 생각하는데, 그는 무책임해. 그런데 그는 무책임할 수밖에 없지 않겠니? 그게 선원들이 사는 방식이야. 그는 절약이나 절제를 배우지 못했어. 헤프게 살다 보니 그런 버릇이 몸에 밴 거지. 물론 그의 잘못은 아니지만, 그렇다고 그의 성향이 바뀌지는 않아. 그리고 너는 그가 지난 세월 불가피하게 몸을 담갔던 방탕한 생활에 대해 생각해 봤니? 애야, 그걸 생각해 봤느냐고? 넌 결혼한다는 게 어떤 의미인지 알고 있겠지?"

루스는 몸서리쳤고 어머니에게 착 달라붙었다.

"생각해 봤어요." 루스는 생각이 정리되기까지 오래 시간을 끌었다. "끔찍해요. 생각만 해도 구역질이 나요. 내가 그를 사랑하는 게 날벼락을 맞은 것 같은 일이라고 말씀드렸죠. 하지만 나도 내 마음을 어쩔 수가 없어요. 어머니는 아버지를 사랑하지 않을 수가 있었나요? 내 경우도 마찬가지예요. 내 안에, 그의 안에 뭔가가 있어요. 오늘에야 나는 깨달았어요. 거기에 뭔가가 있고, 그것이 나로 하여금 그를 사랑하게 만들어요. 그를 사랑한다는 생각조차 해 보지 않았는데, 어머니가 보시다시피, 나는 지금 사랑하고 있어요." 희미한 승리감을 목소리에 담은 채 그녀는 결론지었다.

둘은 긴 얘기를 나누었으나 별 소용이 없었고, 아무 짓도 하지 않고 무작정 기다려 보자고 합의하는 데 그쳤다.

잠시 후 모스 부인과 남편 사이에서도 같은 결론이 났다. 그에 앞서, 자신의 계획이 어긋났다는 그녀의 솔직한 고백이 있었다.

"결과가 다를 순 없었을 거요." 모스 씨는 이렇게 판단했다. "그 선원 녀석이 루스가 대면하는 유일한 남자였으니. 우리 애는 조만간 어쨌든지 깨어날 참이었고, 깨어났는데, 자! 그 선원 녀석이 그 애 앞에 있었던 거요. 그 순간 주위에서 찾을 수 있는 유일한 남자가 그 녀석이니 당연히 우리 애는 즉각 사랑하게 됐든지, 아니면, 그를 사랑한다고 생각하게 됐을 텐데, 결국 마찬가지지."

모스 부인은 루스와 싸우기보다는 천천히 간접적으로 교화하기로 했다. 그 일을 할 시간은 충분할 텐데, 그건 마틴이 결혼할 처지가 아니기 때문이었다.

"우리 애가 그 녀석을 만나고 싶은 만큼 만나게 해요" 모스 씨는 충고했다. "그를 알면 알수록 덜 사랑하게 될 거라고, 내 장담하리다. 그리고 그 녀석과 대조되는 남자들을 만날 기회를 많이 만들어요. 젊은이들을 집에 초대하는 게 중요해. 젊은 여자들, 젊은 남자들, 온갖 청년들, 영리한 남자들, 뭔가를 이루었거나 중요한 일을 하고 있는 남자들, 우리 애와 계급이 같은 남자들, 신사들. 우리 애는 그런 청년들을 기준으로 그를 평가할 수 있을 거요. 그들은 그 녀석이 어떤 인간인지 보여 줄 거요. 무엇보다도 그는 스물한 살의 소년에 불과하오, 루스는 어린애나 다름없고. 이건 철부지 한 쌍의 풋사랑이라 둘 다 좀 더 크면 정신 차릴 거요."

그 문제는 그렇게 일단락되었다. 가족끼리는 루스와 마틴이 약혼한 걸로 받아들였으나 밖으로는 알리지 않았다. 그 가족은 그럴 필요가 있으리라고는 결코 생각지 않았다. 또한 약혼 기간이 길 것으로 암묵적으로 이해되었다. 그들은 마틴에게 글쓰기를 중단하고 일하러 가라고 요구하지 않았다. 그들은 그가 자신을 개선하도록 고무

할 뜻이 없었다. 그리고 마틴은 일하러 갈 생각이 털끝만치도 없는 탓에, 그들의 비우호적인 기획을 거들고 부추긴 셈이었다.

"내가 한 일을 자기가 좋아할지 모르겠어." 며칠 후 마틴은 루스에게 말했다. "누나네 집에 하숙하는 게 돈이 너무 많이 든다고 생각돼서, 자취하기로 했어. 북 오클랜드 외곽, 은퇴자나 수입이 시원찮은 사람들이 사는 동네에 작은 방을 빌리고, 음식을 해먹을 석유 버너를 하나 샀지."

루스는 몹시 기뻐했다. 석유 버너를 특히 마음에 들어 했다.

"버틀러 씨가 바로 그렇게 시작했어." 그녀는 말했다.

마틴은 그 대단한 양반이 얘기에 등장한 게 못마땅했지만 말을 이었다. "내 원고들에 우표를 붙여서 편집자들에게 다시 보내기 시작했어. 오늘 이사하고, 내일부터 일을 할 거야.

"일자리를 구했어?" 그녀는 외쳤다. 놀랍고도 기쁘다는 것을 온몸으로 드러내며 그에게 바짝 다가가 손을 꼭 잡고, 미소 지었다. "그런데 나한테 말도 하지 않았다니! 어떤 직위야?"

그는 머리를 저었다.

"글 쓰는 일을 하겠다는 뜻이야." 그녀는 얼굴을 떨구었고, 그는 급히 말했다. "나를 오판하지 말아 줘. 이번에는 허황된 꿈을 좇으려는 게 아냐. 냉정하고 평범하고, 실제적인 사업 계획이지. 다시 바다에 나가는 것보다 나아. 기술이 없는 사람이 오클랜드에서 얻을 수 있는 어떤 일자리보다 수입이 많을 거야. 그러니까, 이번에 쉬면서 나는 전망을 갖게 됐어. 생계를 위해 육체노동을 하지 않았고 글을 쓰지도, 적어도 출판을 겨냥한 글은 쓰지 않았어. 내가 한 일은 당신을 사랑하고 생각을 한 것뿐이야. 독서도 웬만큼 하긴 했지만 그건 생각하기의 일환이라서, 주로 잡지들을 읽었어. 나는 나 자신과, 세상과, 세상에서 내가 있을 자리와, 내가 당신에게 걸맞은 지위를 얻을 기회에 대해 종합적으로 생각했어. 또 스펜서의 『문체의 철학』을 읽고 내게 어떤 문제가 있는지, 아니, 오히려 내 글쓰기의 문제가 뭔지 뼈저리게 깨달았어. 매달 잡지에 실리는 글들 대부분이 가진 문제점에 대해서도 알아냈지. 이 모든 일, 생각하고, 읽고, 사랑하는 일로부터 도출된 결론은, 내가 삼류 문인 노릇을 해 보겠다는 거야. 걸작을 내려두고 만담, 단평, 특집 기사, 유머러스한 시, 자칭 교양인들의 취향에 맞는 가볍고 재치 있는 시, 수요가 많은 갖가지 글 나부랭이를 다 쓸 거야. 신문기사보급자연맹, 단편소설보급자연맹, 그리고 일요 보충판 기사보급자연맹이 있어. 내가 분발해서 그들이 원하는 물건들을 만들어 내면, 상당한 급여가 부럽지 않은 수입을 올릴 수 있어. 한 달에 사, 오백 달러를 버는 프리랜서들이 있지. 내가 그들처럼 되겠다는 건 아냐. 그래도 괜찮은 생활을 누릴 만큼은 벌 거야. 그러면서 어느 일자리에서도 가질 수 없는 나만의 충분한 시간을 가질 거야. 그리고 그 시간에 공부하고 '진짜 작품'을 쓰려 해. 잡문을 쓰는 틈틈이 걸작에 손을 대 보고, 걸작을 쓰는 데 필요한 공부를 하면서 나 자신을 단련시키겠어. 아니, 나는 내가 이제껏 놀랄 만큼 나아졌다는 걸 실감해. 처음으로 글을 쓰려고 할 때는 얼마 안 되는 경험들 말고는 쓸거리가 없었는데, 그런 경험을 스스로 이해하지 못했고 그 진가를 알지도 못했어. 그리고 내겐 사상이 없었어. 사상도 없었고, 생각을 전개할 말들조차 없었어. 내 경험은 의미 없이 그저 많기만 한 장면들에 지나지 않았어. 그런데 지식과 어휘를 늘려 가기 시작하자, 나는 그 경험에서 단순한 장면들 이상의 어떤 것을 보게 되었어. 장면들을 간직하면서 그에 대한 해석을 찾아냈지. 그때 비로소 좋은 작품을 쓰기 시작했어. 『모험』, 『환희』, 『단지』, 『생명의 술』, 『밀치락달치락하는 거리』, 『연애시 연작』, 『바다 서정시』를 그때 썼지. 그런 작품을 더 쓰고, 더 나은 작품을 쓸 거야. 그런데 여가 시간에 쓸 거야. 나는 지금 땅에 단단히 발을 디디고 있어. 팔리는 글과 수입이 먼저이고, 걸작은 나중에. 당신에게 보여 주려고 지난밤 만화 잡지에 투고할 만담을 대여섯 편 쓰고 나서, 잠자리에 들려다가 트리올레(정형시의 한 형식 - 옮긴이)를 유머러스하게 써 보자는 생각이 문득 들었어. 한 시간 만에 네 편을 썼어. 원고료가 한 편당 1달러는 될 거야. 잠자리에 들려다가 단숨에 휘갈겨서 4달러를 번 거야. 물론 하찮은 일이지. 지루하고 답답하게 꾸역꾸역 해야 하는 일이고. 하지만 한 달에 60달러를 받고 의미 없는 숫자들의 끝없는 수열을 합산하면서 죽을 때까지 회계장부를 관리하는 것보다 지루하고 답답하지는 않아. 더욱이 잡문을 쓰면서 정통 문학을 계속 접할 수 있고, 괜찮은 작품을 써 볼 시간을 낼 수도 있어."

"하지만 괜찮은 작품이라든지 걸작을 써 봤자 무슨 소용이야?" 루스가 물었다. "그런 건 팔 수가 없잖아?"

"오, 팔 수 있어." 그가 설명을 개시하려는데 그녀가 끊고 제 말을 이어 갔다.

"자기가 좋다고 자평하면서 열거한 작품들… 이제껏 그중 단 한 편도 팔리지 않았어. 팔리지 않을 걸작들을 밑천으로 결혼할 수는 없어."

"그럼 우리는 잘 팔릴 트리올레를 밑천으로 결혼하면 돼." 그는 단 언하고 그녀를 팔로 감쌌다. 그리고 전혀 반응하지 않는 애인을 자 기 쪽으로 끌어당겼다.

"들어봐." 그는 짐짓 쾌활하게 말을 이었다. "이건 예술은 아니지 만, 돈이 돼."

    그가 들어왔을 때
    난 나가고 없었지
    몇 푼 빌리려고
    그가 들어왔는데
    한 푼도 못 갖고 갔지.
    그래서 내가 들어왔을 때
    그는 가고 없었지.

그가 운율에 맞추어 읊으면서 동원한 경쾌한 가락은 낭송이 끝났 을 때 그의 얼굴에 떠오른 우울한 기색과 어울리지 않았다. 루스로 부터 미소조차 자아내지 못했던 것이다. 그녀는 심각하고 근심스런 표정으로 그를 쳐다보고 있었다.

"그게 돈은 될지도 몰라." 그녀는 말했다. "하지만 그건 어릿광대 의 돈, 광대짓의 품삯이야. 자기가 말한 그 모든 게 저속하다는 걸 모르겠어, 마틴? 나는 내가 사랑하고 존경하는 사람이 농담이나 엉

터리 시를 끄적대는 것보다 더 멋지고 고상한 일을 했으면 좋겠어."

"말하자면… 버틀러 씨 같았으면 좋겠어?" 그는 떠보았다.

"자기가 버틀러 씨를 좋아하지 않는 줄은 알아." 그녀가 말하려는데 그가 끼어들었다.

"버틀러 씨는 괜찮아. 다만 그의 소화불량이 내가 보기에는 문제라는 거야. 그런데 나로서는 먹고살기 위해 농담이나 웃기는 시를 쓰는 게 타자를 치든지, 구술을 받아쓰든지, 회계장부를 정리하는 것과 무슨 차이가 있는지 모르겠어. 전부 다 목적을 위한 수단이잖아. 자기의 이론은 내가 성공적인 변호사나 사업가가 되기 위해 회계장부 정리로부터 시작한다는 거지. 내 이론은 싸구려 글쓰기로 시작해서 유능한 작가로 발전한다는 거고."

"차이가 있어." 그녀는 고집했다.

"그게 뭔데?"

"음, 자기의 좋은 작품, 자기가 스스로 좋다고 평하는 작품을 자긴 팔 수 없어. 팔려고 해 봤잖아, 자기야말로 그걸 잘 알 거 아냐? 편집자들은 사려고 하지 않아."

"내게 시간을 줘, 내 사랑." 그는 간청했다. "싸구려 글쓰기는 임시적인 방편일 뿐이고, 나는 그 일을 진지하게 생각하지 않아. 내게 이 년만 줘. 이 년 후에 나는 성공해서 편집자들이 기꺼이 내 좋은 작품들을 사게끔 만들 거야. 난 내가 무슨 말을 하는지 알고 있어. 나는 나 자신에 대한 믿음이 있어. 나는 내 안에 무엇이 있는지를 알아. 이제 문학이 뭔지도 알아. 수도 없는 자잘한 작자들이 쏟아 내는 헛소리가 대충 어떤지도 알아. 그리고 이 년 후에 내가 성공을 향한 탄탄

대로에 올라 있으리라는 걸 알아. 사업으로 말하자면, 나는 절대 성공하지 못할 거야. 그 일은 내 기질에 맞지 않아. 지루하고, 어리석고, 물질적이고, 교활한 일로 느껴져. 어쨌거나 적응이 안 돼. 내가 해 봤자 점원보다 높이 올라갈 수 없을 텐데, 점원의 변변찮은 벌이로 자기와 내가 어떻게 행복해질 수 있겠어? 나는 자기에게 이 세상 모든 것들의 가장 최상의 것을 해 주고 싶고, 내가 그런 걸 원하지 않을 때는 더 좋은 게 나왔을 때뿐일 거야. 그러면 나는 그 더 좋은 걸 몽땅 가져올 거야. 성공적인 작가의 수입에 비하면 버틀러 씨는 초라해 보일 지경이야. 베스트셀러 작가는 오만 내지 십만 달러를 번다고. 때로 더 벌기도 하고 때로 덜 벌기도 하지만 대체로 그 액수에 가까워."

그녀는 아무 말 하지 않았다. 실망했음이 역력했다.

"어때?" 그는 물었다.

"내가 원하고 계획한 건 다른 거였어. 내가 자기에게 최선이라고 생각했고 지금도 여전히 그렇게 생각하는 건, 속기를 배워서… 자긴 이미 타자를 칠 줄 알잖아. 우리 아버지 사무실에 들어가는 거야. 자긴 머리가 좋으니까, 변호사로 성공하리라고 나는 확신해."

23장

작가로서 마틴의 능력을 루스가 거의 신뢰하지 않는다고 해서, 마틴은 그녀를 달리 보거나, 폄하하지는 않았다. 휴식으로 그는 기운을

256

차렸고, 자기 분석에 많은 시간을 투자해 자신에 대해 훨씬 잘 알게 되었다. 그는 자신이 명성보다는 아름다움을 사랑한다는 것을, 그리고 제 명예욕은 주로 루스를 위한 것임을 깨달았다. 그의 명예욕이 강한 것은 이러한 이유 때문이었다. 그는 세상 사람들이 보기에 위대해지고 싶었다. 사랑하는 여자가 자신을 자랑스러워하고 훌륭하다고 여기게끔, 자기식 표현으로, '끝내주게 해내고' 싶었던 것이다.

그 자신은 아름다움을 열정적으로 사랑해서 아름다움을 섬기는 기쁨만으로 보상은 충분했다. 그런데 그는 아름다움보다 루스를 더 사랑했다. 그에게 사랑은 세상에서 가장 멋진 것이었다. 그의 내면에 혁명을 일으켜 투박한 선원에서 학생이자 예술가로 바꿔 놓은 것이 사랑이었다. 셋 중에서 가장 멋지고 위대한 것, 배움과 예술적 숙련보다 더 위대한 것이 사랑이었다. 자신의 지성이 루스의 동생들이나 그녀 아버지의 지성을 능가했듯이, 그녀의 지성도 능가했음을 그는 이미 알고 있었다. 대학 교육의 모든 이점에도 불구하고, 그녀의 문학사 자격증 앞에서도, 그의 지적 능력이 그녀의 지적 능력을 넘어섰다. 일 년가량의 독학과 작가 수업이 그녀로서는 엄두도 내지 못할 만큼 세상사와 예술과 인생에 통달하게 해 주었다.

그는 이 모든 걸 알았지만 그녀에 대한 그의 사랑도, 그에 대한 그녀의 사랑도 달라지지 않았다. 비판으로 손상시키기엔 사랑은 너무나 멋지고 고귀하며, 그는 너무나 충직한 연인이었다. 예술, 올바른 행위, 프랑스 혁명, 평등 선거권에 대한 루스의 견해가 그와 다르다고 해서 사랑과 무슨 관련이 있단 말인가? 그런 것들은 사고하는 과정이지만 사랑은 이성을 넘어서는 것이었다. 직관적인 것이었다. 그는 사랑을 깎아내릴 수 없었다. 사랑을 숭배했다. 사랑은 이성의 저지대 너머 산꼭대기에 있었다. 존재가 승화된 상태, 삶의 최절정인 사랑은 드물게 오는 법이었다. 그가 애독하는 과학적인 철학자들 덕분에 그는 사랑의 생물학적 의미를 알고 있었다. 그러나 그는 같은 과학적 추론을 정교하게 진전시켜, 인간의 생체는 사랑으로 그 최고의 목적을 달성한다는 결론에 도달했다. 사랑은 따져서는 안 되고, 삶이 주는 최고의 보답으로 받아들여야 한다는 것이었다. 그래서 그는 연인이 어떤 생명체보다 축복받은 존재라고 여겼다. 지상의 사물들 위로, 부유함과 평가와 여론과 박수갈채 위로, 삶 자체 위로 떠 오르면서 '입맞춤으로 죽어가는, 신이 선택한 연인'들을 생각하는 건 즐거운 일이었다.

이런 생각들 중 많은 것들은 이미 정리된 생각들이었고 일부는 나중에 정리되었다. 그러는 동안 그는 루스를 만나러 갈 때를 제외하고는 잠시도 쉬지 않고 글을 쓰며 스파르타인처럼 살았다.

그는 작은 방을 세놓은 마리아 실바에게 한 달에 2달러 50센트를 지불했다. 그녀는 포르투갈 출신으로 억세게 일하고 성질도 드센 여장부이며 과부였다. 많은 자식들을 어떻게든 길러 내면서, 이따금씩 길모퉁이 식품점 겸 술집에서 15센트에 사 온 묽고 시큼한 포도주 1갤론으로 슬픔과 피로를 달래곤 했다. 마틴은 그녀와 그녀의 고약한 말버릇을 처음엔 싫어했으나, 그녀의 용감한 생존 투쟁을 지켜봄에 따라 탄복하게 되었다. 그 작은 집에는 방이 네 개밖에 없었다. 마틴에게 세준 방을 빼면 세 개였다. 그중 하나는 거실이었고 염색실로

짠 양탄자는 화사했지만 여러 자식들 중 일찍 세상을 떠난 아이의 부고장과 영정사진이 비통한 분위기를 풍겼다. 거실은 손님용으로 엄격히 제한되어 있어서, 늘 해 가리개가 내려져 있고 맨발인 그녀의 아이들은 행사가 있을 때만 그 성스러운 곳에 들어갈 수 있었다. 그녀는 부엌에서 요리하고, 자식들과 함께 식사하고, 일요일을 제외하고는 한주 내내 빨래하고, 빤 옷가지에 풀을 먹이고 다렸다. 형편이 나은 이웃들의 빨래를 해 주는 것이 그녀의 주 수입원이었다. 남은 하나의 방이 침실이었으며, 마틴의 방만큼이나 작은 그 방에 그녀와 일곱 자녀들이 전부 다 껴서 잤다. 어떻게 그게 가능한지 마틴에게는 날마다 기적이 일어나는 것만 같았다. 밤이면 얇은 칸막이를 통해 그 방 식구들이 울고, 싸우고, 재잘거리고, 졸려서 새처럼 짹짹대는 소리가 낱낱이 들려왔다. 마리아의 다른 수입원은 두 마리 암소였다. 밤과 아침에 그녀는 젖을 짰고, 낮 동안에 소들은 공터나 인도 양쪽에서 자라는 풀로 슬금슬금 배를 채웠다. 누더기를 걸친 그 집 아들 한두 명이 늘 소들을 돌보았는데, 그들의 주요 감시 대상은 배회하는 동물들을 공립 동물보호소로 잡아가는 포획인들이었다.

마틴은 자신의 작은 방에서 생활하고, 자고, 공부하고, 쓰고, 살림을 해 나갔다. 하나밖에 없는 창문, 그 집의 현관 위로 나 있는 창문 앞에 놓인 식탁이 책상이자 서가이자 타자기 받침대였다. 뒷벽에 붙어 있는 침대가 방 면적의 3분의 2를 차지했으며, 식탁과 한쪽 옆구리를 맞댄 옷장은 모양만 그럴듯한 허술한 것이라서 얇은 판자가 매일 벗겨져 나갔다. 이 옷장이 서 있는 구석과 반대편 구석, 그러니까 식탁의 다른 쪽 옆이 부엌이었다. 접시와 조리기구가 들어 있는 옷상자 위에 석유 버너가 있고, 벽 선반에 식량이 재워져 있으며, 바닥에 물 한 통이 있었다. 그 방에 수도꼭지가 없어서 안집 부엌 개수대에서 물을 길어 와야 했다. 김이 많이 나는 요리를 하는 날엔 옷장의 판자가 유독 심하게 벗겨져 내렸다. 침대 위에는 도르래로 천장까지 끌어올려진 그의 자전거가 매달려 있었다. 처음에 그는 자전거를 지하실에 두려 했으나 실바의 아이들이 베어링을 풀고 타이어를 펑크 내는 바람에 밖으로 자전거를 내와야 했다. 그다음에 그는 자전거를 조그만 현관에 두려 했지만 윙윙대는 남동풍이 타이어를 밤새 습기에 젖게 만들었다. 그는 어쩔 수 없이 자전거를 방으로 끌고 들어와 공중에 매달아 놓아야 했다.

작은 옷장에는 그의 옷과, 사 모으긴 했으나 식탁 위아래에 공간 부족으로 둘 곳이 없는 책들도 들어 있었다. 그는 독서하며 간략히 적어 두는 버릇을 길렀다. 얼마나 많이 적었던지 방을 가로질러 빨랫줄을 몇 개 걸어서 메모지를 매달아 놓지 않았다면, 그 비좁은 숙소에 그가 있을 자리가 없었을 것이다. 그렇게 했는데도 방이 워낙 꽉 차서 돌아다니기조차 어려웠다. 옷장 문을 먼저 닫지 않고는 방문을 닫을 수가 없었고, 반대로도 마찬가지였다. 어디로 가든 일직선으로 가기란 불가능했다. 방문에서 침대 머리로 가려면 갈지자로 가야 해서 어둠 속에서는 여기저기 부딪치곤 했다. 어긋나는 두 개의 문을 무사히 여닫고 나서도 부엌을 피해 가려면 오른쪽으로 급히 꺾어야 했다. 다음에는 침대 발치를 피해 왼쪽으로 꺾어야 했다. 너무 많이 꺾으면 식탁 모서리에 부딪혔다. 몸을 휙휙 틀어 방향 전환을 끝내고, 그는 침대와 식탁을 양쪽 제방으로 둔 일종의 운하를 따라 오른

쪽으로 나아갔다. 그 방에서 하나뿐인 의자가 식탁 앞 제자리에 있을 경우에는 운하를 통과할 수 없었다. 사용 중이 아닌 의자는 침대 위에 올려 두어야 했다. 때로 그는 의자에 앉은 채로 요리를 하며, 물이 끓는 동안 책을 읽었다. 능숙해지니 고기를 구우면서 한두 단락 읽어 낼 수도 있었다. 또한 부엌을 이루는 그 구석이 아주 작은 덕분에 앉은 채로 필요한 모든 것을 손에 잡을 수 있었다. 사실 앉아서 요리하는 게 편했다. 일어서면 제 몸이 거치적거렸다.

그는 뭐든 소화할 수 있는 튼튼한 위장과, 영양가가 있고 저렴한 식재료에 대한 지식을 겸비하고 있었다. 콩 수프가 단골 메뉴였으며, 감자도 많이 먹었고, 갈색의 큰 콩을 멕시코식으로 요리해서 자주 먹었다. 미국의 가정주부가 하지도 않고 알지도 못하는 쌀 요리가 적어도 하루 한 번은 마틴의 식탁에 올랐다. 생과일보다 싼 말린 과일 한 단지를 마련해서 요리할 때도 사용하고 버터 대신 빵에 얹어 먹기도 했다. 가끔은 소의 넓적다리 살이나 꼬리뼈로 식탁을 풍성하게 하기도 했다. 커피를 크림도 우유도 없이 하루에 두 번 마셨으며, 저녁에는 차로 대체했다. 커피든 차든 그가 끓이면 일품이었다.

그는 절약해야 할 필요를 느꼈다. 세탁소에서 번 돈은 쉬는 동안 거의 다 떨어졌고, 잡문으로 원고료를 받기를 기대하기엔 몇 주를 기다려야 할 만큼 그는 시장으로부터 소외되어 있었다. 루스를 만나거나 거트루드 누나를 보러 그 집에 잠깐 들르는 시간을 제외하면, 그는 방에 틀어박혀 보통 사람은 적어도 사흘은 걸릴 일을 날마다 해치웠다. 잠은 다섯 시간도 채 자지 않았다. 마틴처럼 강철 같은 체력을 갖지 않은 사람은 매일 열아홉 시간씩 지속되는 그 노동을 감당

할 수 없었을 것이다. 그는 단 한 순간도 헛되이 보내지 않았다. 거울에는 단어들의 정의와 발음이 죽 나열된 목록들이 걸려 있었다. 면도하고, 옷을 갈아입고, 머리에 빗질을 하면서 그는 그 목록들을 거듭 읽었다. 비슷한 목록들이 석유 버너 위 벽에도 있어서, 그는 요리나 설거지를 하면서도 마찬가지로 그것들을 정독했다. 목록들은 새로운 목록으로 계속 대체되었다. 그는 책을 읽다가 생소하거나 미심쩍은 단어를 만나면 즉각 적어 두었다가, 나중에 충분한 양이 쌓이면 타자로 쳐서 벽이나 거울 위편에 핀으로 꽂아 두었다. 호주머니에도 목록을 넣고 다니면서 거리에서 틈나는 대로, 또는 정육점이나 식료품 가게에서 순서를 기다릴 때도 꺼내어 복습했다.

작가 수업에 있어서 그는 진일보했다. 이름난 작가들의 작품을 읽으면서 그들이 이룬 결실을 빠짐없이 기록했으며, 그들의 성공 비결인 내러티브, 설명, 문체, 시점, 경구를 알아냈다. 그리고 이 모두를 공부 목록으로 만들어 두었다. 그는 그것들을 모방하지 않았다. 원칙을 파헤쳤다. 많은 작가들의 작품으로부터 추려낸 효과적이고도 설득력 있는 기법의 목록을 만들어, 기법의 일반적 원칙을 도출했다. 그럼으로써 자기만의 새롭고도 독창적인 기법들을 찾아냈고, 그 기법들을 재량껏 평가할 수 있었다. 그는 비슷한 방식으로 강렬한 문장들, 살아 있는 언어로 된 문장들, 산(酸)처럼 자극적이고 불길처럼 통렬한 문장들이나, 일상 언어의 무미건조한 사막 한가운데서 빛나는 감칠맛 나고 달콤한 문장들의 목록을 모았다. 그는 언제나 그 배후와 저변에 깔려 있는 원칙을 찾으려 했다. 무엇이 어떻게 되는지를 알고자 했다. 알아낸 후에는 스스로 해낼 수 있었다. 그는 아름다움의 말끔한 얼굴에 만족하지 않았다. 음식 냄새가 감돌고 밖에서는 실바 가족의 대소동이 들려오는 제 작고 비좁은 침실 겸 실험실에서 아름다움을 해부했다. 해부로 아름다움의 내부 구조를 알아냄으로써 아름다움 자체를 창조하는 데 다가갈 수 있었다.

　그는 이해를 해야만 행동할 수 있는 인간이었다. 자기가 무엇을 만들어 내고 있는지도 모르는 캄캄한 상태로 우연과 수호신 덕분에 제대로 된 좋은 결과가 나오리라 믿으며 맹목적으로 해 나갈 수는 없었다. 그는 결과가 우연히 나온다는 생각을 참을 수 없었다. 왜 그리고 어떻게 그 결과가 나오는지 알아야만 했다. 그는 타고 나기를 창조적이면서도 주도면밀해서, 소설이나 시를 쓰기 전에 만사가 머릿속에 생생히 살아 있어야 했다. 결말까지 눈에 보이고 구현 방법도 의식에 잡혀 있어야 했다. 그렇지 않으면 실패가 예정되어 있는 것이나 다름없었다. 다른 한편으로, 그는 머릿속에 가볍고도 쉽게 떠오른 단어나 구절들이 아름다움과 위력을 재는 모든 시험을 통과하여 설명할 수 없는 엄청난 함의를 갖게 되는, 그런 우연한 결과는 인정했다. 그런 결과는 사람이 지어낼 수 있는 차원을 넘어선다는 것을 실감하고, 그는 경외감으로 머리를 숙였다. 아름다움에 내재하여 아름다움을 가능하게 만드는 원칙들을 찾아 아름다움을 아무리 해부할지라도, 그는 아름다움의 가장 깊숙한 곳에는 자신이 꿰뚫을 수 없고 어떤 인간도 꿰뚫은 적 없는 신비가 있음을 잊지 않았다. 스펜서를 읽은 덕분에 그는 인간이 무엇에 대해서도 궁극적인 지식을 획득할 수 없음을 알았으며, 아름다움의 신비가 생명의 신비에 못지않다는 것도 알았다. 아니, 그 이상으로, 아름다움과 생명이 씨실과 날실로 서로 짜여 있음을, 마찬가지로 자기 자신 또한 햇빛과 우주 먼지와 경이로 짜인 불가해한 한 조각임을 알았다.

사실 그가 『별 무리』라는 에세이를 쓴 것은 이런 생각으로 가득했을 때였다. 이 에세이에서 그는 비평의 원칙에 대해서가 아니라 주요한 비평가들에 대한 맹공을 퍼부었다. 재기가 번득이고, 심오하고, 철학적이면서 웃음이 맛깔나게 가미된 이 글은 잡지에 보내는 족족 거부당했다. 그래도 그는 마음을 비우고 제 방식대로 차분히 일해 나갔다. 어떤 주제에 대해서건 생각을 머릿속에서 배양하고 충분히 성숙시킨 다음, 타자기로 달려가 써내는 습관을 길렀다. 그 글이 인쇄되지 않으리라는 걱정은 잠깐 스쳐 갈 뿐이었다. 글을 쓴다는 것은 흩어진 생각의 실들을 끌어모으는 길고 긴 정신적 과정의 절정에서 이루어지는 행위이며, 머릿속에 무겁게 쌓여 있는 자료들을 최종적으로 종합하는 일이었다. 새로운 자료와 문제를 받아들일 수 있도록 제 머리를 홀가분하게 만들기 위해 그는 의도적으로 이런 글들을 썼다. 실제적인 이유가 있든지 없든지 간에 불평불만이 쌓인 남녀가 주기적으로 길고 고통스런 침묵을 깨고 하고 싶은 말을 다 쏟아 내 버리는 것과 유사한 방식이었다.

24장

여러 주가 지났다. 마틴은 돈이 떨어졌고 출판사의 수표는 어느 때보다 멀리 있었다. 중요한 원고들이 모조리 돌아와 다시 부쳐야 했으며, 잡문들의 형편도 마찬가지였다. 그의 작은 부엌은 더 이상 다채롭지 않았다. 한 포대에 못 미치는 쌀과 말린 살구 몇 파운드가 전부인 절박한 상황이라, 5일 내내 하루 세끼를 쌀과 살구만 먹었다. 그 다음에는 외상을 지기 시작했다. 여태까지는 현금으로 거래했던 포르투갈인 식료품점 주인은 마틴의 외상값이 무려 3달러 85센트에 달하자 거래 중단을 선언했다.

"당신도 알잖아." 상점 주인은 말했다. "당신이 일자리를 잡지 못하면 나는 돈을 잃어."

마틴은 아무 대꾸도 하지 못했다. 설명할 방도가 없었다. 노동계급의 사지 멀쩡한 젊은 놈이 게을러서 일을 하지 않는데, 외상을 해 준다는 것은 올바른 사업 원칙이 아니었다.

"일자리를 구하면, 먹거리를 더 내주지." 상점 주인은 장담했다.

"일자리가 없으면, 먹을 것도 없어. 이건 사업이니까." 그러고 나서 그것이 순수한 사업적 선견지명이지 편견이 아니라는 것을 보여 주기 위해 덧붙였다. "내가 낸다 치고 가게에서 술 한잔해. 우린 변함없이 친구야."

그래서 마틴은 상점 주인과 변함없는 친구라는 것을 보여 주기 위해 느긋하게 술을 마셨다. 그리고 저녁 식사도 거른 채 잠자리에 들었다.

마틴이 채소를 사던 과일가게의 미국인 주인은 사업 원칙이 너무 느슨해서, 외상값이 5달러나 되어서야 거래를 끊었다. 빵집 주인은 2달러에 끊었고, 정육점 주인은 4달러에 끊었다. 마틴이 빚을 합산해 보니, 자기가 세상에 진 빚은 총 14달러 85센트였다. 타자기 대여 기간도 끝났으나 외상으로 두 달 더 쓸 수 있으리라는 속셈이 있었다. 그 대여비는 8달러였다. 타자기마저 외상을 지면, 외상을 질 수 있는 대로 다 져서 더 이상은 질 수 없을 것이었다.

과일가게에서 마지막으로 산 것이 감자 한 포대라서, 그는 한 주일 내내 감자를, 다른 것 없이 오직 감자만을 하루 세 끼 먹었다. 가끔 루스의 집에서 먹는 정찬이 체력 유지를 도왔지만, 잔뜩 펼쳐진 음식 앞에서 식욕은 끓어오르는데 그만 먹겠다고 거절하기란 너무나 고역스러운 일이었다. 때때로 수치를 무릅쓰고 그는 식사 시간에 누나네 집에 들러 뻔뻔스럽게 양껏 ─ 모스 가의 식탁에서 먹는 것보다 더 많이 ─ 먹었다.

날마다 그는 일했고, 날마다 우체부가 거절된 원고를 갖고 왔다. 우표를 살 돈이 없으므로, 원고는 탁자 아래 무더기로 쌓여 갔다. 40시간이나 음식을 입에 넣지 못한 날이 왔다. 루스 집에서의 식사도 바랄 수는 없었는데, 그녀가 2주 예정으로 산 라파엘에 가 있기 때문이었다. 수치심에 누나네 집에 갈 수도 없었다. 설상가상으로, 우체부가 오후 근무를 돌면서 그에게 반환된 원고 다섯 뭉치를 갖다 주었다. 그러자 마틴은 외투를 입고 오클랜드로 갔고, 외투 없이 호주머니에 5달러를 짤랑거리며 돌아왔다. 네 군데 가게에 각 1달러씩 외상값을 갚고, 부엌에서 양파를 넣어 소고기를 굽고 커피를 끓였으며, 커다란 냄비에 말린 자두를 뭉근히 끓였다. 식사를 마친 다음, 그는 탁자 책상에 앉아 자정 전까지 에세이 한 편을 완성하여 『고리대금의 위엄』이라는 제목을 붙였다. 그 에세이를 타자 쳐서 책상 밑에 던져두었다. 5달러에서 우표를 살 돈은 남아 있지 않았다.

　그 후에 그는 시계를 전당포에 잡혔고, 나중에는 자전거를 잡혔으며, 식비를 줄여 모든 원고에 우표를 붙여서 보냈다. 그는 잡문 쓰기에 실망했다. 아무도 사려고 하지 않았다. 그는 신문, 주간지, 싸구려 잡지들에 실린 글들과 비교해서 자신의 글이 평균보다 낫다고, 훨씬 낫다고 판단했다. 그러나 그의 글은 팔리지 않았다. 나중에 그는 대개의 신문이 이른바 '공통 기사'라는 것을 꽤 많이 싣는다는 것을 발견했고, 그 기사들을 제공하는 협회의 주소를 알아냈다. 그가 거기로 보낸 원고는 그 협회 소속 작가들이 필요한 원고 전량을 공급하고 있다고 알리는, 판에 박힌 문구의 쪽지와 함께 돌아왔다. 그는 유명한 청소년 정기간행물 중 하나에서 사건과 일화 기사 기고란을 눈여겨보았다. 기회였다. 그가 보낸 기사는 돌아왔고, 반복해서 시도해도 한 편도 실리지 않았다. 훗날, 원고의 등재가 더 이상 문제가 되지 않을 때, 그는 편집자와 보조 편집자들이 합세하여 그 기고란의 기사를 자기들이 씀으로써 과외 수입을 올렸다는 사실을 알게 되었다. 만화 주간지는 그의 만담과 유머러스한 시를 돌려보냈고, 주요 잡지들을 위해 그가 쓴 교양인 취향의 시들도 머물 곳을 찾지 못했다. 그렇다면 신문을 위한 아주 짧은 소설인 '초단편 소설'이 있었다. 그는 신문에 실리는 것들보다 잘 쓸 수 있음을 알았다. 두 군데의 신문기사 배급자연맹의 주소를 알아내어, 자기가 쓴 것들을 무더기로 보냈다. 스무 편을 써도 한 편도 실리지 않자 그만두었다. 일간지와 주간지에서 짧은 소설들을 수도 없이 읽어 보았지만 제 작품과 대등한 것이 단 한 편도 없었다. 그는 낙심하여 자신이 아무런 판단력도 없으며, 제가 쓴 것에 홀렸고, 자기를 기만하는 사이비 작가라고 결론지었다.

비인간적인 편집 기계는 여느 때처럼 원활하게 돌아갔다. 그가 봉투에 원고와 함께 우표를 넣어 우체통에 떨어뜨리면, 3주에서 한 달 후에 우체부가 계단을 올라와서 그 원고를 그에게 건네주었다. 저쪽 끝에는 체온을 가진 살아 있는 편집자가 없는 게 분명했다. 바퀴와 톱니바퀴와 기름통 — 자동 장치로 작동되는 영리한 기계 — 이 전부였다. 절망 끝에 그는 편집자라는 것이 존재하기나 하는지 의심하는 단계에 이르렀다. 편집자가 존재한다는 신호를 받은 적이 단 한 번도 없었다. 또한 그가 쓴 것을 죄다 거절하면서 어떤 평가도 없었음을 볼 때, 편집자란 사환과 식자공들, 기자들이 꾸며 내어 지속시키는 신화일 것만 같았다.

루스와 함께 보내는 시간만은 행복했으나, 그렇다고 그들이 전적으로 행복한 것은 아니었다. 그는 늘 불안에 시달렸고, 그녀의 사랑을 갖기 전보다 더 애가 탔다. 이제 그녀의 사랑을 가졌지만 그녀를 가지기란 요원한 탓이었다. 그가 2년을 달라고 요청한 적이 있었다. 시간은 쏜살같이 흘러가는데 아무것도 이루지 못했다. 또한 그는 자신이 하는 일에 그녀가 동조하지 않는다는 사실을 항상 의식했다. 그녀는 대놓고 그렇게 말하지는 않았다. 그러나 간접적인 방식으로 말로 하는 것만큼이나 명백하고도 확실하게 그가 알게끔 했다. 그녀가 표명하는 것은 분개가 아니라 찬성하지 않는 것이었다. 그녀처럼 성격이 온유한 여자가 아니라면 실망할 수밖에 없는 일에 분개했을 테지만, 그녀는 그러지 않았다. 그녀의 실망은 자신이 빚어내려던 이 남자가 빚어지기를 거부한다는 데 있었다. 그녀는 그가 얼마쯤 말랑 말랑한 점토인 줄 알았는데, 점토는 굳어지더니 그녀의 아버지나 버틀러 씨의 형상이 되기를 사양했다.

그에게 내재한 위대함과 강함을 그녀는 보지 못했고, 심지어 오해했다. 워낙 유연해서 인간 존재의 어떤 둥지에든 제 몸을 맞추어 살아갈 수 이 남자를, 그녀는 너무나 고집 세고 고지식하다고 생각했다. 자신의 방식, 자기가 아는 단 하나의 방식으로 살도록 그를 만들어 낼 수 없는 탓이었다. 그의 정신적 비상을 그녀는 따라가지 못했고, 그의 지적 능력이 그녀를 추월하자 그가 이상하다고 치부했다. 여태까지 누구도 지적인 면에서 그녀의 역량을 벗어난 적이 없었다. 아버지, 어머니, 동생들, 올니를 그녀는 다 따라잡아 왔다. 그런 까닭에, 마틴을 따라잡을 수 없자 그녀는 그에게 결함이 있다고 믿었다. 편협한 정신이 보편적인 정신의 스승을 자처하는, 오래된 비극이었다.

"자기는 기존 체제를 섬기고 있는 거야." 언젠가 프랩스와 밴더워터에 관해 둘이 토론하는 중에 그는 말했다. "나는 그들이 가장 훌륭한 발언을 하는 권위자라는 걸 인정해. 미국에서 가장 앞선 두 문학평론가지. 이 땅의 모든 교사들이 밴더워터를 미국 비평계의 좌장으로 우러러보고 있어. 하지만 내가 그의 글을 읽어 보면, 절묘하지만 공허한 표현의 극치인 것 같아. 아니, 그는 유머 작가 질렛 버지스 덕분에 무게 잡는, 진부한 문인에 지나지 않아. 프랩스도 나을 게 없어. 예컨대 그의 『독미나리 이끼』는 아름답게 쓰였지. 쉼표 하나도 어긋남이 없어. 그리고 그 어조… 아! 너무나 고아해. 그는 미국에서 제일

높은 원고료를 받는 비평가지. 그런데… 하나님 맙소사! 그는 비평가라고 할 수도 없어. 영국 비평가들이 나아. 내 말의 요점은 그들이 대중이 원하는 대로 소리를 낸다는 것, 그 소리를 무척이나 아름답고도 도덕적이게, 흡족해하면서 낸다는 거야. 그들의 평론은 내게 영국 신문 일요보급판을 떠올리게 해. 그들은 대중의 대변인이야. 그들이 당신의 영문학 교수들을 뒷받침하고, 영문학 교수들은 그들을 뒷받침하지. 그들의 두개골 안에 독창적인 생각이란 일절 없어. 그들은 이미 확립된 기존의 지식만 알아. 사실 그들 자체가 기존 체제야. 그들은 정신이 허약해서, 맥주병에 양조회사의 이름이 찍히는 것만큼이나 쉽사리 기존 체제가 그들에게 각인되지. 그리고 그들의 기능은 대학에 들어오는 젊은이들을 다 잡아다가, 그들의 정신에 있을지도 모를 희미한 독창성을 싹 몰아내고, 기존 체제의 도장을 찍는 거야."

"난 기존 체제 편에 서야 진실에 더 가까울 것 같아." 그녀는 대꾸했다. "남태평양 군도의 우상 파괴자처럼 광분하는 자기보다는."

"우상을 부순 건 선교사들이었어." 그는 웃었다. "그리고 불행히도 모든 선교사들이 이교도들 속으로 가 버렸기 때문에, 집에는 낡은 우상을 부술 사람이 남아 있지 않아. 밴더워터 씨와 프랩스 씨라는 우상 말이야."

"대학교수들도 그렇겠지." 그녀는 덧붙였다.

그는 단호히 머리를 저었다. "아니, 과학 교수들은 살려 둬야 해. 그들은 정말로 대단해. 하지만 영문학 교수들이라면 열 중 아홉은 머리를 부숴 버리는 게 좋을 거야. 자잘하고 옹졸한 앵무새들!"

교수들에 대한 가차 없는 비판이 루스에게는 불경스럽게 들렸다.

그녀는 잘 맞는 옷에 잘 조절된 음성, 넘치는 교양과 세련미에 멀끔하고 지적인 풍모를 가진 교수들과, 자기가 어쩌다 사랑하게 된 이 뭐라고 표현할 수 없는 청년을 비교하지 않을 수 없었다. 그는 옷이 제대로 맞지도 않았고, 혹독한 노역을 거쳤음을 알리는 불거진 근육에다, 말할 때는 흥분해서 차분한 진술 대신 욕설을 내뱉으며 자제력을 잃고 열정적으로 쏟아 내 버렸다. 교수들은 적어도 괜찮은 봉급을 받고, 그리고 그들은 ─ 그래, 그녀는 사실을 직시하지 않을 수 없었다 ─ 그들은 신사였다. 반면에 그는 한 푼도 벌지 못했으며, 그들처럼 신사가 아니었다.

그녀는 마틴의 말과 주장을 그 자체로 평가하거나 판단하지 않았다. 그의 주장이 틀렸다는 그녀의 결론은 ─ 실로 무의식적으로 ─ 그 밖의 사항에 대한 비교로 도출된 것이었다. 교수들은 문학적 판단에서 옳았는데 그들이 성공한 사람들이기 때문이었다. 마틴의 문학적 판단은 틀렸는데 그가 자신의 물건을 팔지 못하기 때문이었다. 그 자신의 어구를 쓰자면, 그들은 끝내주게 해냈는데, 그는 해내지 못했다. 게다가, 그가 옳다는 것은 합당하지 않은 듯했다. 얼마 전에 바로 이 거실에 나타나 얼굴을 붉히며 어색하게 자기소개를 했고, 건들대는 어깨로 골동품들을 깰까 봐 쩔쩔맸고, 스윈번이 언제 죽었는지 물었고, 『더 높이』와 『인생 송가』를 읽었다고 자랑스럽게 말하던 그가 말이다.

루스는 무심결에 그녀가 기존 체제를 섬긴다는 그의 지적이 옳다는 것을 증명했다. 마틴은 그녀의 생각의 흐름을 간파했으나, 더 나아가지는 않으려 했다. 그는 프랩스와 밴더워터와 영문학 교수들

에 대한 그녀의 생각 때문에 그녀를 사랑하는 게 아니었다. 그녀는
결코 이해할 수 없고 그런 경지가 있음을 알지 못하는 두뇌 영역과
지혜의 범주를 자신이 가지고 있다는 것을, 그는 보다 확실히 깨닫
게 되었다.

그녀는 그가 음악에 있어 비합리적이고, 오페라에 관해서는 비합
리적일뿐더러 의도적으로 심술을 부린다고 생각했다.

"어땠어?" 어느 밤 오페라를 관람하고 돌아오는 길에 그녀는 그
에게 물었다.

한 달간의 식비를 쥐어짜서 그가 그녀를 오페라에 초대한 밤이
었다. 방금 보고 들은 것에 아직도 전율하고 동요하며 그녀는 그
의 감상평을 기다렸지만, 어떠한 평도 나오지 않자 먼저 물어보았
던 것이다.

"난 서곡이 좋았어."라는 답변이었다. "그건 멋졌어."

"그랬지. 근데 오페라는?"

"그것도 멋졌어. 오케스트라 말야. 그런데 폴짝대는 사람들이 조
용히 있든지 무대에서 아예 나갔다면 나는 더 편하게 즐겼을 거야."

"테트랄라니나 바릴로를 얘기하는 건 아니겠지?" 그녀는 캐물었
다.

"그 사람들 맞아. 무대 위의 떼거리 전부 다."

"하지만 그들은 위대한 예술가야." 그녀는 항변했다.

"그들은 우스꽝스럽고 연기력이 없어서 음악을 망쳤어."

"바릴로의 목소리를 당신은 좋아하지 않아?" 루스는 물었다. "사람
들은 그가 카루소 다음이라고들 해."

"물론 나는 그를 좋아하고, 테트랄라니는 더 좋아해. 그녀의 목소리는 최고야. 적어도 내 생각에는 그래."

"그런데, 그런데…" 루스는 말을 더듬었다. "난 당신이 무슨 말을 하는지 모르겠어. 당신은 그들의 목소리에 감탄하면서도, 그들이 음악을 망쳤다고 얘기하잖아."

"정확해. 나는 성악 콘서트에서 그들의 목소리를 듣기 위해서라면 뭐든지 내주겠지만, 오케스트라가 연주할 때 그들의 목소리를 듣지 않기 위해서는 더 많이 내줄 거야. 나는 어쩔 수 없는 리얼리스트인가 봐. 위대한 가수라고 해서 위대한 배우는 아니야. 바릴로가 천사 같은 목소리로 부르는 사랑가를 듣고, 테트랄라니가 역시 천사 같은 목소리로 화답하는 걸 듣고, 또 다채롭게 빛나는 음악의 향연과 더불어 듣는다는 건 황홀해. 정말 황홀해! 나는 인정하는 정도가 아니라, 그렇다고 주장해. 그런데 그 두 사람을 보는 순간, 신발 없이도 키가 5피트 10인치나 되고 몸무게는 190파운드인 테트랄라니를 보고, 그리고 5피트 4인치가 안 되고, 번질대는 얼굴에, 땅딸막한 대장장이처럼 가슴만 넓은 바릴로를 보는 순간, 또 이 한 쌍이 점잔 빼다든지, 앞가슴을 부딪치며 끌어안는다든지, 정신병원의 실성한 사람처럼 허공으로 손을 뻗친다든지 하는 걸 보는 순간, 이 모든 효과가 망쳐지는 기분이야. 이걸 날씬하고 아름다운 공주와 잘 생기고 낭만적이고 젊은 왕자의 연애 장면이라는 환상으로 내가 받아들여야 한다면… 아니, 난 그럴 수 없어. 그뿐이야. 그건 헛소리야. 터무니없어. 부자연스러워. 그게 문제라는 거야. 현실성이 없어. 이 세상에서 어떤 사람도 그런 식으로 구애하지 않아. 글쎄, 만약에 내가 당신한테 그런 식으로 구애한다면, 당신은 내 뺨을 후려칠걸?"

 "하지만 당신은 오해하고 있어." 루스가 항변했다. "어느 예술 형식이건 한계가 있는 거야. (그녀는 대학에서 들은 예술의 관례에 관한 강의를 떠올리느라 바빴다.) 회화의 경우 캔버스에는 2차원밖에 없지만, 화가가 기교로 구현한 3차원이라는 환상을 우리는 받아들이지. 또한 문학에서도 작가는 전능해야 해. 독자는 작가가 여주인공의 은밀한 생각을 서술해도 아주 당연하게 받아들이지만, 여주인공이 그 생각을 할 때 혼자 있었고 작가든 누구든 그 생각을 들을 수 없었다는 걸 알고 있어. 연극도 그렇고, 조각도, 오페라도, 모든 예술 형식이 마찬가지야. 어느 정도 모순되는 점들은 허용돼야 해."

 "그래, 나도 그건 알아." 마틴은 답했다. "모든 예술은 나름의 관례가 있지. (루스는 그가 그 단어를 써서 놀랐다. 그는 도서관의 책들을 닥치는 대로 훑어보면서 어설프게 지식을 익힌 게 아니라, 마치 정식으로 대학을 다닌 것 같았다.) 그러나 관례라 할지라도 현실성이 있어야 하잖아. 판지에 나무 그림을 그려서 무대 양쪽에 세워 놓으면, 우리는 숲이라고 받아들여. 이건 충분히 현실성 있는 관례야. 반면에 바다 경치를 숲이라고 받아들이지는 않을 거잖아, 우리는 그럴 수가 없어. 우리의 감각에 거슬리니까. 오늘 밤의 그 난장판과 두 미치광이의 고뇌에 찬 몸부림을 당신도 그럴 법한 사랑의 묘사라고 인정하지 않을 거야. 아니, 인정하지 말아야 해."

 "하지만 자기는 스스로가 모든 음악 비평가보다 낫다고 생각하지는 않지?" 그녀는 꼬집었다.

 "아니아니, 전혀 그렇지 않지. 개인으로서 내 권리를 주장하는 것

뿐이야. 내가 왜 코끼리처럼 뒤뚱거리는 마담 테트랄라니가 오케스트라를 망쳤다고 생각하는지 설명하기 위해, 당신한테 얘기하고 있는 거야. 음악에 대한 세평은 아마 다 옳겠지. 그래도 나는 나고, 사람들이 다 만장일치로 내린 평가라 할지라도 내 입맛을 거기에 맞추지는 않겠어. 내가 어떤 게 싫으면, 나는 그걸 싫어하는 거야. 그뿐이야. 나와 같은 인간들 대부분이 그걸 좋아하거나 좋아하는 척한다고 해서, 내가 좋아하는 시늉을 해야 할 이유는 어디에도 없어. 나는 좋아하고 싫어하는 일에 있어서 유행을 따라갈 수 없는 사람이야."

"그런데 음악은 당신도 알다시피, 이해하려면 훈련이 필요해." 그녀는 주장했다. "오페라는 더더욱 훈련이 필요하고. 아마도…"

"나는 오페라를 듣는 훈련이 안 됐다고?" 그는 다그쳤다.

그녀는 끄덕였다.

"맞아." 그는 인정했다. "그리고 나는 내가 어렸을 때 그런 훈련에 붙잡혀 있지 않아서 다행이라고 생각해. 만약에 그랬다면, 나는 오늘 밤 감상적인 눈물을 흘릴 수 있었을 거고, 그 귀한 한 쌍의 우스꽝스러운 짓거리는 그들의 목소리의 아름다움과 오케스트라 반주의 아름다움을 고양했을 뿐이겠지. 당신 말이 맞아. 주로 훈련의 문제야. 그런데 나는 지금 나이가 너무 많아. 현실성이 있어야만 받아들이고, 그렇지 않으면 아무것도 받아들이지 않아. 설득력 없는 환상은 뻔한 거짓말이지. 작달막한 바릴로가 노발대발하고, 거대한 테트랄라니를 두 팔로 부둥켜안고(역시 화난 듯이), 자기가 얼마나 열정적으로 그녀를 사랑하는지 고하는 이 거창한 오페라는, 내게 있어서 그런 거야."

다시금 루스는 그의 생각을 외적인 사항들로 비교함으로써, 그리고 기존 체제에 대한 자신의 믿음에 따라 평가했다. 그가 누구이기에 자기가 옳고, 교양 있는 세계 전체는 틀렸다고 하는가? 그의 말과 생각은 그녀에게 아무런 감명도 주지 못했다. 그녀는 혁명적인 생각에 공감하기에는 너무나 확고히 기존 체제에 속해 있었다. 항상 음악을 들어 왔고, 어릴 적부터 오페라를 즐겨 왔으며, 그녀가 속한 세상의 모든 이가 역시 그러했다. 그런데 최근까지 랙타임(19세기 말에 고안된 재즈 음악 - 옮긴이)이나 노동계급의 노래를 듣고 자란 마틴 에덴이 무슨 권리로, 최근에 실제로 그가 그녀의 집에 나타났듯이 세계적인 음악 앞에 나타나서, 그 음악이 이러니저러니 하는가? 그녀는 그에게 화가 났고, 그와 나란히 걸으며 희미한 모욕감을 느꼈다. 아무리 관대하게 생각해도 그의 발언은 충동적으로 쏟아 낸 막말, 엉뚱하고 주제넘은 농담에 지나지 않았다. 그러나 집에 다다라 문간에서 마틴이 그녀를 포옹하며 연인의 다정한 자세로 작별의 입맞춤을 했을 때, 그녀는 그를 향해 터져 나오는 사랑으로 모든 것을 잊어버렸다. 그녀는 잠자리에 들어서도 자기가 어쩌다 이토록 이상한 사람을 사랑하게 됐는지, 그것도 가족들의 반대를 무릅쓰고 사랑하게 됐는지 고민에 빠져, 자주 늦게까지 그랬듯이, 잠을 이루지 못했다.

다음 날 마틴 에덴은 잡문을 제쳐두고, 격앙된 감정으로 에세이 한 편을 만들어 냈다. 그리고 『환상의 철학』이라 이름 지었다. 그 에세이는 우표를 붙이고 여행을 시작했으나, 이후 몇 달 동안 여러 번이나 우표를 다시 붙인 채 몇 번이고 여행해야 할 운명이었다.

25장

마리아 실바는 가난하게 살아서 가난을 속속들이 알았다. 루스에게 가난이란, 살기에 좋지 못한 상태를 일컫는 단어였다. 가난에 관해 그녀가 아는 것은 그게 다였다. 마틴이 가난하다는 걸 그녀는 알았고, 마음속으로 그의 상황을 에이브러햄 링컨이나 버틀러 씨, 그리고 성공한 다른 이들의 소년 시절과 연관 지었다. 또한 가난이 즐거운 일은 결코 아니라는 걸 알면서도 속 편한 중산층의 감성으로 가난은 유익한 것이라고, 타락하고 일을 도무지 못 하는 사람만 아니라면 모두를 성공으로 내모는 날카로운 박차라고 생각했다. 그래서 마틴이 너무 쪼들려서 시계와 외투를 저당 잡혔다는 걸 알게 되어도 속상해하지 않았다. 조만간 가난이 그를 각성시켜 글쓰기를 포기하게 만들리라 믿으며, 가난을 현재 상황의 바람직한 측면으로 여기기까지 했다.

점차 홀쭉해지고 뺨이 파이는 마틴의 얼굴에서 그녀는 굶주림을 전혀 읽어 내지 못했다. 사실 그녀는 그의 얼굴의 변화를 만족스럽게 지켜보았다. 그는 세련되어 보였으며, 그녀가 혐오하면서도 매혹되었던 지나친 근육과 동물적인 힘이 상당히 제거되는 듯싶었다. 가끔, 그녀와 함께 있을 때, 그의 눈이 유별나게 빛나는 것을 주목하며 그녀는 감탄했다. 그가 좀 더 시인과 학자 ─ 그가 되고자 하고 그녀 또한 그가 그렇게 되기를 바라는 인물 ─ 처럼 보이기 때문이었다. 그러나 마리아 실바는 마틴의 움푹 팬 뺨과 불타는 눈에서 다른 사연을 읽어 냈으며, 그런 변화가 나날이 더해진다는 것도 알아챘고, 그의 운이 썰물처럼 빠져나가고 있음을 간파했다. 그녀는 그가 외투를 입고 나갔다가, 쌀쌀하고 으슬으슬한 날씨인데도 외투 없이 돌아오는 걸 보았다. 그리고 즉각 그의 뺨에 살이 약간 오르고 눈에서 굶주림의 불꽃이 사라지는 것을 보았다. 같은 식으로 그의 자전거와 시계가 없어지는 것을 보았고, 그때마다 그의 생기가 되살아나는 것을 보았다.

마찬가지로 그녀는 그가 일하는 모습을 지켜보았고, 밤중에 그가 등잔의 기름을 얼마나 태우는지 알았다. 일! 일의 종류는 다를지라도 자기보다 그가 일을 더 많이 한다는 것을 그녀는 알았다. 그리고 그녀는 그가 덜 먹을수록 더 열심히 일하는 것을 보고 놀랐다. 이따금, 굶주림이 너무 지독하리라고 생각될 때, 그녀는 그에게 갓 구운 빵 한 덩어리를 대수롭지 않다는 식으로 주면서, 그가 구운 것보다 맛이 나으리라는 취지의 농담으로 어색하게 무마하곤 했다. 또한 그녀는 속으로 제 피붙이들의 입에 들어갈 것을 빼돌려도 정당한지를 갈등하면서, 뜨거운 수프를 큰 주전자에 한가득 담아 아이들 중 하나에게 들려 보내곤 했다. 마틴은 은혜를 모르지 않았다. 자신이 가난하기에 가난한 삶이 어떤지 알았고, 세상에 자선이란 것이 있다면 이것이 바로 그것임을 알았다.

어느 날 집에 남은 음식으로 애들의 배를 채워 놓고, 마리아는 마지막 15센트를 싸구려 포도주 1갤런을 사는 데 썼다. 물을 받아 가려고 그녀의 부엌에 들어온 마틴은 그녀의 초대로 함께 앉아서 술을 마시게 되었다. 그는 그녀의 건강을 기원하며 건배했고, 보답으로 그녀는 그의 건강을 위해 건배했다. 다음으로 그녀는 그가 하는 일이 잘 되기를 기원하며 건배했으며, 그는 제임스 그랜트가 나타나 그녀에게 세탁비를 지불하기를 기원하며 건배했다. 제임스 그랜트는 돈을 제때 잘 내지 않는 날품팔이 목수로, 마리아에게 3달러의 빚이 있었다.

마리아와 마틴은 둘 다 빈속에 시고 덜 익은 포도주를 마시자 곧장 알딸딸해졌다. 둘은 서로 완전히 다른 사람들이고, 비참한 상황에서 각기 외로워했으며, 또한 피차 비참한 얘기는 한마디도 꺼내지 않았을지라도 그 비참함이라는 끈이 둘을 묶어 주었다. 마리아는 자기가 열한 살까지 살았던 어조어스에 그가 가 봤다는 사실을 알고 놀랐다. 자기가 가족들과 함께 이주했던 하와이 군도에도 그가 가 봤다는 사실에는 두 배로 놀랐다. 그리고 그가 마우이에, 그녀가 거기서 여자로 성숙하여 결혼을 했던 바로 그 섬에 가 봤다고 말하자 그녀의 놀라움은 극에 달했다. 카홀루이, 그녀가 남편을 처음으로 만난 곳에 마틴은 두 번이나 가 봤다! 그랬다, 그녀는 설탕 증기선들을 기억하는데, 그 배들에 마틴이 타고 있었던 것이다. 그래, 세상은 좁았다. 그리고 와이루쿠! 그곳에도 역시! 그가 거기 플랜테이션 농원의 감독을 알았을까? 그랬다지, 그 사람이랑 술도 두어 번 마셨다지.

그렇게 그들은 추억에 젖었고, 배고픔을 시고 덜 익은 포도주로 달랬다. 마틴에게 미래는 그리 어두워 보이지 않았다. 성공이 바로 앞에서 떨고 있었다. 그는 그것을 손으로 꽉 잡을 참이었다. 그리고 그는 자기 앞에 있는 고생에 찌든 여인의 주름진 얼굴을 찬찬히 바라보았다. 그녀의 수프와 갓 구운 빵 덩어리들을 떠올리자 가슴 속에서 뜨거운 감사와 인류애가 샘솟았다.

"마리아." 그는 갑자기 소리쳤다. "무얼 갖고 싶어요?"

그녀는 어리둥절해서 그를 쳐다보았다.

"지금, 바로 지금 가질 수 있다면, 뭘 갖고 싶어요?"

"애들한테 다 돌아갈 신발… 일곱 켤레."

"신발 일곱 켤레를 갖게 될 거예요." 그는 선언했고 그녀는 엄숙히 고개를 끄덕였다. "그런데 나는 큰 소원, 당신이 바라는 뭔가 큰일을 말하는 거예요."

장단을 맞춰 주려고 그녀의 눈이 반짝였다. 요즘은 농담을 걸어오는 사람도 별로 없는 마리아에게, 그는 재미있게 얘기하고 싶었다.

"잘 생각해야 해요." 그녀가 입을 열려는 순간, 그가 주의를 주었다.

"좋아." 그녀는 답했다. "잘 생각해 봤어. 난 집을, 이 집을 갖고 싶어. 이 집이… 한 달에 7달러를 내야 하는 월셋집이 아니고 내 집이 됐으면 좋겠어."

"갖게 될 거예요." 그는 장담했다. "그것도 얼마 안 가서 갖게 될 거예요. 이제 대단한 소원을 빌어 봐요. 내가 신이고, 당신한테 바라는 걸 다 해 주겠다고 약속한다 쳐요. 그러니 당신 소원을 말해요, 내가 들어 줄 테니."

마리아는 잠시 진지하게 생각했다.

"겁나지 않아?" 그녀가 경고하듯이 물었다.

"아뇨, 아니에요." 그는 웃었다. "겁나지 않아요. 어서 말해 봐요."

"아주 굉장히 큰 거야." 그녀는 다시 경고했다.

"괜찮아요. 시작해요."

"좋아, 그럼…" 그녀는 어린애처럼 큰 숨을 들이쉬고는, 삶에 요구하고 싶었던 모든 것에 관해 가장 큰 목소리를 내었다. "난 낙농장을 갖고 싶어…. 좋은 낙농장 말이야. 소가 많고, 땅도 많고, 풀도 많은. 샌 리앤 근처에 갖고 싶어. 내 여동생이 거기 살거든. 우유를 오클랜드에 내다 팔 거야. 돈을 많이 벌 거야. 조와 닉은 소를 몰지 않을 거야. 학교에 다닐 거야. 머지않아 훌륭한 기사가 돼서 철도회사에서 일할 거야. 그래, 난 낙농장을 갖고 싶어."

그녀는 말을 멈추고 반짝이는 눈으로 마틴을 쳐다보았다.

"갖게 될 거예요." 그는 즉각 답했다.

그녀는 끄덕이고 정중히 포도주잔에, 그리고 선물을 주겠다는 이에게 입술을 살짝 가져다 대었다. 그 선물이 절대로 주어지지 않을 것임을 그녀는 알았다. 그래도 그는 진심이었으며, 그녀도 마치 선물을 받은 것처럼 진심으로 감사했다.

"아직 끝나지 않았어요, 마리아." 그는 말을 이었다. "닉과 조는 우유를 팔러 다니지 않을 거고, 애들은 다 학교에 다니고, 일 년 내내 신발을 신을 수 있을 거예요. 낙농장은 제일급… 모든 걸 완벽하게 갖춘 농장일 거예요. 식구들이 살 집이 있고, 말과 소들의 축사도 물론 있을 거예요. 닭과 돼지도 있고, 밭에는 채소가 있고, 과일나무도 있고, 그런 거 전부 다 있을 거라고요. 젖을 내는 소들이 충분히 많아서 사람 한둘을 고용할 수 있을 거예요. 그러면 당신은 아이들을 돌보기만 하면 되겠죠. 말하자면, 당신이 좋은 남자를 만나 결혼해서 그가 농장을 운영하고 당신은 편히 지낼 수도 있을 거예요."

자기의 미래를 빌어 아낌없이 베풀고 나서, 그는 현실로 돌아와 번듯한 정장을 전당포에 맡겼다. 루스와의 단절을 감수하면서 그래야 할 만큼 그의 사정은 절박했다. 그에게는 여분의 괜찮은 정장이 없었으므로, 정육점이나 빵집, 때로는 누나네 집에도 갈 수는 있겠지만, 모스 가를 그런 추레한 몰골로 들어간다는 것은 꿈도 꿀 수 없는 일이었다.

그는 비참한 상태에서 희망도 거의 없이 계속 글을 썼다. 두 번째 싸움에서도 졌고, 일을 하러 가야만 할 듯싶었다. 그러면 모든 사람, 식료품점 주인, 누나, 루스, 그리고 한 달 치 방세를 빚진 마리아조차 기쁘게 할 수 있을 것이다. 타자기 임대료는 두 달이나 밀려서 주인이 돈을 내든지, 그게 아니면 타자기를 돌려달라고 아우성이었다. 궁지에 몰려, 거의 항복할 태세로, 새로운 출발을 할 수 있을 때까지 운명과 휴전하기 위해 그는 철도 우편 공무원 시험을 치렀다. 놀랍게도 수석 합격이었다. 근무하러 오라는 호출이 언제 올지는 아무도 모르지만, 일자리는 보장되었다.

원활하게 돌아가던 편집 기계가 망가진 것은 바로 이맘때, 이 최악의 시기였다. 톱니바퀴 하나가 어긋났든지 기름통이 마른 게 틀림없었다. 우체부가 어느 날 작고 얇은 편지봉투를 가져왔기 때문이다. 마틴은 봉투의 좌상단 구석을 흘끗 보고 「트랜스콘티넨탈 먼슬리」의 이름과 주소를 읽어 냈다. 심장이 펄떡거렸고 갑자기 기절할 것 같았다. 무릎이 후들거리면서 몸이 무너져 내리려 했다. 그는 휘청대며 제 방으로 들어가 편지봉투도 뜯지 않은 채 침대에 주저앉았다. 그 순간 그는 엄청나게 좋은 소식을 받은 사람들이 어떻게 해서 갑자기 쓰러져 죽는지 이해할 것 같았다.

물론 희소식이었다. 얇은 봉투 안에 원고가 들어 있지 않으니, 수락된 것이었다. 「트랜스콘티넨탈」의 수중에 어떤 원고가 가 있는지 그는 알고 있었다. 그 원고는 그가 쓴 공포소설 중 하나인 『종소리』인데, 무려 5천 단어 분량이었다. 일급 잡지는 원고 수락과 동시에 원고료를 지불하기 마련이므로, 봉투 안에 수표가 들어 있을 것이다. 한 단어에 2센트, 천 단어에 20달러, 수표는 분명 백 달러짜리일 터였다. 백 달러! 그가 봉투를 찢어 열 때, 빚진 항목들이 모조리 머릿속에 밀려왔다. ─ 식료품점에 3.85달러, 정육점에 정확히 4달러, 빵집에 2달러, 과일가게에 5달러, 합계 14.85달러. 그리고 방세 2.5달러, 한 달 치 선불로 2.5달러. 두 달 치 타자기 임대료 8달러와 한 달 치 선불 4달러, 합계 31.85달러. 그리고 마지막으로 전당포 주인에게 지불할 저당금과 이자 ─ 시계 5.5달러, 외투 5.5달러, 자전거 7.75달러, 정장 5.5달러(이자가 60퍼센트지만, 무슨 상관이랴?), 총합계 56.1달러. 그는 그 총액과, 백 달러에서 그 액수가 제해지는 것과, 잔액 43.9달러를, 자기 앞의 허공에 쓰여 있는 것처럼 숫자로 정확하게 보았다. 빚을 다 청산하고 저당물을 되찾은 뒤에도, 여전히 호주머니는 43.9달러라는 거액으로 두둑할 것이다. 뿐만 아니라 방세와 타자기 대여료 한 달 치를 선불한 것이다.

이쯤 해서 그는 타자된 한 장의 편지를 꺼내어 펼쳤다. 수표는 없었다. 그는 봉투 안을 들여다보았고 불빛에도 비춰보았으나, 제 눈을 믿을 수가 없었다. 떨리는 손으로 봉투를 찢어발겼다. 수표가 없었다. 그는 행을 건너뛰며 대충 편지를 읽었다. 그의 소설에 대한 편집자의 찬사를 급히 지나 정작 중요한 내용으로, 수표가 보내지지 않은 이유에 대한 설명으로 돌진했다. 그런 설명은 찾지 못했으나, 돌연 그를 무기력해지게 만드는 대목을 찾았다. 편지가 그의 손에서 흘러내렸다. 그의 눈이 흐리멍덩해졌다. 그는 베개를 베고 누워 담요를 턱까지 끌어올렸다.

『종소리』에 5달러… 5천 단어에 5달러라니! 한 단어에 2센트 대신에, 열 단어에 1센트! 그러면서 편집자는 그 소설을 칭찬하기도 했던 것이다. 또한 소설이 출판될 때 그가 그 5달러짜리 수표를 받게 될 거라고도 했다. 원고료가 최소한 한 단어에 2센트이며 수락됨과 동시에 지불된다는 것은 순전히 허튼소리였다. 그건 거짓말이었고, 그 거짓말이 그를 잘못된 길로 이끌었다. 사실을 알았다면 그는 절대로 글을 쓰려 하지 않았을 것이다. 일을 하러 갔을 것이다. 루스를 위해 일했을 것이다. 처음으로 자기가 글을 쓰려고 했던 날을 돌이켜보고, 그 어마어마한 시간 낭비에 그는 소름이 끼쳤다. 그게 전부 열 단어에 1센트를 받기 위해서였다. 다른 작가들이 받는다는, 그가 그렇다고 읽은 높은 원고료도 거짓이 틀림없었다. 그가 얻어들은 저술업에 대한 지식은 틀렸다. 여기 증거가 있었다.

「트랜스콘티넨탈」은 한 부당 25센트에 팔렸으며, 그 위엄 있고 예술적인 표지는 그것이 일급 잡지라는 선언이었다. 그것은 점잖고 존경할 만한 잡지였고, 그가 태어나기 훨씬 전부터 꾸준히 발행되어 왔다. 아니, 매달 겉표지에 세계에서 가장 위대한 작가들 중 한 명의 말, 바로 그 표지 안에서 처음으로 빛을 발했던 문학의 스타가 「트랜스콘티넨탈」에 신이 부여한 사명을 천명하는 말들이 인쇄되어

나왔다. 그런데 그 고매하고 고상한, 신의 영감을 받은 「트랜스콘티넨탈」이 5천 단어에 5달러를 지불하겠단다! 그 위대한 작가는 최근 이역 땅에서 죽었다. 극심한 가난 속에서. 마틴은 기억해 냈다. 작가들이 받는 그 어마어마한 원고료를 생각하면, 놀랄 일도 아니었다.

그래, 그는 미끼를 물었던 것이다. 신문은 작가들과 그들이 받는 보수에 관해 거짓말을 했고, 그는 그 거짓말에 속아 2년을 낭비했다. 그러나 이제 미끼를 토해 낼 것이다. 단 한 줄도 더 이상 쓰지 않을 것이다. 루스가 그에게 바라고, 모든 사람이 그에게 바라는 일을 할 것이다. 직업을 가질 것이다. 일을 하러 간다는 생각은 그에게 조를, 하는 일 없이 떠돌고 있을 조를 떠올리게 했다. 마틴은 그가 부러워서 크게 한숨을 내쉬었다. 많은 날을 하루에 19시간씩 일한 데 대한 반감이 강하게 일었다. 하지만 조는 사랑에 빠지지 않았고, 사랑으로 인한 책임이 없으므로 하는 일 없이 떠돌 수 있는 것이었다. 그는, 마틴은 일을 해야 할 이유가 있으며 일하러 갈 것이다. 내일 아침 일찍부터 일을 잡으러 다닐 것이다. 자기가 살아가는 방식을 바꿨으며 그녀의 아버지의 사무실에 들어가길 원한다고 루스에게도 알릴 것이다.

5달러에 5천 단어, 열 단어에 1센트, 예술의 시장 가격. 그로 인한 낙망, 그 거짓말, 그 추악함이 자꾸 생각났다. 그리고 그의 감은 눈꺼풀 속에서 식료품점에 빚진 액수 '3.85달러'가 불탔다. 그는 몸을 떨었고, 뼈가 쑤신다는 걸 깨달았다. 등허리가 특히 쑤셨다. 머리가 아팠고, 정수리가 아팠고, 뒤통수가 아팠고, 머리 안에 있는 뇌가 아팠으며 부어오른 것 같았고, 이마의 통증은 견딜 수 없을 지경이었다. 그리고 눈썹 아래, 눈꺼풀 속에 그 가혹한 '3.85달러'가 박혀 있었다. 그걸 피하기 위해 그는 눈을 떴으나, 방에 비쳐든 햇빛이 눈알을 태우는 듯해서 눈을 감지 않을 수 없었다. 그러자 다시 '3.85달러'가 앞에 있었다.

5달러에 5천 단어, 열 단어에 1센트. 그 특정한 생각은 그의 뇌에 아예 눌러앉았다. 눈꺼풀 속의 '3.85달러'를 피할 수 없듯 그 생각을 피할 수 없었다. 그러다가 숫자가 변하는 것 같았다. 그는 신기해서 지켜보았고 그 자리에 '2달러'가 대신 타올랐다. 아, 그는 그게 빵집에 진 빚이라고 생각했다. 그다음에 나타난 액수는 '2.5달러'였다. 그는 헷갈렸고, 마치 그게 죽고 사는 문제인 양 매달렸다. 누군가에게 2달러 반을 빚진 건 분명한데, 그 사람이 누굴까? 그걸 알아내는 것은 고압적이고 악의적인 우주가 그에게 부과한 과업이라서, 그는 제 머릿속의 끝없는 복도를 헤매다니며 기억과 지식의 잡동사니가 들어찬 각종 창고와 방들을 열어 보았다. 그러나 답을 찾을 수 없었다. 수 세기나 지난 후에 답이 절로 떠올랐다. 그 사람은 마리아였다. 크게 안도하여 그는 정신을 눈꺼풀 안쪽의 말썽 많은 화면으로 돌렸다. 문제를 풀었다. 이제는 쉴 수 있을 것이다. 그런데 그렇지 않았다. '2.5달러'가 서서히 흐려지더니 그 자리에 '8달러'가 불탔다. 저 빚은 누구에게 진 것일까? 그는 다시 자신의 음울한 머릿속을 돌아다니며 답을 찾아내야만 했다.

얼마나 오랫동안 그 답을 찾아다녔는지는 모르겠지만 엄청난 시간이 지난 듯했다. 문 두드리는 소리에 그는 정신이 들었다. 병이 났느냐고 묻는 마리아의 질문에, 그는 자신조차 알아들을 수 없는 웅얼대는 목소리로 낮잠을 자고 있을 뿐이라고 답했다. 방안이 캄캄해서 놀랐다. 편지를 받은 것은 오후 2시였다. 그는 자기가 병이 났음을 깨달았다.

그러자 눈꺼풀 안쪽의 '8달러'가 연기를 내기 시작해서, 그는 그 문제의 해결에 다시 붙들렸다. 하지만 잔꾀를 썼다. 머릿속을 헤매다 닐 필요가 없었다. 그는 바보였던 것이다. 그가 손잡이를 잡아당기자 그의 머릿속의 복도와 방들이 그를 중심으로 빙글빙글 돌아, 괴기스런 운명의 수레바퀴, 기억의 회전목마, 돌고 도는 지혜의 수정구가 되었다. 점점 빠르게 그것은 돌아 회오리치는 힘으로 그를 빨아들였고, 그는 암흑의 혼돈 속으로 빙빙 돌며 떨어졌다.

매우 자연스럽게 그는 압착 롤러 앞에 서서 풀 먹인 소맷단들을 집어넣고 있었다. 그런데 소맷단들에 숫자가 찍혀 있었다. 셔츠에 표시를 하는 새로운 방법이겠거니 했는데, 자세히 들여다보니 한 소맷단 위의 숫자가 '3.85달러'였다. 그 소맷단이 식료품점 주인의 청구서이고, 압착 롤러의 원통을 휙휙 지나가는 다른 소맷단들은 그에게 온 다른 청구서라는 생각이 들었다. 교활한 방법이 떠올랐다. 그 청구서들을 바닥에 집어 던지면 돈을 내지 않아도 될 것이다. 그 방법이 떠오르자마자, 그는 소맷단들을 모질게 구겨서 때마침 몹시 더러운 바닥에 팽개쳤다. 청구서 더미가 쌓이고 청구서마다 수천 장으로 복제되어 압착 롤러에서 쏟아져 나왔지만, 마리아에게 빚진 2달러 반에 대한 청구서는 단 한 장뿐이었다. 그것은 마리아가 빚 독촉을 하지 않으리라는 뜻이었으며, 그는 그 한 장만 결제하겠다고 관대하게 결심했다. 그래서 그는 바닥에 팽개쳐진 청구서들 더미에서 그녀의 청구서를 찾기 시작했다. 필사적으로, 오랜 세월 동안 찾았으며, 호텔 매니저인 뚱뚱한 네덜란드인이 들어올 때도 여전히 찾고 있었다. 분노로 시뻘겋게 달아오른 얼굴로 매니저가 우렁찬 소리를 질렀고 그 소리가 우주에 메아리쳤다. "저 소맷단들 비용을 네 급여에서 깔 거야!" 소맷단들이 산더미처럼 쌓였고, 마틴은 자기가 그 값을 치르기 위해 수천 년 동안 노역해야 함을 알았다. 그렇다면, 매니저를 죽이고 세탁소를 불태우는 것 말고는 다른 방도가 없었다. 그런데 그 비대한 네덜란드인이 앞질러 그의 목덜미를 잡고 그를 들었다 났다 했다. 매니저는 그를 다림질 대, 난로, 압착 롤러 위로 치켜들어 버둥거리게 했고, 세탁실로 끌고 가서 탈수기와 세탁기 위로 치켜들었다. 마틴은 이가 딱딱거리고 머리가 아플 정도로 버둥거리면서 그 네덜란드인이 그토록 힘이 센 것에 경탄했다.

그러고 나서 그는 다시 압착 롤러 앞에 있었는데, 이번에는 기계 반대편에서 편집자가 집어넣는 소맷단들을 받아 내고 있었다. 소맷단 하나마다 수표 한 장이었으며, 마틴은 기대에 들떠서 애타게 살펴보았다. 그러나 액수가 적혀 있어야 할 자리가 모조리 비어 있었다. 그는 거기 서서 빈 수표들을 백만 년쯤 받았고 한 장도 놓치지 않았다. 혹시라도 액수가 적혀 있을지도 모르기 때문이었다. 마침내 그는 뭔가 적힌 걸 찾아냈다. 떨리는 손으로 불빛에 비춰보니 5달러짜리였다. "하! 하!" 압착 롤러 너머에서 편집자가 웃었다. "좋아, 그럼, 널 죽이겠어." 마틴은 말했다. 그는 나가서 도끼를 가지러 세탁실로 들어갔고, 거기서 제가 쓴 원고에 풀을 먹이고 있는 조를 발견했다. 마틴은 조를 말리다가 그에게 도끼를 휘둘렀다. 그러나 도끼는 허공에 멈추었는데, 그가 눈보라가 휘몰아치는 다림질 방에 돌아와 있는 탓이었다. 아니, 떨어지는 것은 눈이 아니라, 가장 작은 액수도 천 달러 이상인 거액의 수표들이었다. 그는 그 수표들을 모아서 분류하여, 백 장 단위로 단단히 끈으로 묶기 시작했다.

작업하다가 고개를 드니, 조가 앞에서 다리미와 풀 먹인 셔츠와 원고로 저글링을 하고 있었다. 때때로 그는 손을 뻗어 공중에서 도는 잡동사니에 수표 뭉치를 끼워 넣었으며, 그것들은 지붕을 뚫고 솟아올라 거대한 원을 그리며 시야에서 사라졌다. 마틴은 조를 후려갈겼으나, 그는 도끼를 빼앗아 날아가는 원에 추가했다. 그리고 그는 마틴도 잡아 올려 원으로 던졌다. 마틴은 지붕을 뚫고 올라가 원고를 움켜쥐었으며, 내려올 때는 품에 원고를 한 아름 안고 있었다. 내려오자마자 다시 올라갔고, 재차, 삼차, 수도 없이 원 주위를 날았다. 멀리서 들려오는 어린애처럼 새된 노랫소리를 들을 수 있었다. "나와 함께 빙글빙글 왈츠를 춰요, 윌리, 빙글, 빙글, 빙글."

수표와 풀 먹인 셔츠와 원고로 이루어진 은하수 한가운데서 그는 도끼를 되찾았다. 그리고 조를 죽이러 내려가려 했다. 그러나 그는 내려오지 않았다. 그 대신 새벽 2시에, 얇은 칸막이를 통해 그의 신음 소리를 들은 마리아가 그의 방으로 들어와 그의 몸에는 뜨끈한 다리미를, 쑤시는 그의 눈에는 물수건을 대 주었다.

<2권에 계속>

옮긴이 **오수연**

소설가. 서울대 국문과를 졸업하고 1994년 「현대 문학」 장편 공모에 『난쟁이 나라의 국경일』이 당선되어 소설을 쓰기 시작했다. 1997년 작품집 『빈집』을 펴냈다. 이후 2년간 인도에 다녀와서 연작소설 『부엌』을 펴냈다. 2003년 '한국작가회의'의 이라크 전쟁 파견 작가로 이라크와 팔레스타인에 다녀왔으며, 2004년에 보고문집 『아부 알리 죽지 마-이라크 전쟁의 기록』을 펴냈다. 2006년에는 팔레스타인 현대 산문선집 『팔레스타인의 눈물』을, 2008년에 팔레스타인과 한국 문인들의 칼럼 교환집 『팔레스타인과 한국의 대화』를 기획, 번역하여 펴냈다. 2007년에 연작소설 『황금지붕』, 2012년에 장편 『돌의 말』, 2019년 장편 『건축가의 집』을 출간했다. 2020년에는 팔레스타인 자카리아 무함마드 시인의 시선집 『우리는 새벽까지 말이 서성이는 소리를 들을 것이다』를 번역했다. 한국일보 문학상, 거창평화인권 문학상, 아름다운 작가상, 신동엽 창작상 등을 받았다.

마틴 에덴 1

초판 1쇄 2022년 9월 5일
초판 2쇄 2022년 9월 25일

지은이 잭 런던
옮긴이 오수연
디자인 이지영
펴낸이 박소정
펴낸곳 녹색광선
이메일 camiue76@naver.com
ISBN 979-11-965548-8-0(04840)/ 세트 979-11-965548-7-3(04840)